낭만농부의 시골편지

이 도서의 국립중앙도서관 출판예정도서목록(CIP)은
서지정보유통지원시스템 홈페이지(http://seoji.nl.go.kr)와
국가자료종합목록 구축시스템(http://kolis-net.nl.go.kr)에서
이용하실 수 있습니다. (CIP제어번호 : CIP2020052111)

문학사랑 수필선 173

낭만농부의 시골편지

권현구의
여덟번째
이야기

글·사진 **권 현 구**

초보농부의
좌충우돌
귀농생활기

오늘의
문학사

들녘에 산들바람이 불어와 형형색색의 가을 수채화를 풀어 놓았다. 흰 빛과 자줏빛 그리고 연분홍 꽃잎이 그림처럼 곱게 어우러져 높다랗고 파란 하늘 아래서 여유롭게 한들거린다. 꿀벌과 나비들은 꽃 속을 헤엄쳐 다닌다. 풍류정이라 이름 지어진 정자에서 잠시 쉬고 있는데 코스모스 향기가 살금살금 다가와 귀농생활의 추억 속으로 이끈다.

도시생활을 접고 시골에서 산 지도 어언 6년이 되었다. 그동안 수많은 사연과 추억이 우리의 마음속에 담겨져 있다. 지난날들을 되돌아보니 꿈만 같은 세월이었던 것 같다. 6년 전 우리 부부는 그동안 익숙했던 도시생활과 이별을 하고 회사의 자매마을인 포항시 죽장면 상사리에 새로운 터전을 잡았다. 귀농과 더불어 시골살이를 한다는 것은 삶의 커다란 도전이기도 하였다. 회사생활을 하면서도 어린 시절 농촌에서 자란 탓인지 노후에는 시골에서 살리라 마음을 먹었다. 하지만 쉽게 결정 할 수 있는 일은 아니었다. 한창 공부 중인 아이들이 있었기 때문이었다. 40대 중반을 넘으면서 갈수록 회사에서의 위치가 위태로워졌다. 이왕 농촌으로 돌아갈 거면 좀 더 젊은 나이도 좋을 것 같다는 생각으로 과감하게 결단을 하였다. 마침 두 아이들 모두 대학을 들어갔기에 경제적인 어려움은 있었지만 우리 부부는 쉽게 움직일 수 있었다.

마음을 먹고는 모든 일이 일사천리로 진행이 되었다. 20년 동안 정들었던 회사에 사표를 쓰고 그동안 오가면서 보아 두었던 땅을 구입하였다. 그리고 2014년에는 봄부터 포항시내에서 지금 살고 있는 상사리로 매일 출퇴근을 하였다. 그 해에는 텃밭 정도의 농사일을 하면서 집과 장류가공공장을 짓는데 온 힘을 쏟아 부었다. 갑작스런 퇴직으로 경제적인 어려움이 닥쳐왔지만 일하는 순간만큼은 모든 것을 잊을 수 있었다. 우리 부부는 하얀 도화지에 우리들의 살 집과 터전을 그리고 또 그리며 꿈을 꾸었다. 지나다 니다가 새로 지은 집이 있으면 구경도 하고 조언도 구했다. 그리고 온밤을 지새우며 이야기를 나누었다. 돈만 많으면 크고 멋있는 한옥으로 짓고 싶었지만 그럴 여유가 되지 않았기 때문에 우리가 할 수 있는 정도로 작고 아담한 집을 지었다.

풀만 우거진 땅에 그림 그린 대로 건축을 하였다. 가공공장과 집을 함께 짓는데 쉽게 되지만은 않았다. 건축업자와 잦은 마찰이 있었고 때로는 언성도 높아졌다. 우리는 튼튼하고 편리하게 해달라고 하고 건축업자는 돈을 적게 들여 공사를 하려고 하니 그럴 수밖에 없었다. 집을 지어본 사람들이 두 번은 못 짓겠다고 한다더니 그 말이 딱 맞는 듯 했다. 그래도 우여곡절 끝에 건축은 마무리가 되었다.

그 다음은 삭막해 보이는 집을 다듬어 나갔다. 잔디를 사다가 조그만 정원에 날이 깜깜해지는 줄도 모르고 심었다. 그렇게 힘든 일을 하고 나면 곯아떨어졌고 다음날 아침이 밝아오면 다시 밭에서 주워낸 돌들을 활용하여 돌담도 쌓고 돌탑도 올렸다. 돌탑을 쌓다보니 돌들이 서로 맞물려야 무너지지 않는다는 것을 알게 되었다. 부부가 같이 일을 하다 보니 의견이 맞지 않은 것도 있어 잦은 다툼이 일어났다. 농촌에 정착하는 것이 조급한 마음만 가지고는 안 된다는 것을 돌탑이 일깨워 주는 것만 같았다. 천천히 의견을 맞춰가며 실행에 옮겼다. 별 모양 없고 쓸모없는 돌이라도 함께 쌓으면 아름다운 돌탑이 되었다. 우리는 신기해하면서 스스로 감탄했다. 그리고 꽃과 어린 묘목들도 부지런히 심었다. 미미하지만 언젠가는 우리에게 큰 기쁨을 줄 것이라고 생각했다. 매일 달라지는 풍경에 힘은 들었지만 우리는 행복했다. 힘들고 어려울 때는 묵묵히 피어서 환한 미소를 던져주는 주위의 야생화를 보며 힘을 내었다. 우리는 그렇게 시골생활에 첫발을 내딛었다.

일생에 내 집을 마음먹은 대로 짓는 사람은 몇이나 될까. 우리는 선택받은 사람들만이 꿈꿀 수 있다고 생각하고 더욱더 열심히 했다. 꿈과 희망이 있다는 것은 삶에 활력을 더해 주기에 충분하였다. 지금 생각하면 그때가 우리 부부의 일생에서 가장 값지고 아름다웠던 시절이었던 것 같다. 시골생활에 재미가 붙다보니 시간은 참 잘도 흘러갔다. 그렇게 1년 만에 우리들의 보금자리를 마련하고 시골로 완전히 이사를 하게 되었다, 그러고는 자랑스럽게 친인척들을 초대하여 집들이를 하였다. 그런데 주변 사람들의 시선은 우리가 생각한 것처럼 곱지 않았다. 처음으로 시골집을 찾은 어머니는 호미를 들고 맞이하는 아내의 손을 잡고 눈물을 흘리시는 것이 아닌가.

"니들이 우짤라고 이러고 있냐? 농사지을라고 공부했더냐?"

무슨 큰일을 저질렀나 하는 생각이 들기도 하였다. 하기야 대학원 박사과정까지 공부한 아들, 대학까지 나온 며느리가 첩첩산중에서 흙과 함께 살고 있으니 얼마나 상심이 크셨을까. 당신처럼 고된 농사지으며 살게 하지 않겠다고 어렵게 공부시킨 어머니이시니 오죽하셨을까. 그나마 위안이었던 것은 금지옥엽 키운 딸이 시골에서 농사를 지어도 묵묵히 격려를 해주신 장모님과 처갓집 식구들이 있었던 것이다.

"이왕 마음먹고 들어왔으니 열심히 해봐라."

속이 상하셨겠지만 사위가 마음 쓰일까 싶어 표현하지 않는 것 같기도 하였다. 죄스럽기 그지없었지만 그래도 힘이 났다.

하지만 그렇게 꿈과 희망을 안고 시작한 시골생활은 얼마 안 있어 엄청난 시련과 고통을 안겨주기 시작하였다. 우리 부부는 어릴 때 시골에서 자라 농사를 어느 정도 안다고 생각했는데 큰 착각이었던 것이다. 모든 것이 처음 하는 것처럼 생소하고 실수투성이었다. 대충하면 되겠지 하고 섣불리 생각한 점도 있었다. 부모님이 하시던 일을 돕는 것 하고는 달라도 너무 달랐다. 순간순간 결정도 해야 하고 책임도 따랐다. 첫해는 장류사업을 하기 위해서 콩과 고추를 심었다. 그리고 된장이 숙성하는 기간이 필요했기에 당장 수익을 낼 수 있는 복분자를 심어 두었다. 처음에는 기본적인 도구로 농사를 지었다. 삽과 괭이로 이랑을 만들고 비닐을 손으로 일일이 덮었다. 밭두렁에 난 풀은 낫으로 베었다. 밭고랑의 풀은 호미로 맸다. 아내는 힘들게 하지 말고 관리기를 구입하자고 하였다. 예취기도 사서 쉽게 풀을 베자고 하였다. 하지만 나는 기계에는 워낙 두려움이 많아 힘은 들지만 손으로 하는 것이 마음이 편했다. 그래서 차일피일 미루며 무조건 힘으로 일을 하였다. 아내는 나에게 '인간 포클레인'이라는 별명을 지어주기까지 하였다.

그렇게 이랑을 만들고 콩 씨를 직접 심었는데 처음부터 호된 농사훈련이 시작되었다. 콩이 움만 틔우면 새들이 와서 몽땅 먹어 치우는 것이었다. 비둘기가 알을 낳으러 갈 때 심으면 괜찮다는 이웃 주민의 말을 듣고 그 시기에 맞추어 심었는데 그해에는 유독 비둘기 떼들이 많이 찾아왔다. 매일 새벽에 일어나 깡통을 두드리며 새들과의 전쟁을 벌였지만 소용이 없었다. 이쪽에서 쫓으면 저쪽에 내려앉고 저쪽으로 달려가면 다시 이쪽으로 왔다. 우리는 두 뙈기의 밭을 지켜내지 못했다. 그래서 부랴부랴 모종판에 콩을 넣고 빨리 키우겠다고 아침저녁으로 물을 주며 비닐을 덮어두었다. 그런데 한참이 지나도 싹이 나오지 않았다. 파서 보니 콩이 썩어 있었다. 그해 5, 6월은 이상기후로 굉장히 더웠던 달이었다. 콩 모종을 하는 것과 동시에 혹시나 하고 밭이랑에도 콩 씨를 넣었다. 늦었지만 그것은 다행히 싹을 틔우고 새도 크게 극성을 부리지 않았다. 그러고 난 뒤에도 곤혹스러운 일이 또 일어났다. 힘들게 올라온 귀여운 콩 줄기를 고라니 녀석들이 싹둑싹둑 잘라먹었다. 노루망이 허술한 부분을 어떻게 알았는지 뚫고 들어왔던 것이다. 어떤 이들은 농사 중에 콩 농사가 가장 쉽다고 하는데 우리에게는 어찌나 어려운지 하나라도 쉽게 얻어지는 것이 없다는 것을 실감나게 하였다.

정성들여 돌본 탓인지 다행히 남은 콩은 무럭무럭 자랐다. 하지만 콩을 베는 것도 쉬운 게 아니었다. 낫으로 하다 보니 손에는 물집이 훈장처럼 생겼다. 온 밭의 콩대를 한 곳에 모아 타작을 하였다. 나는 도리깨를 내리치고 아내를 방망이로 두들겼다. 생전 처음 해보는 콩 타작이 얼마나 힘든지 평생 농사를 지으신 부모님만 생각났다. 어릴 때는 멀리 날아간 콩알을 줍는 것이 고작이었지만 지금은 부모님이 하시던 일을 해야 되었다.

고추농사도 만만치 않았다. 모종을 사서 심어 놓자마자 그날 저녁에 바람이 몹시 불었다. 무사하기를 바랐는데 아니나다를까 많은 고추모종이 고개를 꺾고 있었다. 하우스에서 바로 나온 모종이 세찬 바람을 이겨내지 못한 것이다. 그런데 다른 집 고추들은 멀쩡하게 서 있었다. 왜 그럴까 했는데, 고추모종을 심고 바로 줄을 쳐야한다는 것을 나중에야 알게 되었다. 또한 해는 모종을 심고 나서 서리가 내려 다시 심기도 하였다. 한번은 갑자기 태풍이 불어온다는 소식을 듣고 밤에 손전등을 켜고 비가 오는 가운데 질척한 밭고랑을 돌아다니며 재차 줄을 치기도 하였다. 무더운 여름날 밭고랑에 앉아서 고추를 따는 것은 많은 인내심을 요구하는 일이었다. 등에서는 땀이 비 오듯 흘러내리고 옷에서는 쉰내가 풀풀 풍기는 것도 느꼈다. 그 옛날 부모님 몸에서 나는 것과 같은 냄새였다. 정성이 있어야 건강한 고추가 된다는 것은 알고 있다. 그런데 아무리 정성을 기울여도 되지 않는 일이 있었다. 첫물의 고추를 따고 비가 좀 잦던가 싶더니 어김없이 탄저병이 왔다. 처음에는 몇 포기에 검은 반점이 생기는가 싶더니 밭 전체로 번져갔다. 저농약으로 농사를 짓겠다고 약을 게을리 쳤던 것도 한 몫 한 것 같았다.

복분자는 밭을 살 때 조금 심어져 있었다. 당장 수익이 없어서 모종이 나오는 대로 옮겨 심어 제법 넓은 땅에 복분자 농사를 지었다. 처음에는 조금이지만 별 탈 없이 복분자가 달려 수확을 했다. 다음해에는 새순을 받아 1자 형태로 가지를 올렸다. 풍성한 가지를 보니 대풍이 될 것 같았다. 그런데 그해 불어온 태풍이 시샘을 했는지 가만히 놓아두지 않았다. 밭에 가보니 그렇게 큰 태풍도 아니었는데 마치 줄맞추어 눕혀놓은 것처럼 복분자가가지런히 쓰러져 있었다. 1자로 가지를 올렸고 약한 지지대가 이겨내지 못해 그렇게 된 것이었다. 그때의 참담함과 황당함은 어떤 말로도 표현하기힘들었다. 하지만 보고만 있을 수는 없었다. 다행히 복분자는 생명력이 강하니까 힘을 내라는 블로그 이웃들의 격려에 힘입어 넘어진 나무를 일으켜세웠다. 우리는 이만한 일로 쓰러질 수는 없었으니까.

한여름 가시에 찔려 가며 내리쬐는 뙤약볕에도 아랑곳하지 않고 정성스럽게 딴 복분자를 한 푼이라도 더 받아보겠다고 한 시간이 넘게 걸리는 포항시내까지 배달하였다. 여러 곳을 들러야 하기 때문에 언제나 시간에 쫓기었다. 손님 중에는 별로 무겁지도 않은데 집 안 부엌까지 갖다달라고 하는 사람도 있었다. 농사짓는 사람이라고 무시하는 듯한 느낌도 받았다. 그럴 때는 '참 내! 별 사람이 다 있군.' 하면서 대수롭지 않게 생각하려고 애썼다. 급하면 일이 생긴다. 기다리고 있는 손님이 있어 서둘러 차를 몰다가복분자 상자가 한쪽으로 쏠려 넘어졌다. 배달해야 할 까만 복분자 일부가차 바닥에 엎질러져 뭉개져 버렸다. 손님은 기다리고 있고 복분자 상자와

차 바닥은 빨간 물이 들어 엉망이고, 이 일을 어찌해야하나. 눈에서는 눈물이 핑 돌았다. 농사는 이처럼 우리에게 쉽게 다가오지 않았다.

우리의 주업은 장을 만드는 일이다. 나는 큰 장류 회사에서 책임장으로 일을 했다. 그래서 시골로 들어와서 이 일을 시작하게 된 것이다. 회사에서 장을 담그는 것과 우리가 직접 많은 양을 담그는 것은 달랐다.

콩 타작이 끝나기가 무섭게 밤낮을 가리지 않고 하나하나 콩을 가렸다. 한 포대를 할 때에는 쉬웠지만 하면 할수록 눈은 침침해져 오고 허리는 자꾸만 아파왔다. 하지만 콩을 빨리 가려야 메주 쑤기를 할 수 있기에 열심히 하였다. 날씨가 추워지기 시작하는 때에 메주를 쑤는데 몇 날 며칠을 하다 보니 무척이나 힘이 들었다. 맑은 물로 콩을 씻는 것에서 시작하여 커다란 가마솥에 불을 지폈다. 불 조절은 얼마나 까다로운지 늘 조마조마 하였다. 조금만 불이 세면 눋고 약하면 덜 익기 때문이었다. 매년 콩을 삶지만 늘 걱정이 앞서는 일이다. 콩을 다 삶으면 직사각형의 목침 모양으로 만들어 1차 건조대에서 말렸다. 그 다음에 다시 각시에 묶어 건조대에 걸었다. 메주 쑤기 작업을 끝내고 나면 해는 이미 서산으로 넘어가고 주위엔 온통 어둠이 내려앉았다. 서늘한 바람에 옷깃을 여미며 집으로 들어오는데 밤하늘에 총총 박힌 별들이 왜 그리도 서럽게 아름다운지 잊지 못하겠다.

된장, 간장, 고추장, 청국장을 만드는 과정들은 생각보다 복잡하고 많은 일들이 있었다. 무엇이든 처음은 참 어려운 것 같았다. 장류 회사에서의 경험은 있었지만 책임자로 있었기에 생산에서 세밀한 부분들은 잘 알지 못하였다. 그때마다 책을 펴놓고 연구를 하고 그래도 판단이 서지 않으면 오랫동안 장을 담가보신 동네의 할머니를 찾아가서 조언을 구했다. 추운 겨울날 매일 온도와 습도를 체크하며 메주 건조 상태를 확인하였다. 메주 건조가 끝나면 다시 발효실의 온도와 습도, 그리고 곰팡이의 상태를 확인하면서 하나하나를 이루어 나갔다. 그리고 상사리 계곡의 얼음이 녹아 흐르는 소리가 들릴 때에 정월장을 담갔다. 항아리를 소독하고, 소금물을 녹이고, 깨끗하게 씻은 메주를 항아리 안에 넣어 수면 위로 떠오르면 대나무 살을 걸쳤다. 그리고 숯과 대추, 고추를 넣으면 숯은 뗏목이 되고 빨간 고추와 대추가 노가 되어 봄바람에 우리 부부의 꿈처럼 두둥실 떠다녔다.

처음 청국장을 만들 때는 혹시 잘못 될까봐 수시로 발효실을 들락거렸다. 밤에도 상태를 체크하느라고 며칠은 뜬 눈으로 지새웠다. 서리가 내려앉은 듯 하얀 곰팡이가 피고 기다란 실이 생겨야 청국장이 되었구나 하며 안도의 한숨을 내쉬었다.

산과 들에 연초록의 나뭇잎 새싹들이 싱그러움을 뽐내기 시작할 때에 장 가르기를 하였다. 항아리에서 꺼낸 메주를 덩어리지지 않게 으깨어 된장을 만들고 남은 것은 간장을 만들어 주었다. 이 모든 과정들이 처음에는 서툴렀지만 많은 시행착오를 거치면서 이제는 정립이 된 것 같다. 된장과 간장은 세월의 흐름 속에서 햇볕과 바람의 도움을 받아 더 깊고 오묘한 맛의 조화를 이루었다. 우리 부부도 된장과 간장처럼 주위의 많은 도움으로 더 성숙되고 시골에 어울리는 사람으로 변화되었다.

풀은 또 얼마나 우리를 괴롭히는지 모른다. 풀만 보면 진절머리가 났다. 아내는 시골로 들어오면서 유기농기능사 자격을 취득하였다. 유기농으로 농사를 짓겠다고 하니 풀은 더 극성을 부렸다. 작물 밭뿐만 아니라 집 주변, 꽃밭에서도 빛의 속도로 자랐다. 뽑고 또 뽑아도 뒤돌아보면 그만큼 자라나 있었다. 그런 풀들을 보고 아내는 "공무원이나 직장인들은 공휴일이 있는데, 이놈의 풀은 쉬는 날도 없냐."며 투덜거렸다. 이렇게 모든 일들을 몸으로 부딪치며 하다 보니 어느 때부터 아내와 나의 몸에는 이상이 오기 시작하였다.

아내는 팔이 아프고 손가락이 부어서 일은커녕 숟가락을 들지도 못할 지경에 이르렀다. 갑자기 근육을 써서 테니스 엘보가 왔다고 했다. 나도 오십견이 왔는지 팔이 올라가지 않았다. 어느 순간 잇몸이 약해져서 치아가 빠지기 시작하였다. 시골에서 산다는 것은 푸른 초원 위에 그림 같은 집을 짓고 마냥 행복하게만 사는 것이 아니라는 것을 이때에 알았다. 그리고 그것보다 더 우리 부부를 힘들게 하는 것은 이렇게 힘들고 정성스럽게 가꾼 농산물이 제값을 받지 못할 때였다. 복분자 값이 떨어져서 도저히 팔지 못해 한동안 냉동 창고를 차지하고 있기도 하였다. 시골에서의 노동의 가치는 도시와 너무나 차이가 났다. 그때에는 절망감이 몰려와 잠시지만 농촌에 들어 온 것을 후회하기도 하였다. 하지만 뿌린 대로 거두고, 가꾼 만큼 거둔다는 평범한 진리만은 믿기로 하였다. 그래서 우리가 열심히 하면 이 혹독한 시련도 이겨낼 수 있으리라 여겼다.

이런 고난이 있는 가운데에서도 우리 부부는 희망의 끈을 놓지 않았다. 장독대 주변을 예쁘게 꾸며서 찾아오는 손님들에게 볼거리를 제공하고 편하게 쉬고 갈 수 있는 공간을 만들고 싶었다. 네덜란드의 철학자 스피노자가 '내일 지구가 멸망해도 나는 오늘 한 그루의 사과나무를 심겠다.'고 한 것처럼 우리 부부도 시간이 날 때마다 나무시장이나 화원에 들러 이것저것 조경수와 유실수를 사다가 심었다. 경제적으로 여유롭지 않았기에 처음에는 새끼 손가락만한 굵기의 나무 묘목을 부지런히 심어 놓았다. 화초도 어린 것을 사다가 심기도 하고, 때론 길을 가다가 예쁜 꽃을 보면 눈여겨 봐두었다가 씨앗을 채취하여 뿌려놓기도 하였다. 처음에는 잘못 심어 죽기도 하고 가지치기를 하지 못해 제멋대로 자라기도 하였다. 하지만 이에 굴하지 않았다. 다시 심기도 하고 꺾꽂이가 되는 것은 뿌리를 내리게 하여 늘리기도 하였다. 이렇게 살다보니 인생 2막이라고 시작한 우리 부부의 삶도 점점 변하기 시작하였다. 매가 부리를 깨고 발톱과 깃털을 뽑아서 제2의 인생을 사는 것처럼, 우리도 도시생활에 베인 습관들을 버리고 시골 생활에 익숙해져 갔다. 해가 거듭할수록 새로운 몸으로 환골탈태되어 있음을 느낀다.

이런 우리의 노력을 가상히 여겼는지 새로운 희망의 싹이 나오기 시작하였다. 그동안 심어두었던 복숭아, 매실, 대추, 밤, 보리수 등의 유실수는 많은 열매를 맺었다. 우리는 그것을 맛있게 먹기도 하고 주변 이웃들에게 나눌 수 있는 여유도 생겼다. 잘 자라준 나무를 보며 지나간 날들의 노고에 보상을 받는 것 같아 위안이 된다. 그리고 그동안 아내가 정성과 관심으로 키우던 화초들과 나무들도 다양하게 자리를 잡았다. 일 년 내내 교대로 피어나 눈을 호강시켜 준다. 철마다 피고 지는 꽃을 보면서 사계절의 변화를 뚜렷하게 느낄 수 있게 되었다. 그래서 마을에서는 '예쁜 집'으로 통한다.

그러고 보니 시골생활이 힘든 것만 있었던 것은 아니었다. 긴 겨울의 끝자락에 우연히 산비탈의 축축한 흙 사이로 살짝 고개를 내민 노루귀와 얼레지를 보았을 때의 경이로움은 잊을 수가 없다. 그리고 무더운 여름날 복분자를 따다가 잠시 소나기를 피해 원두막에 있다가 바라본 무지개의 아름다움은 고단함을 잊기에 충분하였다. 또한 별이 무수히 빛나는 날, 마당에 돗자리를 깔고 방학이라 내려온 아이들과 옥수수를 먹으며 도란도란 이야기를 나눌 때도 있었다. 어쩌다가 떨어지는 별똥별을 구경하기도 하였다. 가을날에 각종 채소들을 직접 재배하여 신선한 음식을 만들어 먹을 때에는 왕후장상이 부럽지 않았다. 그리고 소복소복 쌓인 눈으로 눈사람을 만들었을 때 아내의 입가에 번지던 엷은 미소는 행복에 젖었다는 것을 말해주었다.

아내는 꽃을 심고 가꾸는 것을 좋아했다. 보는 사람도 없는데 왜 이렇게 힘들게 일을 하냐고 물으면 그냥 새싹이 나고 자라는 모습이 좋아서라고 한다. 아마 꽃을 기르는 사람은 정성껏 돌보는 그 자체에 커다란 희열을 느끼는 것 같다. 아내가 꽃에 관심을 많이 가지다 보니 나도 저절로 자연과 더욱 가까워지게 되었다. 몰랐던 식물이 눈에 들어오고 이름을 불러줄 때의 기쁨은 새로운 친구를 사귀는 것과 같았다. 이름을 정확히 알고 그들의 특성을 공부하고 있으면 더욱 정이 가고 친해지는 느낌이다. 같은 풍경이라도 무심히 지나치지 않고 자세히 들여다보니 새로움과 다양함, 풍성함으로 다가왔다. 그래서 나는 카카오 스토리와 페이스북, 블로그 등에 '낭만농부의 시골편지'라는 글을 매일 연재하기로 마음먹었다. 지난해부터 시작한 연재가 400회를 넘었으니 티끌 모아 태산이다. 그동안 많은 이들에게 시골살이를 전해주는 재미도 쏠쏠하다. 글을 보는 사람들은 시골생활을 대신하는 것 같다고 이야기해주었다. 시골농부가 쓴 보잘 것 없는 이야기이지만 읽는 사람이 늘어간다는 생각에 보람도 느낄 수 있었다.

시골살이가 5년이 지나면서 우리에게도 많은 변화가 일어났다. 그동안 담가놓았던 된장, 고추장, 간장, 청국장도 입소문을 타고 점점 많은 사람들이 찾게 되면서 조그마한 수익이 생기기 시작하였다. 그리고 그동안 장을 담그면서 쌓은 지식과 경험을 토대로 글을 써서 『장 이야기』라는 책을 펴내었다. 나름대로 장에 대한 자부심을 가지게 해주는 책이다. 그리고 그동안 미루어두었던 농기계도 하나둘 구입하고 해가 갈수록 서툴렀던 작동도 능

수능란하게 할 수 있게 되었다. 삽과 괭이로 하던 일들은 관리기로 하게 되었고 낫으로 풀을 베던 일도 예취기가 대신하고 있다. 그리고 마을에서는 새마을 지도자로 선출되어 지역사회에 봉사를 할 기회도 주어졌다. 여름이면 다른 마을의 지도자들과 함께 예취기로 도로변의 풀을 치기도 한다. 나무와 꽃들이 뿌리를 내리고 새순을 틔우듯 우리도 완전히 뿌리를 내리고 정착이 되었다. 이제는 도시인이 아닌 시골 사람, 진정한 동네의 주민이 된 것이다.

아침이면 잣나무 숲의 향기를 품은 싱그러운 공기와 작은 새들의 지저귐 속에 화단의 화초와 나무를 돌본다. 햇살이 따스한 오후에는 파고라 그늘에 앉아 우려낸 국화차를 마시기도 하고 뒷산 오솔길로 산책을 나가기도 한다. 시골에 산다는 것은 많은 수고를 요하지만 이처럼 다양한 혜택을 받기도 한다.

시골이 도시와 다른 점은 매일 신선한 야채들이 상에 올라오는 것이다. 아내는 오크라, 오이, 가지, 상추, 고추, 파 등 밭에서 막 수확한 여러 가지 채소들로 음식을 만든다. 봄에는 겨울을 이겨내고 나온 방풍나물, 명이나물 등으로 샐러드를 만들고, 여름에는 가지, 호박, 토마토, 옥수수를 수시로 딴다. 가을에는 고구마를 비롯해 콩과 팥, 감자, 토란, 당근, 들깨, 땅콩 등을 수확하고 농사지은 배추와 무, 쪽파로 김장김치를 담근다. 겨울에는 양파와 마늘을 가꾸어 다음해에 거둔다. 수확한 농산물은 제철 채소로 먹기도 하지만 일부는 오랫동안 먹기 위해 말리기도 하고 냉장, 냉동시켜 살뜰하게 보관한다. 고구마, 감자는 잘 보관하면 해를 넘겨 먹을 수 있다. 깻잎, 마늘종 등은 장아찌를 만들어 일 년 내내 먹는다. 도시에서는 대형마트 같은 곳에서 모든 식재료를 구입하지만 시골에서는 밭이 마트인 것이다. 물론 고기나 생선, 가공품들은 도시에 갈 때 마트에서 구입하지만 많은 부분을 자급자족 한다. 철 따라 먹을거리들을 심다 보면 한 해에 사십여 가지를 수확하기도 한다. 이러다 보니 어떤 때는 힘에 부치기도 한다. 그런데도 불구하고 우리 부부가 이렇게 하는 것은 흙을 만지고 작물을 돌보고 수확하는 일들이 기쁘기 때문이다. 비록 경제적으로는 넉넉하지 않지만 파란 하늘, 맑은 공기, 바람 소리를 마음껏 들을 수 있어서 좋고, 들판에서 자라는 각종 곡식과 직접 재배한 과일, 채소로 식단을 꾸며서 행복하다. 돌이켜보니 아름다운 자연 속에서 살고 있는 것이 마냥 좋다. 매일 무엇인가를 열심히 가꾸는 것도 보람이 있다. 그리고 그 속에서 조금씩 변화가 생기는 것에 소소하지만 작은 행복을 느끼게 된다.

10월의 끝자락, 높고 푸른 가을 하늘을 올려다보고 있으니 푸근한 엄마의 품에 안긴 듯 포근함이 밀려온다. 흙냄새가 좋고 온통 초록빛인 시골의 풍경도 좋다. 행복이 뭐 별거 있나. 작은 것이라도 기뻐하고 즐기는 마음을 가진다면 그것이 행복 아니겠는가. 귀농하여 그동안 써오던 '낭만농부의 시골편지'를 정리하는 마음으로 부끄럽지만 한 권의 책으로 엮어 보았다. 시골 생활을 꿈꾸는 이들에게 조금의 도움이 되었으면 하는 바람이다.

2020년 가을
수월당에서 권현구

2019 봄 여름 가을 겨울 그리고 사랑

2018

하늘에게 길을 묻다, 귀거래사

자연 그대로의 과일, 산돌배

올봄, 산책을 하다가 먼 산에 아름답게 핀 하얀 꽃이 눈에 띄어 가 보니 돌배꽃이었다. 하얀 드레스를 입고 봄바람 따라 손 흔들며 환한 미소로 반겨주는 신부마냥 청순하기 그지없었다.

꽃이 너무 아름다워 우리 집에 한 그루 있었으면 하는 욕심이 있었지만 돌배나무는 야생에서 자라는 나무라 집에서 키우기가 힘들 것이라고 생각하고 포기하였다.

봄에는 꽃이 피어 눈에 띄지만 지금은 초록의 바다라서 잘 보이지 않는다. 오늘, 봄에 왔던 그 길을 지나가는데 나무에 귀여운 작은 열매가 주렁주렁 달려 나그네의 발길을 붙잡는다.

숲속에서 자라다보니 열매는 수수하고 못난이다. 산돌배가 기관지 천식에 좋다고 해서 열매를 채취해왔다. 작고 흠이 있지만 이것이 자연 그대로의 과일일 것이다.

1970년대에는 우리나라에도 자연 그대로의 과일이 많았다. 어린 시절 먹을 과일이 없어, 주인이 까치밥으로 남겨놓은 돌배를 친구들과 올라가서 따먹곤 하였다.

풍요로워진 요즘 사람들은 유기농 농산물을 다시 찾곤 한다. 사람이든 자연이든 있는 그대로의 모습이 가장 아름답고 몸에 좋은가보다.

제멋대로 해 본 전지작업

지금 전지를 해야 할 시기인지는 잘 모르겠지만 단풍나무와 반송에 대한 전지작업을 시작했다. 한 번도 손을 대지 않았더니 키만 삐죽하게 자랐다. 단풍나무는 새 가지가 튀어 올라 바람이 불면 이리저리 흔들려 미관상 눈에 거슬리고, 반송은 바람이 통하지 않아 잘 자라지 않을 것 같다.

작은아들과 함께 가위를 들고 전지작업에 도전했다. 먼저 큰 가위로 치솟은 잔가지를 단정하게 정리해주고 작은 가위로 모양을 만들었다. 전정의 기본원칙을 알고 해야 하는데 맞는 방법인지는 알 수가 없다.

나도 전정하는 법을 따로 배운 게 아닌데 망설이는 아들에게 "큰 가지는 과감하게 자르고 난 뒤에 작은 가위로 섬세하게 모양을 만들어 봐." 라고 설명을 했다. 반송 전지작업을 하던 아내는 "알기나 하고 이야기하나? 배워서 가르쳐 줘야지." 하고 핀잔을 준다. 예전에는 "당신은 하늘이라예." 하던 아내가 요즘은 잔소리가 많아지는 걸 보면 나이가 들어가는 것 같다. "나 보기에 좋으면 그게 잘 하는 거지 뭐. 네가 보기에 괜찮아 보이면 그게 제일 잘하는 거니까 신경 쓰지 말고 하고 싶은 대로 잘라 봐."

예전에 아이들이 자랄 때 이렇게 교육을 했어야 했는데……. 영어, 수학, 미술, 피아노, 바둑, 태권도, 컴퓨터, 수영, 스케이트 등 별별 학원을 다 보내었으니, 우리도 아이들을 반 잡는 학부모였다. 아이들 학원 보낸 돈만 저축해 놓았어도 노후자금에 아쉬움이 없을 것이다. 지금 생각하면 어리석은 교육방법이 아닐 수 없다. 그래도 별 탈 없이 잘 커준 아이들이 고마울 따름이다.

더위가 아직 남아 있어 많은 수의 반송 전지작업을 하려면 아내가 고생이 많을 것 같다. 굳이 혼자서 한다고 하니 두고 볼 요량이다. 나와 아

들이 제멋대로 동글동글 이발을 한 단풍나무는 올 가을 물이 든 예쁜 잎을 우리에게 보여 줄 것이다.

빵돌이 아빠와 빵 굽는 아들

작은아들이 아내와 의논을 하더니 지난겨울에 작은 오븐을 하나 구입하였다. 빵을 직접 만들어서 아빠에게 주고 싶어서란다. 시골에는 제과점도 없고, 시내에 가서 사오는 빵은 하루 이틀 사이에 다 먹어서 빵을 좋아하는 나에게는 항상 부족하다.

초등학생 시절, 장래 꿈이 빵집 사장이 되는 것일 정도로 빵을 많이 좋아했다. 먹을 게 많이 없던 그때에 달콤한 팥이 들어간 빵을 싫어하는 아이들은 별로 없었을 것 같다. 그 시절 빵에 대한 기억이 두 번이나 있는 걸 보면 확실히 빵돌이였다.

어린 마음에 크게 자리 잡은 하나는 교실 창문을 열고 운동장에서 놀고 있는 나에게 손짓으로 불러 빵을 주었던 마을 누나에 대한 것이다. 달콤한 빵맛보다는 왜 그 누나가 맛있는 빵을 내게 주었는지 몰라 몇 날 며칠 고민한 기억이다. '혹시 나를 좋아해서일까, 아니면 마음씨가 고와서 주었을까?' 그때에는 아마도 나를 좋아해서 주었을 것이라고 생각했다. 하여튼 어릴 때나 지금이나 꿈을 꾸면서 살고 있다.

또 하나는 교감선생님이었던 큰 외삼촌이 놀고 있는 나를 불러 빵을 주셨던 기억이다. 달콤한 팥빵이 입안에서 살살 녹을 때 그 기분은 잊지 못할 추억이다. 지금 생각해보니 가난한 집에 시집간 여동생에 대한 애정의 표현이었던 것 같다.

지금은 먹음직스럽고 맛있는 빵들이 많아 먹고 싶을 때 골라먹을 수 있지만 내 입맛에는 팥 앙금이 들어간 단팥빵이 최고다. 어린 시절 길들어진 입맛이 아직까지 남아 있어서 그런가보다.

추적추적 비 오는 오후, 작은아들의 마음이 담긴 빵 굽기는 시작되고 달콤한 향기가 오가향에 퍼진다. 만들어온 빵을 보니 정성도 최고 맛도 최고, 모양도 최고다. "야! 아들, 빵집 해도 먹고 살겠는데." 빵을 좋아하는 아들바보 아빠다.

옥수수의 추억

봄에 심어 놓았던 옥수수가 훌쩍 자라 밭가에 울타리로 자리잡고 있다. 옥수수는 푸름을 뿜내며 바람에 넘실거린다.

옥수수 수확을 하러 갔더니 이게 웬걸, 제대로 형성된 옥수수가 별로 없다. 올 가뭄이 얼마나 심했으면 척박한 땅에서도 잘 자라는 옥수수가 이 모양일까. 쉽게 가꿀 수 있는 작물이기에 옥수수는 밭가에 매년 심어 놓는다. 여름철 아이들의 간식거리로 그만이었는데 올해는 글렀다.

내 고향 예천은 산골이라서 어린 시절에 옥수수를 많이 심었고, 여름철이면 쉽게 먹을 수 있었다. 엄마가 가마솥에서 김이 모락모락 오르는 옥수수를 광주리에 소복이 담아오면, 온 가족이 둥근 멍석에 둘러앉아 맛있게 먹으며 도란도란 이야기를 나누었다. 그 시절이 엊그제 같은데 벌써 반백의 머리를 하고 있다.

어린 시절에는 옥수수를 강냉이라고 불렀는데, 삶아서 먹는 것도 좋았지만 겨울철에 먹는 강냉이 튀밥이 더 맛있었다. 뻥튀기하는 아저씨가 마을에 오면 온 동네가 시끌벅적 하였다. 아이들은 뻥튀기하는 주변에 둘러앉아 "뻥이요!" 하는 목소리를 기다렸다. 아저씨가 "뻥이요!" 하면 귀를 막고 있다가 뻥 소리가 나면 코 묻은 손으로 뻥튀기 기계에서 튕겨 나온 강냉이 튀밥을 주워 먹었다. 정말 어렵고 힘든 시절이었지만 그때 그 시절이 그리워지는 건 왜일까.

많은 양은 아니지만 그나마 먹을 수 있는 것을 수확하여 솥에 삶았다. 구수한 옥수수 냄새가 코를 자극한다. 옛날 엄마가 삶아주었던 그 옥수수 향이 난다. 시대가 바뀐 요즘 우리 아이들에겐 엄마가 삶아준 옥수수가 어떤 기억으로 남을까.

아내는 가끔 햇볕에 말린 옥수수 속대를 끓이고 식혀서 냉장고에 보관해 두었다가 주곤 한다. 잇몸이 좋지 않은 나에게 입 헹굼용으로 사용하라는 것이다. 엄마가 삶아준 구수한 옥수수도 좋고 배고픈 시절 먹었던 강냉이 뻥튀기도 좋지만, 아내가 만들어주는 옥수수 물이 더 좋다. 아내의 진한 사랑이 담겨 있기에…….

담뱃잎과 황초집

2010년 회사의 자매마을인 상사리에 대한민국에서 제일 큰 장류전문 회사를 건립하기 위해 추운 겨울에 들어온 것이 이 곳에 정착한 단초가 되었다. 장류 공장을 짓기 위해 1년간 이 마을에서 하숙을 하였다. 하숙집에는 우리나라에서는 보기 드문 건물이 하나 있었는데 그곳에서 하룻밤을 아내와 머물렀다. 장작불을 넣어둔 뜨끈뜨끈한 황토방이었는데 특이하게 천장이 매우 높았다. 마을을 돌아보니 허물어져 있었지만 이와 비슷한 건물들이 몇 채 있었다. 나중에 안 사실이지만 담뱃잎을 말리는 건조장을 황토방으로 개조한 것이었다.

그러고 보니 옛날 우리 마을에도 담배건조장이 하나 있었다. 우리는 그 건물을 황초집이라고 했다. 대부분의 농가에서는 고추농사를 지었는데 새마을 지도자를 하시던 분이 담배농사를 지었다. 그분은 몇 년간 농사를 짓다가 힘들어서였는지 그만두셨고 그곳은 우리들의 놀이터가 되었다. 놀잇거리가 없던 그 시절에 담배 건조대를 오르내리며 노는 것이 색다른 재미였다.

이 마을에도 지금은 담배 농사를 짓는 사람은 하나도 없고 대부분의 농가가 사과농사로 바꾸었다. 담배농사는 우리 마을, 그리고 가까운 청송과 영양지역에서 많이 지었다고 한다. 담배농사나 사과농사는 일교

차, 연교차가 큰 지역에서 해야 좋은 제품이 나오기 때문이다.

시내를 다녀오면서 옆 마을 밭에 있는 황금빛 작물을 보고 아내가 "저기 노랗고 넓은 이파리가 뭐야?"라고 묻는다.

"아, 저거는 내가 좋아하는 담배 재료가 되는 담뱃잎이고, 우리가 처음 와서 잤던 그 황토방이 담배 건조장이었어."

경남 고성이 고향인 아내는 담배 작물이며 건조장 모두 생소하다고 했다.

지금은 담뱃잎 건조도 기계로 하는 세상으로 바뀌어 이런 황초집은 필요가 없게 되었다. 그래서 특이하게 생긴 황초집이 무너져서 없어지게 되었다. 이런 건물을 잘 활용만 한다면 하숙집의 황토방처럼 필요한 공간이 될 수도 있겠다 싶은데 아쉬울 뿐이다.

"그런 건 신경 쓰지 말고, 자기는 언제 담배 끊을 거야?"

아는 척 열심히 설명하는 내게 갑자기 화살이 날아온다. 오래 전부터 아이들과 아내는 금연을 강요해왔는데 아직까지 피우고 있다. 내년에는 꼭 담배를 끊어봐야지.

아들과의 저녁 산책

무더위가 언제 있었던가 싶을 정도로 저녁 날씨가 서늘하다. 큰 아들과 저녁 산책을 나섰다. 달빛 따라 마을길을 걸었다. 가로등 밑에 장수풍뎅이가 뒤로 벌렁 누웠다가 바로 뒤집으려고 아등바등하고 있다. 이녀석들은 불빛을 좋아하나보다.

몇 해 전 어느 날, 장독대 담 위에 전등을 켜놓았더니 장수풍뎅이, 집게벌레는 물론이고 귀한 장수하늘소도 날아와서 바닥에 뒹굴고 있었다. 너무 아깝다는 생각이 들었다. 초등학생들이 관찰용으로 많이 산다는 이야기를 들은 적이 있어 이놈들을 잡아 팔아볼까 했지만 어디에 팔아야할지 몰라 포기한 적이 있었다. 무엇이든 판매가 가장 큰 문제다.

조금 더 걸어가니 이번에는 매미가 뒹굴고 있다. 낮에는 시도 때도 없이 울어대는 통에 귀가 따가울 정도이다. 요즘은 추억 속의 매미 소리가

아니라 소음을 일으키는 원흉이다. 매미가 소리를 내는 것은 수컷이 암컷에게 구애를 하기 위함이라고 한다. 큰 소리를 낼수록 인기가 높다고 하니 무어라 말할 수도 없겠다.

아들과 이런저런 이야기를 하며 걸었다. 앞으로의 장래 계획이며, 여자 친구 이야기 등 여러 이야기를 하다 보니 시간 가는 줄도 몰랐다. 아들은 걸으면서 나의 손을 꼭 잡았다. 마주 앉아서 진지하게 이야기하기보다는 걸으면서 하는 것이 덜 부담스럽고 솔직해질 수 있는 것 같다. 이제 여름방학도 서서히 끝나가니 이런 기회가 몇 번 더 있을지 모르겠다.

아내와 아들이 걸어가는 뒷모습을 보니 한 폭의 그림 같다. 앞으로도 이 모습, 영원히 기억되기를 기원해본다.

시골장날

김장배추 모종과 무 씨앗을 사기 위해 도평장에 갔다. 장날 같지 않게 한산하기 그지없다.

옛날 시골장날은 주변 마을의 잔칫날 같이 여러 마을 사람들이 북적거렸다. 농부들은 수확한 고추나 콩 등을 팔고, 집에서 쓸 물건이나 음식을 사기 위해서 모여들었다. 볼 일을 다 본 어른들은 주막집에 앉아 막걸리 한 사발을 마시며 다른 동네 소식을 듣기도 하고 자기 마을 이야기도 하였기에 시골장터는 소식을 주고받는 장소이기도 하였다. 없는 것 외에는 다 있는 5일장은 농부들에겐 없어서는 안 되는 장이고, 아이들에게도 기다려지는 날이었다. 아침에 아버지가 콩 한 자루를 메고 시장을 가시면 하루 종일 마을 입구를 바라보며 기다리곤 하였다. 기다리다 보면 어스름한 밤이 되고 아버지는 보따리를 들고 돌아오셨다. 우리들

은 보자기 속이 궁금하여 얼른 풀어헤쳤다. 거기에는 간고등어나 닭 같
은 고기도 있었고, 어쩌다 보면 사탕이나 뻥튀기가 있기도 하였다. 한
번이었지만 내 옷이 들어있는 날이 있었다. 4형제 중에 막내이다 보니
형들이 입었던 옷을 매번 물려받아 입곤 하였는데, 나를 위해 사 오신
것이었다. 그날은 너무 좋아서 옷을 꼭 껴안고 잠을 잤다.

지금의 시골장터에는 장을 보러 오는 사람들보다 장사꾼들이 더 많
다. 잠시 장터를 둘러보다가 윗마을 사람들을 만났다. 장을 보러 온 것
이 아니라 오전에 사과나무 잎 따기를 하고 점심을 먹으러 나왔단다. 같
은 마을에 살지만 장터에서 만나니 더 반갑고, 윗마을 소식도 듣게 되었
다. 우리도 배추 모종을 구입하고 점심식사를 하였다. 그 옛날 대폿집은
아니지만 장날에 먹는 점심은 또 다른 맛이었다. 그래도 옛날 시끌벅적
한 장날이 그리워지는 하루다.

태풍 대비

19호 태풍 솔릭이 한반도를 향해 올라온다고 한다. 나뭇가지들이 심하게 흔들리는 것을 보니 태풍이 가까이 온 것 같다. 태풍에 대비하려면 아침부터 부지런히 움직여야 한다. 먼저 깨밭에 줄을 치고 산딸기나무도 줄을 당겨 바람에 덜 흔들리게 고정시켰다. 고추도 넘어질 것 같아 한 단 더 줄을 쳤다. 오가향기도 내리고 장독 위에 벽돌도 올렸다. 잘 익은 아로니아도 떨어질까 봐 수확을 부지런히 하였다. 대비를 열심히 해놓으면 조용히 지나가는 때도 많기에 피해 없이 지나가기를 기대도 해본다. 태풍의 진로가 다른 곳으로 향한다고 해도 대비는 항상 빈틈없이 해놓아야 한다.

1980년대 후반으로 기억되는데, 방학을 맞아 고향집에 머물렀을 때의 일이다. 태풍이 폭우를 동반하여 내성천 제방 둑을 무너뜨렸다. 마을 사람들은 물이 넘친다는 소리를 듣고 너도나도 삽을 들고 강 쪽으로 나갔다. 거세게 몰려오는 강물을 어찌 삽으로 막을 수 있을까. 살랑살

랑 물이 넘치더니 순식간에 제방이 무너지는 것을 보았다. 가까운 산중 턱에서 그 모습을 바라보며 "우야노, 우야노! 이 일을 우야노!" 하며 한 숨짓던 이웃 아저씨들의 모습이 선하다. 아버지의 옆에서 넋 놓고 그 모습을 바라보던 나는 정부에서 미리미리 대비했다면 이런 일은 발생하지 않았을 것이라고 분노했다. 다음날 들판에 나가보니 우리 논은 온데간데없고 하얀 모래밭이 펼쳐져 있었다. 어느 곳이 누구의 땅인지 알 수가 없었다. 수확을 앞둔 노란 벼들은 어디로 숨었는지 들판은 모두 하얀 백사장으로 변해 있었다. 가뭄 때 수백 톤의 물을 끌어 올리던 초대형 양수기조차 어디론가 사라졌다. 그 후로도 끝내 찾지 못했다고 한다. 그 일이 있고 나서 내성천 제방 둑은 댐 둑 못지않게 튼튼하게 구축해 놓았고, 그 위의 농로는 고속도로처럼 널찍하게 해놓았다. 소 잃고 외양간 고친다는 말을 이런 경우에 쓰겠지.

태풍 같은 자연재해는 아무리 준비해도 모자란다. 2010년경, 완전한 귀농 전에 복분자 농사를 미리 지어보았을 때의 일이다. 그해 여름에 태풍이 왔고 복분자밭이 쑥대밭이 되었다. 아무리 하늘을 원망해도 망가진 복분자 나무는 그대로 돌아오지 않았다. 그때 느낀 것이 자연에 순응은 하되 대비는 철저히 해야 된다는 것이다. 농사는 농부가 50% 짓고, 자연이 50% 짓는다고 하는데 날이 갈수록 더 실감이 난다. 불어오는 바람에게 제발 조용히 지나가라고 이야기해본다.

음치

작은아들이 마이크를 들고 왔다. 휴대폰에 연결하여 사용할 수 있다고 한다. 태어나서 아빠가 노래 부르는 모습을 한 번도 본 적이 없다며 마이크를 내민다. 그러고 보니 아내나 나나 아이들 앞에서 노래를 부른

적이 없다. 그 흔한 노래방을 가족과 함께 간 적도 없다.

어린 시절부터 노래와는 거리가 멀어 음악시험을 실기로 치르는 날이면 긴장을 하였다. 음정, 박자 무시하는 음치의 세계는 초등학교 때부터 시작되었고, 성인이 된 후에도 나를 가장 곤혹스럽게 만드는 것이다. 회식자리에 가면 노래를 못 부르니 괜히 근엄한 척 앉아 있어야 했다. 그러다가 혹여 나 때문에 분위기를 망칠까봐 조용히 사라지곤 하였다.

사람은 누구나 스트레스를 받고, 그것을 풀지 않으면 병으로 발전하는 것이 당연하다. 살아오면서 가장 부러운 사람이 노래를 잘 부르는 사람이고 흥이 넘쳐 나는 사람이다. 노래를 잘 부르는 사람은 힘든 일은 흥으로 날려버리고 긍정적인 삶을 살아갈 수 있는 사람이라고 생각한다. 우리 부부는 모두 내성적인 성격으로 어디를 가나 점잖은 사람이 되어 있다. 매번 고쳐야 한다고 생각해도 워낙 음치라서 주눅이 들어 뒤로 빠지곤 한다.

아들이 하도 성화를 부려 부끄러움을 무릅쓰고 한 곡을 불렀다. 못 부르는 노래였지만 아이들이 노래에 맞추어 춤을 추어주었다. 용기가 없어서 그런 것이라며 자꾸 하다 보면 잘 할 것이라고 아빠에게 용기를 북 돋우어준다.

작은아들도 한 곡 부른다더니 '가로수 그늘 아래 서면'을 멋지게 뽑는다. 우리 부부를 닮아서 음치인 줄 알았는데 너무 잘 부른다. 여자애들이 들으면 반할 정도로 보이니 마음이 든든하다. 어디를 가든 자신감 있게 살아갈 것 같은 아들이다. 대견하게 자란 아들이 오늘따라 더 자랑스럽다.

아주 가끔은 가족끼리라도 흥을 낼 수 있는 자리를 마련해야겠다. 가족 모두 함께 노래방에 가는 날을 기다려본다. 아내가 가려고 할지 의문이지만…….

비 오는 날의 날궂이

봄에 꽂아놓았던 개나리 가지에 뿌리가 내린지 오래되었다. 그동안 미루어 놓았다가 비가 온다는 소식을 듣고 모둠으로 심어놓았다. 그리고 오가향 장원을 이곳저곳 둘러보았다. 태풍은 더디 오는지 바람은 세지 않고 비가 추적추적 내린다.

비가 오는 날은 날궂이를 해야 하는데 무엇을 할지 고민해본다. 옛날 어른들이 이웃사람들과 마을 모임방에 모여 이런저런 이야기를 나누며 부침개를 가운데 두고 막걸리 한 사발 들이키는 것을 보며 자랐다. 애들은 옆에서 부침개를 얻어먹었던 것이 비 오는 날의 아련한 기억이다. 요즘은 이웃들과 왕래도 별로 없고 각자 살아가는 세상이니 알아서 소일을 해야 한다. 농촌에서 비 오는 날에는 할 수 있는 일이 별로 없다. 실내에서 하는 일을 찾다보니 가족 탁구시합이다.

시골에 들어오면서 한가할 때 하려고 탁구대를 사놓았는데 시도 때도 없이 찾아오는 농촌의 일이 시간을 잘 허락하지 않는다. 모처럼 탁구대 앞에서 여유를 즐겨본다. 요즘 운동이 부족한 아이들에게 탁구 잘 치는 법도 일러주었다. 똑딱똑딱 넘기고 받고 또 넘기며, 가족 사랑이 쌓여간다. 그동안 태풍도 무사히 지나가면 좋겠다.

호박

바람이 잠잠해지는 걸 보니 태풍도 지나갔나 보다. 다행히 큰 피해 없이 지나가서 고마울 뿐이다. 다시 일상으로 돌아오니 마음이 허전하다. 어제 저녁 긴장 속에 밤을 지새웠는데 갑자기 조용하니 무슨 일을 해야 할지 갈피를 잡지 못하겠다. 우선 농장 주변을 한 바퀴 돌아보았다. 누렁호박 2개가 갈라져 있다. 아내가 봄에 모종 씨앗을 넣어 애지중지 키

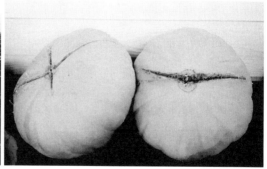

웠는데 언제 이렇게 되었는지 모르겠다. 그냥 두면 안 될 것 같아 이놈들은 수확을 앞당겼다. 아마도 여름 가뭄에 자라지 못하다가 비가 오면서 갑자기 커져 터져버렸나 보다. 그래도 상처는 아물어 상하지는 않은 것 같다. 무엇이던지 갑자기 성장하게 되면 탈이 날 수밖에 없다. 느리더라도 조금씩 자라는 것이 중요하다.

오래 전에 중국 여행을 할 때에 가이드가 한 말이 기억이 난다. 중국이 베이징 올림픽을 준비할 때 하나씩 다지면서 하는 모습을 보았다고 하였다. 그때 세계강국으로 성장하려는 중국의 자세가 바람직하다는 생각을 하였다. 그런데 요즘 미국과 무역전쟁을 하는 것을 보면 아직 세계 최고의 강대국이 되려면 시간이 필요한 것 같다.

시골에 사는 촌부이지만 세상살이와 인연을 끊고 살 수는 없다. 우리나라는 예전에 많은 개혁을 시도했지만 성공한 예가 거의 없다. 고려시대 묘청의 난, 조선시대 조광조나 정조의 개혁정치가 모두 실패한 것은 너무 급진적이었기 때문일 것이다. 요즘 세상살이가 팍팍해지는 섯 같아, 터진 호박을 보며 아내에게 쓸 때 없는 정치 이야기로 일장 연설을 해본다. 가끔 오가향을 방문하는 고객이나 지인들이 마케팅에 신경을 쓰라고 이야기를 하면 "오가향은 천천히 다지면서 가려고 합니다."라고 한다. 호박을 한 아름씩 들고 오는 아들들의 모습이 해맑다. 오늘은 보름달이 오가향을 환하게 비추겠지.

이발

오늘은 미장원을 다녀왔다. 시골에 들어오면서 이발을 하는 것이 중요한 일 중의 하나가 되었다. 이발하는 시기와 포항에 나갈 일이 겹치면 다행이다. 우리가 늘 가는 미장원에 손님이라도 많으면 오랫동안 기

다려야 해서 여간 곤혹스런 일이 아니다. 오늘은 우리 가족 모두 이발을 하였다. 다행히 손님이 없어서 빨리 할 수 있었다. 경제가 어려우면 미장원 가는 횟수를 줄인다더니 그 영향인지도 모르겠다.

아이들이 이발하는 모습을 보니 어린 시절이 떠오른다. 그때 대부분의 아이들은 바리캉이라는 이발기계로 아버지가 빡빡머리를 해주셨다. 날이 무디어지면 머리카락이 이발기계에 집혀서 엄청 고통스러웠다. 아버지는 초등학교 고학년이 되자 이발소에서 이발을 하도록 해주셨다. 대부분의 아이들이 그때도 빡빡머리를 하던 시절이었기에 한동안은 우쭐대며 다녔다. 그러던 어느 날 평소와 같이 이발소에서 이발을 하였는데 견습생이 가위를 들었다. 어느 순간 귀 윗부분에 가위가 닿는 것 같았다. 아니나다를까 귓바퀴에서 피가 나고 이발소는 난리가 났다. 이발을 하라고 했더니 귀를 자른 것이다. 그래도 울지는 않았다. 이발소 주인은 미안하다며 요금을 받지 않았다. 그 돈으로 점방에서 눈깔사탕을 사가지고 맛있게 먹으며 집으로 돌아왔다. 그 후로 이발을 하러 갈 때면 혹시 이발사가 귀를 자르지 않을까 늘 긴장을 해야만 했다.

요즘은 이발소는 없어지고 나도 미장원에 가서 이발을 한다. 전기 기계로 밑머리를 정리하니까 그런 걱정은 던 것 같다. 우리 아이들은 바리캉으로 이발을 하고, 비누거품으로 면도를 하던 이발소가 어떤 곳인지 모를 것이다. 그 많던 이발사들은 다 어디로 갔을까.

감자 이야기

비 오는 날 할 일 없이 뒹굴며 누워있는데 구수한 감자 삶는 냄새가 코끝을 간지럽힌다. 아내는 내가 좋아하는 감자를 삶나 보다.

어린 시절에도 감자를 많이 먹었는데 아직도 좋아하는 걸 보면 입맛이 쉽게 변하지는 않는가 보다. 예전 고향 마을은 산을 개간하여 밭농사를 지었는데 가장 잘 되는 농사가 감자와 고구마였다. 그중에서 감자로 만든 음식을 많이 먹게 되었다. 고봉밥에는 항상 감자 몇 알이 같이 올라오고, 반찬으로는 감자볶음이 빠지지 않았다. 깎아서 소금과 사카린을 조금 넣어 삶은 감자는 간식으로 그만이었다.

결혼 후에 고향에서 엄마가 삶아준 감자 한 냄비를 후딱 먹어치우는 모습을 본 아내는 무슨 맛으로 먹는지 모르겠다고 하였다. 경남 고성이 고향인 아내는 이해가 가지 않는단다.

부전자전이라고 할까 우리 아이들도 감자를 무척 좋아한다. 감자 한 냄비를 삶아놓으면 세 부자가 게 눈 감추듯 후딱 먹어 치운다.

가족들이 감자를 좋아하다 보니 아내는 매년 감자를 심는다. 올해는 가뭄이 심해서인지 감자알이 굵지 않았다. 쓸 만한 감자만 골라서 보관하며 먹고 있다.

옛날에는 작은 감자도 버리는 게 없었다. 작은 것들은 항아리에 담아 삭혀 감자분말을 만들었다. 그것으로 한가할 때에 감자떡을 만들어 먹었다. 먹을 게 넘쳐나는 요즘에는 보기가 힘들게 되었지만 오늘따라 추억의 감자떡이 생각난다.

꿩 대신 닭이랄까, 아내가 김이 모락모락 나는 감자를 들고 온다. 밖에서 비 오는 소리 들려오고, 뜨거운 감자는 이 손 저 손 옮겨가며 심심한 입안으로 자꾸만 들어간다.

시골에서 영화보기

시골에 들어오면 문화생활을 하지 못한다고 한다. 사실 도시에 있으면서도 자주 그런 생활을 즐기는 것도 아니면서 말이다. 나는 회사 다닐 때에 문화동호회 활동을 하면서 영화를 매달 한 편씩 보았지만, 아내는 첫아이를 낳고는 영화관을 찾는 것이 쉽지 않았다. 한 번은 아이를 안고 영화관에 갔는데 울고 보채서 달랜다고 영화에 집중할 수 없었다. 그 후론 영화관하고는 담을 쌓고 살았다. 오히려 시골에 들어오면서 TV로 아내와 함께 영화를 더 많이 본다. 최근 개봉 영화는 아니어도 추억의 영화에서부터 근래의 영화까지 보고 있다. 약간은 늦지만 문화와 시대의 흐름은 놓치지 않을 수 있다.

어제는 '남한산성' 이라는 영화를 보았다. 1980년대 중반, 삼전도비에 대해 대학입학시험의 대학 자체 논술문제로 출제된 적이 있어 관심 있게 보았다. 인조가 청 태종에게 치욕적인 삼고구배를 한 것을 기념하는 삼전도비를 없애는 것이 맞는지, 역사적인 자료로 놔두어야 하는 것이 좋은지를 논술하는 것이었다. 나는 존치를 해 두는 것이 맞다고 했고 그때 시대흐름에 맞았는지 합격을 하였다.

어제 본 영화 '남한산성'은 지금의 현실정치와 시대흐름을 억지로 투영하려고 했는지, 실감나고 사실적인 느낌보다는 지루한 느낌이 들었다. 정권은 바뀌고 역사적인 판단과 평가도 자꾸만 바뀌어간다. 정말 어떤 것이 맞는 것인지 헷갈린다.

다음에는 '신과 함께 2'를 보아야겠다. 1편은 재미있게 보았는데 2편도 기대가 된다. 최근 개봉작이 아니어도 좋다. 넓은 대형 스크린이 아니고, 빵빵한 음향시설이 아니어도 좋다. 매주 한 편의 영화를 가족과 함께 보고 짧은 토론을 하는 것도 삶의 질을 높이는, 나름 즐거운 일인 것 같다.

비 오는 날 산에 가다

태풍이 지나간 자리에는 장마 때도 아닌데 장마 같은 비가 내리고 있다. 가을 햇볕을 기다리는 농작물들이 애처롭다. 갑갑한 마음에 앞산에 가보기로 했다. 다래가 익었는지 궁금하기도 하였다.

비옷을 입고 앞산으로 향했다. 비에 젖은 풀들을 헤치고 실개천에 이

르니 이번 태풍에 떨어진 사과들이 산처럼 쌓여 있다. 우리는 큰 피해 없이 지나가서 다른 사람들도 괜찮을 것이라고 생각했는데 사과농사를 짓는 이웃 농가에서는 피해가 있었나 보다. 추석이 얼마 남지 않았는데 피해를 입은 이웃은 얼마나 가슴이 쓰라릴까 짐작이 간다.

봄철에 다래 순을 딴 곳에 가보니 열매는 보이지 않고 다래 줄기 옆에 오미자가 '나도 있는데…….' 하며 고개를 쑥 내밀고 있다. 빨갛게 익으려면 조금 더 있어야겠다. 유혹하는 오미자를 두고 다른 곳을 찾아 헤매다가 이름 모를 버섯 군락지를 발견했다. 하얀 버섯이 잣나무 둘레를 원형으로 크게 두르고 있다. 꼭 누군가가 심어 놓은 것 같다. 주위에는 썩은 나뭇가지에서 나온 버섯이 훌륭한 작품들을 만들어 놓았다. 모르는 버섯을 함부로 채취해서 먹을 수 없으니 조용히 산을 내려왔다.

내려오는 길에 사위질빵 꽃과 두릅 꽃이 피어 있다. 또 요즘 한창 꽃을 피우는 붉나무, 박주가리, 돼지감자, 코스모스들이 서로 아름다움을 경쟁하고 있다. 먼 산에 물안개가 운무를 아름답게 피우는 것을 보니 비가 개이려나 보다.

머루와 다래는 깊은 산중에서 자라는 것이라 이곳에서도 채취할 수 있을 것이라고 생각했는데 오늘은 실패하였다. 고려가요 중에 청산별곡의 한 구절인 '머루랑 다래랑 따먹고 청산에 살리.'를 보고 다래를 꼭 따 보고 싶었다. 산을 내려와서 농가에서 재배하는 산머루만 구경하고 집으로 돌아왔다. 찢어진 비옷 사이로 비를 홀딱 맞았다. 그래도 비 오는 날에 산에서 색다른 운치를 경험할 수 있어 좋았다.

초보농부의 좌충우돌 콩 재배 이야기

가을이 되면서 콩밭에는 잡초와 노린재가 살판났다. 비가 오락가락하지만 잠시 멈춘 사이에 노린재 트랩을 설치하였다. 노린재는 연한 콩꼬투리에 붙어 영양분을 빨아먹고 콩을 쭉정이로 만들어버린다. 트랩에 모두 잡히기를 기대해 본다.

이제 잡초를 제거해야 된다. 명아주들이 콩 밭을 장악하고 있다. 골에 난 풀들은 예취기로 치고 두둑에 있는 명아주는 아내가 가위로 잘라주었다.

가장 쉬운 농사가 콩 농사라고 하는데 초보농사꾼에게는 이조차 쉬운 일이 아니다. 봄에 이웃 주민에게 트랙터로 갈아달라고 부탁하여 밭을 장만하였다. 그런데 꼭 이때가 되면 가뭄이 와서 마음을 애타게 만든다. 밭을 갈 때는 먼지가 풀풀 날렸다. 그 다음엔 관리기로 비닐 멀칭을

해야 한다. 기계치인 나에게는 관리기 사용이 쉬운 게 아니다. 1년에 한 번 사용하는 관리기는 매번 고장이 나서 신경을 건드린다. 이때가 되면 날카로워진 나 때문에 아내는 초긴장 상태가 되곤 한다. 올해는 다행히 큰 무리 없이 할 수 있어서 다행이었다.

이제는 콩을 심어야 하는데 포트에 모종을 키워서 밭에 심을 것인지, 직파를 해야 할지 결정해야 한다. 콩을 직파하게 되면 쉽게 심을 수는 있지만, 꼭 이맘때에 비둘기가 와서는 올라온 콩대가리를 먹어치워서 보식을 해야 하는 번거로움이 있다. 작년에는 두 번 모종을 하고 한 번 직파를 해서 세 번이나 콩을 심어야만 했다. 다행히 올해는 한번 직파로 했으니 성공한 셈이다. 아내가 깡통을 매달고 새벽에 비둘기를 쫓은 덕분이기도 하지만 올해는 작년에 비해 새들이 많이 오지 않은 이유도 있다.

콩 순이 자라면 몇 차례에 걸쳐 순지르기를 해야 한다, 콩의 키가 너무 자라면 바람에 흔들려 넘어지기도 하고, 콩이 많이 열리지도 않는다. 콩 순을 잘라주면 가지가 옆에서 튀어나와 많은 양의 콩이 열리고 넘어지지도 않는다. 작년에는 꽃이 나오면 순지르기를 하지 말아야 하는데, 너무 늦게 잘라주는 바람에 콩의 수확량이 많이 줄어들었다. 올해는 다행히 적당한 시기에 순지르기를 한 것 같다.

잡초와 노린재와의 전쟁이 끝나면 콩 수확과 건조, 탈곡, 콩 가리기 등의 과정이 기다리고 있다. 귀농 후 초보농부로서 좌충우돌하며 오늘에 이르렀다. 어떤 때는 몰라서 실패하고, 어떤 때는 자연이 도와주지 않아 힘들었다. 전에는 '실패는 성공의 어머니'란 말의 뜻을 이해하지 못했다. 농촌에서 몇 년간 살다 보니 이제는 알 것도 같다. 잘 알지 못하는 농사지만 매 순간 최선을 다했기에 후회는 없다.

명아주로 뒤덮였던 밭은 어느새 콩대만 가득한 콩밭으로 변해 있다. 온 몸이 땀범벅이지만 작업 후에 사랑하는 아내와 정자에 앉아 시원한

복분자차를 마시고 있으니 세상 시름 가을바람에 모두 날아간다.

운동과 노동

비가 잠시 멈춘 사이에 아내와 배드민턴을 쳤다. 비가 온 후라서 농
작물이 젖어 일을 할 수가 없다. 자투리 시간을 내어 배드민턴을 치기로
한 것이다. 시골에 들어가면 배드민턴은 물론 탁구도 치고, 걷기 운동이
며 등산도 하기로 마음먹었다. 하지만 실제 생활은 그런 여유를 쉽게 허
락하지 않는다. 바쁜 농사철에 시간을 내어서 운동을 하기란 쉽지 않은
일이다.

도시에 있을 때에는 회사와 집을 오가며 별다른 운동을 하지 않았기
에 살이 찌고 배가 나왔다. 그래서 한동안은 허리가 아파 병원을 들락거
리고, 주말에는 등산을 하며 건강을 유지하려고 애를 썼다. 그런 노력에
도 불구하고 배가 들어가지 않았는데 농촌에 있으니 살도 빠지고 배도

자연히 들어가게 되었다. 운동과 노동은 다른 것이라고 하는데 노동을 해도 살이 빠지는 것을 보면 운동이 되나 보다.

요즘은 어느 정도 농촌생활에 익숙해져서 더운 여름밤이면 마을길 산책도 하고, 겨울이면 앞산을 오르락내리락 하기도 한다. 그래도 탁구나 배드민턴은 비 오는 날이 아니면 치기가 쉽지 않다. 아직까지도 마음의 여유가 부족한가 보다.

오랜만에 배드민턴을 치니 팔과 다리가 모두 힘들다. 이리저리 셔틀콕을 받기 위해 뛰어다니던 아내는 금세 지쳐 버린다. 오늘은 요만큼만 하고 빨리 농장을 둘러보러 가자고 한다. 하여튼 아내는 일 욕심에 잠시도 즐기지를 못한다. 아내가 하는 말, 일도 운동이란다.

고향집

벌초를 하기 위해 고향집에 갔다. 마을 초입에 들어서니 머리에 관을 쓴 어여쁜 후투티 한 마리가 차 앞으로 날아왔다. 마치 길을 안내하듯 앞서 날아가다가 앉기를 반복한다. 아름다운 날개를 활짝 펼치며 차 앞으로 날아가는 모습이 경이롭기까지 하다. 참 오랜만에 고향에 찾아온 우리가 반가워서 마중을 나왔나 보다. 엄마가 혼자 고향집을 지키고 계시지만 바쁘다는 핑계로 자주 가지 못한다. 그래도 아직 건강하신 것 같아 다행이다.

고향집은 어린 시절의 그 온기 있고 따뜻한 집은 아니다. 흙돌담은 벽돌담으로 바뀌었고 마당은 콩밭으로 되어 있어 옛날 그 운치 있는 고향집 전경이 아니다.

현재의 고향집은 1977년 3월 3일에 지었다고 기록되어 있다. 어렸지만 집을 지었던 그때 그 장면들이 어렴풋이 기억이 난다. 고사리손으로

서까래를 깎았던 일이며, 어른들이 달구질 하던 모습, 아버님이 대들보에 상량문을 쓰시며 환하게 웃음 짓던 모습도 아련히 떠오른다. 새 집을 짓는다는 것은 아마 아버님 일생에서 가장 큰 일 중의 하나였을 것이다. 하지만 나에게는 그 옛날 초가집에서 지냈던 시절이 그립고, 기억에 남는다. 방 두 칸에 형제들과 아웅다웅 지냈던 그때가 더 좋았던 것 같다. 좁은 방에서 누에고치와 함께 지냈지만 불편함보다는 따사로움으로 남아 있다.

중고등학교 시절에는 형들이 모두 외지에 나가고 새 집에서 내 방을 가지고 지냈다. 그렇지만 정겹다는 생각보다 윤택해진 생활 속에서 공부한다고 머리 싸맨 기억뿐이다. 내가 지내던 공부방도 그대로 있고 책상도 그 자리에 있는데 낯선 풍경으로 다가오는 건 왜일까. 세월이 흐른 것뿐만은 아닐 것이다. 고향집에서 마음이 너무 멀리 와 있기 때문이 아닐까.

집 뒤에 있었던 뾰쪽 감나무와 넓적 감나무는 오래전에 죽어 흔적조차 없다. 그 밑에서 친구들과 소꿉장난도 했는데…… 가마솥에 나무를 때 밥을 해 먹던 정지도, 펌프질 하며 물을 올리던 수도도 현대식으로 바뀌어 옛 정취를 찾아 볼 수 없다.

정월대보름에 보름달 보러 올랐던 뒷동산에는 가시나무 덩굴들이 엉클어져 올라갈 수도 없다. 친구들과 뛰어놀던 뒷동산의 잔디밭은 온데간데없다. 단오 때면 그네를 매고 온 동네 사람들이 모여 놀았던 300년 된 소나무도 비바람에 쓰러지고 없다.

담배를 피우며 자식 걱정하시던 아버님의 방에는 당신은 보이지 않고 우리 아들 돌사진과 내 졸업 사진만이 덩그렇게 걸려 있다. 하지만 지금도 사립문을 들어서면 아버님이 "현구 왔나?" 하고 방문을 여실 것 같다.

댑싸리 빗자루

귀농 첫해에 아랫마을을 어슬렁거리다 보니 어느 집 마당에 밤송이처럼 동글동글하고 귀엽게 생긴 풀이 있었다. 너무 예뻐서 이게 무엇이냐고 집주인에게 물으니 빗자루로 만들어 쓰는 댑싸리라고 했다. 그러고 보니 어린 시절 시골집에서 본 것 같았다. 그 때에는 관심을 두지 않았기에 뭔지 몰랐다. 무엇이든지 관심을 가질 때에 알게 되나 보다. 아내는 빗자루를 만들 용도보다는 모양이 예쁘다며 우리집에도 한 포기 심었으면 좋겠다고 하였다. 하지만 씨앗을 구하기가 쉽지 않았다. 가을이 되어 씨앗을 받으려고 하면 이미 잘라서 빗자

루로 만들어 놓기 일쑤였다. 그 다음해에 어렵게 구해 집 주변과 텃밭 주변에 뿌려놓았더니 봄에 여기저기서 싹을 틔웠다. 가을에 그중에서 쓸 만한 것을 골라 빗자루로 만들어 유용하게 쓰고 있다.

댑싸리는 올해도 장원 이곳저곳에 더 많이 돋아났다. 특히 장독대 앞에 한 녀석이 유독 예쁘고 튼실하게 자랐다. 그런데 더운 여름동안 우리의 눈을 즐겁게 해주던 댑싸리는 어제 내린 비로 쓰러지고 말았다. 다른 녀석들은 멀쩡한데 이 녀석만 쓰러져 있다. 자세히 보니 줄기 하나에 가지는 수십 개가 되고, 가지마다 잎이 수백 개가 되는 듯하다. 너무 무성해서 쓰러진 것이다. 살면 얼마나 산다고 그랬을까. 욕심을 너무 부렸나

보다. 한여름 차곡차곡 쌓아 올린 탑이 한순간에 무너진 것이다. 사람이든 식물이든 욕심을 너무 부리면 말년이 괴롭다. 달도 차면 기운다더니 옛말이 틀린 게 없다. 쓰러진 댑싸리를 싹둑 잘라 마당가에 말려 놓았다. 내년에는 요 녀석이 우리 마당을 위해 열심히 일해 주겠지.

댑싸리 빗자루는 마당을 쓸 때 특히 유용하다. 요즘에는 플라스틱으로 만든 편리한 빗자루가 많이 있지만 마당은 댑싸리 빗자루만큼 깨끗하게 쓸리지 않는다. "마당쇠야, 해가 중천에 떴는데 마당은 언제 쓸라고 하노?" 작은 댑싸리 하나가 가을바람에 살랑살랑 춤을 추며 말을 건다.

추석 선물

낮에도 서늘한 바람이 살랑살랑 부는 것을 보니 가을인가 보다. 평소 오가향 된장을 이용하는 고객이 전화를 했다. 조합원들에게 줄 추석명절 세트를 준비해 달라고 한다. 그러고 보니 벌써 추석이 코앞에 와 있

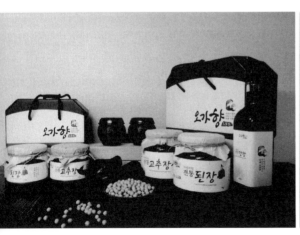

다. 그 고객은 명절이 되면 조합원들이나 거래처에 줄 선물을 우리 오가향 선물세트로 한다. 매년 같은 선물을 해도 받는 사람들의 반응이 괜찮다고 한다. 요즘은 된장, 고추장을 집에서 만들어 먹지 않기 때문에 맛있는 장을 선물로 받아서 좋아한다고 하니 감사할 따름이다. 그런 말을 들을 때면 고생한 보람이 있는 것 같다. 별다른 홍보를 하지 않고 오지마을 산골에서 고객을 기다리는 낭만농부와 장아지매로서는 고마운 분이 아닐 수 없다.

어제는 오가향 장을 구매 하셨던 분이 친구들과 함께 방문하였다. 오가향 장원도 둘러보고 추석 선물세트를 사갔다. 우리 부부는 맛은 기본으로 하고, 제품을 판매한다는 것보다 인연을 맺는다는 마음으로 신뢰를 얻고 싶다.

선물의 의미는 무얼까. 낭만농부도 20년 동안 회사생활을 할 때에 매년 명절이 되면 상사나 부하직원들에게 선물을 하고, 받기도 하였다. 또 회사에서 준비한 선물을 거래처에 전달도 하였다. 명절이 다가오면 어떤 선물을 할까 고민을 하게 된다. 선물을 고르려고 하면 매년 비슷한 종류라 그게 그것 같다는 생각이 들기 때문이다. 선물을 받으면 누구나 기분이 좋다. 그것에 더하여 주는 이의 마음이 전달된다면 더 뜻 깊은 선물이 될 것이다. 그런 의미에서 정성이 무엇보다 중요하다고 생각한다. 비싼 제품보다는 정성이 가득 담긴 선물을 받으면 누구나 미소가 피어나지 않을까.

작년보다는 올해 경기가 좋지 않다고 한다. 그렇다고 회사든 개인이든 선물을 하지 않을 수는 없을 것이다. 적정한 가격에 실용적인 면에서 전통장 선물이 주는 사람이나 받는 사람에게 만족을 줄 것이라 생각한다. 특히 주부들이 가장 좋아할 선물이 될 것이다.

우리 부부는 한동안 바쁠 것 같다. 많은 양은 아니지만 선물하는 분들의 정성을 대신 담아 추석 선물세트를 준비해야하기 때문이다.

그 길에 마로니에

며칠 전 오가향을 방문한 지인이 윗마을 점방집 앞에 있는 큰 나무 이름이 뭐냐고 물어보았다. 작년에 꽃이 특이하고 나무가 크리스마스트리 모양이라 주인 할아버지께 여쭈어 보았다. 그때는 이름을 알았는데 기억이 가물가물하였다. 지인은 다음에 방문할 때까지 이름을 알아 놓으라고 숙제를 내어놓고 갔다.

자전거를 타고 올라가 보니 토실토실한 흑갈색 밤 같은 게 땅에 떨어져 있다. 주인 할머니께 여쭈어 보니 잎이 일곱 개라 칠엽수라고도 하고, 어떤 사람들은 마로니에라고도 한단다. 실제로 잎을 세어 보니 다섯 장도 있고 여섯 장도 있다.

할아버지는 알밤 모양의 열매를 갖다 심으면 내년에 싹을 틔울 것이라고 말씀하시고, 할머니는 지난해에 쥐가 물고 가다가 놔두었는지 도랑가에 한 포기가 올라와 있으니 캐다 심으라고 한다. 집에 돌아와 아내와 상의한 후 나무를 캐다가 파고라 앞쪽에 심었다.

칠엽수라는 말은 들어보지 못했고 마로니에라는 말은 노래로 많이 들어보아 귀에 익숙하다.

지금도 마로니에는 피고 있겠지 / 바람이 불고 낙엽 지듯이 // 끝없이 사라진 그 목소리 / 아— 청춘도 사랑도 다 마셔버렸네 // 그 길에 마로니에 잎이 지던 날—

지그시 눈을 감고 노래를 흥얼거리며 지난날을 회상하니, 사람이든 나무든 삶이 슬퍼 보인다.

사람들에게 마로니에라는 이름이 익숙해진 것은 프랑스의 샹젤리제 거리의 가로수가 유명하기 때문이다. 몇 년 전에 방문한 적이 있는데 그

때에는 본 기억이 없다. 바쁜 일정 때문이었는지 계절적인 이유로 잎이 없어서인지는 모르겠다. 우리나라에도 옛날 서울대학교 교정을 마로니에 공원으로 꾸며 예술을 하는 사람들의 터전으로 만들어 놓았다. 칠엽수보다는 마로니에라고 하니 왠지 근사한 이름 같다.

점방집 마로니에 나무도 조금 더 가을이 깊어가고 찬바람이 불어오면, 큼지막한 잎사귀는 노랗게 단풍이 들어 오가는 이들의 눈길을 사로잡겠지. 그리고 봄이 오면 새싹이 나올 것이고, 여름이 되면 고깔 모양의 밝은 하얀색 꽃을 피울 것이다. 낭만농부와 장아지매는 오가향에 옮겨 심은 마로니에 나무에 꽃이 필 때까지 자전거를 타고 점방집 앞을 찾아갈 것 같다.

그나저나 우리집 마로니에 나무는 언제 꽃이 피려나. 마음은 벌써 우물가에서 숭늉을 찾아본다.

부추꽃이 부르는 가을

텃밭에서는 부추가 흰 빛으로 별모양의 앙증스런 꽃을 피우고 있다. 자세히 보니 흰색에 노란색 꽃밥이 있다.

어린 시절에 엄마가 부추전을 많이 부쳐주셨지만 꽃을 자세히 보기는 처음이다. 주로 텃밭관리는 아내가 한다. 아내에게 "부추꽃이 이쁘네, 얘는 여기 어떻게 와 있대?" 하고 물으니, "참 당신도……. 어머님이 정구지 뿌리 캐어가라고 해서 가지고 왔잖아, 밭가에 심어놓으면 일 년 내내 먹을 수 있다고 하시며."라고 한다. 아내는 작물이나 꽃에 관심이 많지만 나는 소홀한 편이다. 캐다 심어놓아도 그때뿐이고 금방 잊어버린다.

엄마는 부추를 정구지라 불렀다. 집 뒤편 감나무 곁에 심겨져 있던 정구지는 가끔 전으로 변신하여 우리들 밥상에 올라오곤 하였다. 그 정구지가 이젠

아내의 손길을 거쳐 우리 밥상에 부추전으로 올라오고 있다.

아내는 두메부추꽃도 예쁘게 피었다며 대추나무 밑으로 이끈다. 파꽃 같이 동글동글하며 연보라색이다. 두메부추는 두메산골에서 산다고 붙여진 이름이라고 한다. 일반 부추보다 잎이 좀 두껍다. 부추 중에 가장 맛있는 게 두메부추로 알려져 있지만 아내는 식감이 좋지 않아 꽃을

보기 위해 심어놓았다고 한다. 꽃만 피우며 아내의 눈을 즐겁게 하는 식물인가보다. 농촌에서 농사만 지어오신 어르신들은 "뭣이 중하노? 꽃만 보면 먹을 게 나오나?" 하고 호통을 치시겠지만 식물이 자라고 예쁜 꽃이 피어나는 과정을 지켜보는 것도 즐겁고 행복하다. 보는 것이 먹는 것 이상의 엔도르핀을 생성한다면 나름의 목적을 다하는 것이리라. 비 오는 날 막걸리 한잔에 부추전을 안주삼아 먹으며 두메부추 꽃을 바라보면 참 행복이 거기에 있겠지.

정구지란 말은 '정을 굳히는 나물'이라는 뜻으로 원기를 돋우는 최고의 나물이란다. 겨울을 이겨내고 처음으로 올라온 부추는 사위에게도 주지 않는다는 말이 있다. 그만큼 약성이 좋다는 말이겠지. 엄마가 나눠준 부추는 해마다 돋아나서 우리의 건강을 지키고 있다.

몇 뿌리 캐왔는데 새끼를 쳐서 몇 년 사이 풍성한 부추밭이 되어 있고, 소박하고 청순한 꽃에는 어느새 벌과 나비들이 찾아와 가을을 즐긴다.

조롱박

옛날엔 초가지붕 위에 하얗게 익은 박이 풍요의 상징이었다. 추수하는 가을철에 흔히 볼 수 있는 풍경이었지만 요즘에는 쉽게 볼 수 없다. 박으로 만든 바가지도 약수터나 절에서조차 보기 힘들다. 조롱박은 노래로 불렸을 만큼 가난한 시절엔 우리의 곁에 가까이 있었던 작물이다.

논둑 밭둑 지나서 옥수수 밭 지나서
오솔길을 지나면 오막살이 초가집
박 넝쿨이 엉켰네 조롱박이 달렸네

박 넝쿨이 엉켰네 조롱박이 달렸네

풍금소리에 맞춰 부르는 아이들의 노랫
소리가 들리는 듯하다.

지난해에 '에코팜'에서 운영하는 박공
예 수업을 듣고 박을 심어 보기로 하였다.
씨앗을 구해 울타리 주변에 심어 놓았더
니 가을에 박이 주렁주렁 열렸다. 아내는
박을 따서 나물반찬으로 해주었지만 맛이
아니었다.

박공예용으로 활용하고자 톱으로 자른
다음 숟가락으로 속을 파내고 가마솥에
삶았다. 그리고 겉은 깨끗하게 긁어내어
그늘에 말렸다. 그런데 이 작업이 여간 힘
든 게 아니었다. 흥부전에 나오는 것처럼 박 안에는 금은보화도 없었고
팔, 다리, 허리만 아팠다.

열심히 작업한 박은 마르면서 쪼그라들어 공예용으로 쓸 것은 몇 개
되지 않았다. 몇 개 건진 박으로 등도 만들어 보고 표지판용으로도 활용
해 보았지만 이건 할 일이 아니다 싶었다. 뭐든 쉬운 게 하나도 없다.

올해에는 조롱박을 관상용으로 파고라에 두 포기를 심었는데 가뭄이
심해서 한 포기는 죽고 한 포기만 살아남아 앙증스럽게 달려있다. 줄기
어딘가에 박꽃이 있고 또 그렇게 피었던 자리에 박이 하나, 둘 달려 있
다. 올 가을엔 잘 여문 조롱박으로 만든 바가지로 시원한 물 한잔 마시
며 시골의 소소한 행복을 즐겨봐야지.

초가을 산에는

가을이 성큼성큼 다가오는 산에는 무엇이 있을까. 뒷산에 가보기로 했다. 9월이 되니 벌써 바람부터 다르다. 살랑살랑 초가을 산바람이 불어오니 산행하기에 안성맞춤이다.

사과밭을 지나서 산 초입에 들어서니 보랏빛 열매가 보인다. 자세히 보니 산머루가 틀림없다. 먹음직스럽게 익어가고 있는데 언제쯤 맛을 볼 수 있으려나. 하지만 다래는 보이지 않는다. 산을 오르면서 유달리 많이 본 것이 지천에 피어 있는 야생화다. 산골 어디에서나 볼 수 있는 꽃들이지만 저마다의 아름다움을 가지고 있다. 큰고들빼기, 배초향, 익모초, 애기똥풀, 싸리꽃, 나비나물, 쑥부쟁이, 이질풀, 묏미나리, 물봉선, 무릇, 닭의장풀, 며느리밑셋개 등 제각각의 이름을 가지고 자태를 뽐내고 있다. 꽃은 봄에 많이 핀다고 하지만 가을에도 이처럼 많이 가지각색의 모습으로 존재를 드러낸다.

가을은 버섯의 계절이라고도 할 수 있다. 하얀 버섯, 빨간 버섯들이 이곳저곳에서 보인다. 하지만 아무거나 채취해서 먹었다가는 큰일 날 수 있기 때문에 눈으로만 보고 지나칠 수밖에 없다.

입이 떡 벌어진 으름을 맛보기에는 이른가 보다. 아내가 좋아하는데 아직 연초록빛을 띠고 있어서 며칠 있다가 다시 와야 될 것 같다. 아쉽지만 발길을 돌려 내려왔다. 내려오는 길에 자연산 돼지감자밭이 보인다. 지난겨울에 멧돼지들이 땅을 일구어 놓았는데 그곳에 돼지감자들이 노란 꽃을 피워놓았다. 아. 이놈들이 돼지감자를 먹으려고 그때 난리를 쳤었구나. 그렇게 파먹었는데도 수없이 살아남아 밭을 이루고 있다. 그 번식력을 알아줄만 하다.

조금 더 내려오니 흰색 초롱꽃이 보인다. 초롱꽃은 봄에 피는데 가을에 있는 게 이상하다. 흰금강초롱인가.

더 내려오다가 아내가 손짓을 하며 "잔대가 있네." 한다. 작은 종처럼 생긴 꽃들이 연보랏빛을 띠고 조롱조롱 달려있다. 서로 도란도란 이야기하는 것처럼 다정하게 매달려 있다. 고라니가 먹어치우지 않으면 내년에도 볼 수 있겠지.

추석명절 선물세트 준비를 해야 하는 바쁜 때이지만 잠시 짬을 내어 찾아간 가을산은 우리에게 많은 야생화를 선물해준 기분이다. 그동안 아내가 꽃에 관심을 가지더니 꽃 이름을 많이 알고 있다. 나에게 이건 익모초고 저건 닭의장풀이라며 아는 체를 한다. 난 몇 번이고 아내가 이야기해도 조금 가면 잊어버려 똑같은 꽃을 보고 다시 묻곤 한다. 산에는 무궁무진한 보물들이 산재해 있다. 하지만 보물도 모르면 지나치게 된다. 아는 만큼 보인다는 것을 일깨워 준 산행이었다.

집에 돌아와 책을 한 권 구입했다. 『꽃이 가르쳐 주었다』이다. 아마도 많은 것을 가르쳐 줄 것 같다.

수세미

농부는 작물을 키워 소득을 올려야 먹고사는데, 낭만농부와 장아지매는 수익과는 거리가 먼 작물들을 많이 심어 일을 만든다. 그 중에 수세미도 한몫하고 있다.

수세미는 농촌에 들어오기 전에는 모르는 작물이었다. 죽장연 공장 건립을 하기 위해 상사리 마을에서 1년간 하숙을 하였는데 하

숙집 정원 아치에 주렁주렁 달려 있는 것이 있었다. 이름을 물어보니 수세미라고 하였다. 수세미는 설거지를 할 때 사용하는 것이라고 알고 있는데 이름도 요상하다. 실제 천연 수세미로 사용하였고 설거지용 수세미가 이 작물의 이름에서 파생된 것이라고 한다.

도심에 살 때에는 담배를 많이 피워서인지, 아니면 오염된 곳에서 생활해서인지 기침을 많이 하였다. 그것을 보고 하숙집 주인이 수세미를 따주어 발효액으로 만들어 놓았다. 그런데 좋은 공기를 마셔서인지 차츰 기침이 없어졌고 발효액은 창고에서 잠자고 있다.

봄에 장독대 끝 쪽이 허전하여 아치를 설치하고 수세미를 심었다. 올해 유난히도 가뭄이 심했지만 살아남아 노란 꽃을 활짝 피웠고 줄기에 탐스러운 수세미를 달아 놓았다. 아내는 수세미가 아치를 타고 오르게 유인을 하며 정성을 다해 키웠다.

수세미는 미세먼지가 심한 중동지역에서 재배되어 코와 목을 보호하는 용도로 사용되어 왔다고 한다. 요즘 우리나라에서도 점점 탁해지는 공기 때문에 각광받는 식물로 자리잡고 있다.

관상용으로 심어 놓았는데 건강에도 좋다고 하니 매년 심어야지.

수세미 속에는 그물 모양의 섬유가 들어있다고 한다. 옛날에는 속에 있는 씨를 빼내고 부엌에서 그릇을 닦는 용도로 사용하였다고 한다. 다 익으면 따서 천연 수세미로 설거지를 해보아야겠다.

시골농부의 도시산책

아내가 알고 지내던 친구들의 모임이 있어 포항을 나가게 되었다. 아내를 모임 장소에 내려주고, 그동안 잊고 지내던 시내를 돌아보기로 했다. 포항운하관에서 죽도시장까지를 혼자 천천히 걸어 보았다. 포항운하관에 오르니 날씨는 조금 흐렸지만 포항의 모습을 사방으로 볼 수 있었다. 24년 전 처음 이곳에 와 문간방에서 살았던 해도동도 보이고, 처음으로 내 집을 마련해서 살았던 대이동도 보인다. 청춘을 20년간 바쳤던 일터도 보인다. 휴일을 빼고 하루도 빠지지 않고 오갔던 형산강 다리도 보인다. 강물은 그때나 지금이나 천천히 흐르지만 세월은 정말 빨리도 흘렀다. 꿈을 키우며 아내와 아이들과 지냈던 일들이 조각조각 떠오른다. 여름에 방티에 물 받아 놓고 아이들이 물놀이 하던 기억이 먼저 난다. 수영장이라도 간 듯 즐거워 했었지. 유치원 운동회 때 아이들 손을 잡고 달리기 했던 것, 백일장에 참석하여 쪼그리고 앉아서 글도 쓰고 그림도 그렸던 일, 아이들과 운제산 오르던 길, 그때는 힘들었는데 지금은 모두모두 즐겁고 행복한 일들로 기억된다.

옛 추억을 더듬고 있는데 대구에서 포항운하를 보러온 중년여성들이 사진을 찍어 달라고 하였다. 나보다는 나이가 더 들어 보이는 분들이다. 각도를 맞추어 예쁘게 찍어주었다. 내가 찍어준 사진이 훗날에 그리운 추억으로 남을 것이다. 운하를 따라 걸으니 기분이 상쾌해진다. 깨끗하

게 잘 만들어 놓았다는 생각이 든다. 단지 처음에 계획한대로 지금 진행
이 되지 않는 것이 아쉬울 뿐이다. 조금 걷다 보니 운하 옆에서 놀고 있
던 꼬맹이가 신발을 물에 빠뜨려서 엄마가 발을 동동 구르고 있었다. 마
침 가지고 있던 우산 손잡이로 건져 주니 고맙다고 몇 번이고 인사를 한
다.

　동빈내항을 지나 죽도시장으로 들어갔다. 공판장과 어시장에는 시장
을 보러온 사람, 팔려는 사람이 한데 어우러져 활기차다. 옛날에 해도동
전셋집에 살 때 버스비를 아끼기 위해 아이를 유모차에 태우고 걸어서
시장을 보러 자주도 왔다. 그때는 복잡하고 어수선한 모습이었는데 지

금은 깨끗하게 정리되어 있다.

죽도시장을 나와 해도동 주택가를 걸었다. 그곳의 사람들을 보니 처음 포항에 와서 전셋집에 살았던 때와 별반 다르지 않다. 세월이 많이 흘렀지만 옛날의 모습을 간직하고 있는 것 같아 정겨움이 느껴진다. 그 속의 따뜻한 정도 그대로이겠지.

도시를 떠난 지 4년이고, 나홀로 산책을 하는 것은 처음이어서 나름 대로 좋은 시간이었다. 짧은 시간이었지만 많은 생각을 하게 해준 도시 산책이었다. 아내는 오랜만에 만난 친구들과 즐겁게 수다를 떨다가 나를 보자 몇 년 만에 만난 사람처럼 살갑게 다가와 웃는다. 힘들고 어려운 농부의 길이지만 믿고 따라주는 아내가 있기에 든든하다. 어두운 밤 아내 손을 꼭 잡고 깊은 두메산골 오가향으로 오기 위해 발길을 재촉했다.

깨 찌기

내 고향 예천에는 고추와 참깨농사를 많이 짓는다. 어린 시절에 부모님과 깨를 찌고 털기 하던 일들이 기억난다. 형제가 모두 출가한 후에 매년 엄마는 추석명절이 되면 4형제에게 참기름을 소주병에 넣어 똑같이 나누어주셨다. 엄마가 챙겨주실 때는 아까운 줄 모르고 맛있게 먹었다. 이젠 연세도 많으시고 엄마 혼자 농사를 지을 수 없어서 부모님이 해 주시던 고소한 참기름을 먹을 수 없다.

귀농하여 아내는 매년 우리 가족이 먹을 만큼만 참깨농사를 짓고 있다. 어린 시절에 어깨너머로 본 것으로는 농사를 지을 수 없다. 아내는 장모님께 이런저런 것을 물어보곤 한다. 깨 꼬투리가 서너 개 벌어지면 깨를 찌라는 장모님의 말씀에 오늘 찌기로 하였다.

어느 농사든 쉽게 되는 게 없다. 매번 상황이 바뀌다 보니 정말 어렵다. 올해는 참깨 씨를 두 번이나 심었다. 처음 씨를 밭에 심었는데 싹이 보이지 않아 모종을 키워 다시 심었다. 그러다 보니 깨 찌는 시기가 예년에 비해 늦어졌다. 참깨는 바람에 쓰러질 가능성이 높아 줄을 쳐야 한다. 지난 태풍 때에 줄을 쳐서인지 깨가 쓰러지지 않아 다행히 온전하게 수확할 수 있게 되었다. 많은 양이 아니라서 나는 깨를 낫으로 베어 나르고, 아내는 줄로 깻단을 묶어서 마르기 쉽게 세우는 작업을 하였다. 이제 비가 오면 비닐로 덮고 햇볕이 나면 비닐을 걷어 말려야 한다. 이렇게 말리고 털고 두세 번 해야 되는데 중간에 비가 오면 여간 번거로운 게 아니다.

고향에서 참깨 농사를 지을 때는 비가 오려고 하면 우사인 볼트보다 빨리 밭으로 달려가 비닐을 덮어야 했다. 그 역할은 내가 했고 먼 거리인 산중턱에 밭이 있다 보니 보통 일이 아니었다. 지금은 참깨 밭이 오가향 안에 있으니 헐레벌떡 달려가지 않아도 되어 얼마나 다행인지 모른다. 이젠 참깨가 어느 정도 잘 건조되기를 기다려 부지깽이로 깨 털기를 해야 한다. 참깨가 주르륵 떨어지는 소리가 벌써부터 들리는 듯하다.

그 소리를 들을 때면 곧 부자가 되는 기분이 든다. 작은 참깨 한 알 한 알이 모여 한 되가 되고, 한 말이 되는 것을 보면 '티끌 모아 태산'이란 말이 이해가 된다.

올해도 힘든 과정을 거쳤지만 참깨농사는 무난히 마무리 될 것 같다. 정성들여 지은 참깨는 일부는 고소한 깨소금으로, 나머지는 구수한 참기름으로 우리 집 식탁을 채울 것이다. 깻대의 향기가 가을바람을 따라와 코를 자극한다. 가을향기는 뭐니 뭐니 해도 도란도란 이야기하며 수확을 하는 중년 부부의 '꼬신내'가 제일이지 싶다.

으름 따기

오가향 서쪽 울타리는 으름덩굴로 덮여 있다. 따로 심지 않았지만 자생적으로 나서 울타리를 감고 올라가 있다. 작년까지만 해도 으름열매는 달리지 않고 덩굴만 우거져 귀찮게 하였다. 환삼덩굴 같은 다른 식물들을 제거해주어야 하는데 게을리 했기 때문인 것 같았다.

올해 아내가 울타리 주변에서 풀을 뽑다가 으름열매를 발견하고는 나에게 달려와 이야기한다. "으름이 달렸어. 그것도 네 개나." 어떤 식물이든 관리하면 제 역할은 하나 보다.

아내는 으름을 좋아한다. 이사 온 첫해 동네 할아버지가 마을회관 정자에서 나를 불러 으름 한 봉지를 주셨다. 집으로 들고 가서 아내에게 주니 신기한 듯 요리조리 보더니 맛있게 먹었다. 그 후 매년 으름열매가 익는 추석 전후가 되면 따러 가자고 조른다. 산 속으로 들어가면 주렁주렁 달린 으름열매가 우리를 기다린다. 으름덩굴에서 딴 열매 중 벌어져 있는 것은 저온 창고에 보관해 두었다가 틈틈이 먹고 덜 익은 것은 발효액으로 담가놓는다. 으름은 흔히 한국산 바나나라고도 한다. 맛은 엄청

달달한데 까만 씨가 많아서 먹는 것이 불편하다. 아내는 혼자 먹기 미안한지 자꾸만 먹어 보라고 준다. 마지못해 한 개는 먹지만 좋아하지는 않는다.

추석이 다가오면서 오가향 울타리의 으름도 하얀 속살을 내보이고 있다. 으름열매를 따지 않으면 새가 쪼아 먹어 속이 텅 비게 된다. 얼른 따서 아내에게 주니 게 눈 감추듯이 맛있게 먹는다. 매년 추석이 다가오면 아내와 함께 뒷산 가는 일은 계속 될 것 같다. 봄이면 예쁜 꽃향기에 취하고, 가을에는 달달한 열매에 반한다. 시골에는 이런 재미도 가끔은 즐길 수 있어서 좋다.

풀벌레 소리 있는 가을 속으로

아침에 일어나 테라스에 나가니 여러 곤충들이 인사를 한다. 매미는 모자 위에 앉아 있고, 사마귀와 여치는 탁자 위에서 폴짝폴짝 뛰어간다.

메뚜기는 바닥에서, 사슴벌레는 마당에서 반갑게 말을 건다. 갑자기 곤충들이 나타난 것이 간밤에 비가 와서인지, 계절적인 요인인지는 모르겠다.

곤충들을 보니 어렸을 적 방학숙제가 떠오른다. 초등학교 시절 여름방학 숙제 중에 식물 채집과 함께 빠지지 않았던 것이 곤충 채집이었다. 방학 내내 실컷 놀다가 개학이 다가오면 부리나케 곤충을 찾으러 산과 들을 헤집고 다녔다. 그때 주로 잡았던 것이 메뚜기, 방아깨비, 여치, 사슴벌레, 장수풍뎅이, 나비, 고추잠자리 등이었는데, 오늘 그놈들 중에 많은 것들을 그저 볼 수 있었다. 매미는 예전엔 잡기 힘들었는데 요즘은 주 활동 계절인 여름이 끝나서인지 심심찮게 인사를 온다. 사마귀는 옛날이나 지금이나 무섭다. 얼른 쫓아버렸다. 메뚜기는 옛날엔 잡아서 볶아 먹기도 하였는데 요즘은 그런 모습은 보기 힘들다. 가을 곤충 중 대표적인 고추잠자리가 바람에 날갯짓을 하며 파란 하늘을 가르고 날아간다.

요즘은 곤충 개체 수 보호 때문인지 초등학교에서도 곤충 채집이란 방학숙제는 사라진지 오래되었다. 그래서인지 아이들은 곤충을 싫어하고 보게 되면 질겁하며 농촌이 싫다고 한다. 그래도 우리 부부는 때마다 찾아오는 곤충들과 함께 사계절 변화를 눈으로 보고 귀로 들으며 행복해 한다.

야생 오미자

모처럼 가을 햇살이 따사롭게 내려앉는다. 그동안 얼마나 바빴는지 용등밭의 오미자를 잊고 있었는데 제대로 익고 있는지 보러 갔다. 오미자는 달고, 쓰고, 시고, 맵고, 짠 다섯 가지의 맛이 난다고 하여 붙여진 이름이라고 한다. 당연히 몸에 좋아서 만병통치약 같다. 몇 해 전, 이웃농가에서 오미자 농사를 시작하면서 우리 가족이 먹을 만큼 딸 수 있을 거라며 모종을 주었다. 적당한 자리를 고민하다가 용등밭에 심었다. 오미자 줄기가 타고 올라가기 좋게 지지대를 박고 아내는 줄을 이용하여 얼기설기 그물을 엮어 놓았다. 여름이 되어 줄기가 왕성하게 자라 잎을 내고 꽃을 피우더니 탐스러운 오미자가 열렸다. 그 후, 별 관리를 하지 않아도 먹을 만큼은 수확하겠지 하고 그냥 두었는데 그것은 큰 오산이었다. 장마가 시작

되면 어김없이 흰가루병이란 놈이 매년 찾아와서 제대로 수확을 하지 못했으니 말이다.

올해도 별 기대를 하지 않고 가보았는데 예상 밖으로 흰가루병은 오지 않았고 수확도 많이 할 수 있었다. 올 여름 가뭄이 오미자에겐 좋은 환경을 만들어 주었나 보다. 야생에서처럼 키우다 보니 판매를 목적으로 하는 농가에서 재배하는 것보다 알맹이도 고르지 않고 수확량도 떨어진다. 그래도 우리 부부는 자연그대로를 고집한다. 특히 오미자는 인위적인 것을 가미하다 보면 몸에 이로운 것보다 해를 끼칠 가능성이 크기 때문이다. 사과에는 파라핀막이 있어 내부로 농약이 흡수가 되지 않지만 오미자에게는 그런 것이 없어 살균제, 살충제 농약을 치면 그것을 열매가 흡수하여 축적해 놓는다고 한다.

밭에서 농약을 치지 않고 재배하는 오미자를 장뇌삼이라고 하면 야생에서 나는 오미자를 산삼이라고 보면 된다. 비록 수확량이 적고 모양은 볼품없지만 사람의 몸에는 최고의 오미자이다. 지난번 다래를 따러 갔다가 보아둔 곳의 오미자가 익었을 것 같아 찾아가 보았다. 아니나다를까 빨갛게 익어 왜 이제 왔냐고 투정을 한다. 많은 양은 아니지만 깊은 산속에서 오미자를 채취해보는 것도 색다른 경험이었다. 산속이지만 햇볕 바른 곳에서 맑은 계곡물 먹고 새소리 바람소리 들으며 만들어진 야생 오미자는 오미자 중에서 최고임이 틀림없다. '자연 그대로가 최고'라는 말은 그냥 생긴 게 아닐 것이다. 오늘 따온 오미자는 차로 만들어져 오가향을 방문하는 손님들의 입을 상큼하게 만들 것이다. 하산해서 돌아오는 낭만농부의 팔은 무겁지만 발걸음은 새털처럼 가볍다.

머루와 다래가 있는 풍경

　살랑대는 바람 따라 코스모스 꽃잎이 하늘거리는 가을날의 오후다. 추석 때쯤 되면 산에는 머루와 다래 열매가 익어간다. 다래는 덩굴이 나무를 타고 올라가서 열리는데 깊은 산속이라도 좀처럼 만나기 어려웠다. 그동안 벼르고 별렀던 다래 채취를 위해 산행을 하였다.

　산속에는 분명 다래덩굴이 여기저기 보였지만 정작 열매는 없었다. 허탈한 마음을 안고 터덜터덜 내려오다가 나무를 타고 올라간 줄기를 올려다보았다. "어, 이거 다래 아니가?" 위쪽 줄기에 다래 열매가 주렁주렁 달려있다. 아무리 찾아도 보이지 않던 다래가 마음을 비우고 나니 보인다. 세상사 마음을 비우고 살다 보면 뜻하지 않게 좋은 일도 생기는 게 맞나 보다. 여기도 다래 저기도 다래다. 열매는 처음 보았다. 덩굴 따라 파란 대추알 같은 다래가 열려 있는 것이 너무 신기하다. 말랑말랑한 것을 따서 맛을 보니 사먹는 키위처럼 달고 살짝 신맛이 돈다. 기쁜 마음으로 한 봉지를 따서 돌아왔다.

　행운은 연속해서 온다고 하더니 집 주변을 둘러보다가 나무를 휘어

감고 올라가 주렁주렁 열매를 달고 있는 나무를 발견했다. 자세히 보니 다른 나뭇가지를 감고 올라간 줄기와 이파리 사이에 산머루가 달려있다. 어떻게 딸지 고민하다가 높은 사다리를 동원하였다. 따면서 먹어 보니 새콤하고 달콤한 맛이 나는데 먹을 게 별로 없다. 껍질 속에 씨만 잔뜩 들어 있고 포도 같은 과육은 별로 없다. 그래서 사람들이 술을 담가 먹는 것 같다. 술 중에서 머루주를 최고로 친다는데 우리도 올해는 담가 먹어보아야겠다. 자연이 준 과실은 재배한 것과는 맛과 향이 다르다는데 올 겨울에는 자연산 산머루의 상큼한 향기 머금은 머루주를 마실 수 있을 것 같다.

추석날 엄마가 박사 공부까지 했는데 좋은 직장 그만두고 농촌에 가서 왜 생고생을 하냐며 눈물을 흘리셨다. 그리고는 시골에 간 것을 후회한 적이 없냐고 물었다. 난 자연과 함께 살고 싶어 농촌에 갔고 후회하지 않는다고 하였다.

살어리 살어리랏다 청산에 살어리랏다
멀위랑 다래랑 먹고 청산에 살어리랏다

고려시대 어느 시인이 읊었듯이 낭만농부와 장아지매는 산골에서 머루랑 다래랑 따먹고 자연의 법칙에 순응하면서 오래도록 살아갈 것이다.

잣 줍기

"잣 주우러 갈까?"
상사리에는 잣나무 숲이 곳곳에 있어 사계절 산책하기에도 좋고 나름 운치 있는 풍경도 보여준다. 가을철 잣나
무 숲길을 따라 걷다 보면 청설모들이 따놓
은 잣송이들이 뒹구는 것을 발견하기도 한
다. 떨어진 잣송이들을 모아서 겨울철 맛있
는 잣죽으로도 즐길 수 있다.

  귀농 첫해에는 잣이 풍년을 이루었다. 처
음 보는 잣송이가 신기하여 있는 대로 포대
에 담아 왔다. 주워 오기는 했는데 어찌할
줄 몰라 일단 햇볕에 말렸다. 그리고 손으로
잣송이를 비틀어서 안에 있는 알갱이를 꺼
내었다. 요령이 부족한지 손에는 물집이 생
기고 송진이 묻어나서 고생을 하였다. 잣만
꺼내면 먹을 줄 알았는데 그것이 아니었다.

단단한 겉껍질을 어떻게 하나. 망치로 두드리니 가루가 되어버리고 잣
까는 기구를 사서 해 보았지만 잘 되지 않았다. 나중에 벤치로 살짝 눌
러서 까는 방법을 터득하여 잣죽을 맛볼 수 있었다. 이처럼 잣에 대해서
는 아무것도 몰랐다.

  어린 시절, 초등학교 울타리 쪽에 잣나무를 심어 놓았는데 잣나무와
소나무를 구분하기가 어려웠다. 나무가 크게 되면 쉽게 알 수 있지만 어
린 나무는 모양이 비슷하여 구분이 되지 않았다. 잎의 개수가 다섯 개이
면 잣나무이고 두 개면 소나무라고 선생님이 말씀해주셔서 가서 세어본
기억이 난다.

  첫해의 그 많던 잣송이는 꿈속에서 본 듯 그 이후로는 보지 못했다.
자연 조건이 맞지 않았는지 매년 잣을 구경조차 할 수 없었다. 그래도
올해는 잣송이를 몇 개라도 발견했다. 모두 모으면 잣죽을 먹을 수는 있
을 것 같다. 인간이 자연의 섭리를 거스를 수는 없기에 자연이 주는 만

큼만 가지려고 한다. 언젠가 잣을 수확하는 장면을 텔레비전에서 본 적이 있는데 여간 힘든 게 아니었다.

낭만농부는 잣을 딸 수는 없고 청설모가 떨어뜨려 주어야만 주울 수 있다. 오늘도 잣나무 숲길을 지나려니 잣송이 하나가 '툭!' 하고 떨어진다. 주위를 살펴보니 잣나무 숲 여기저기에 잣송이들이 떨어져 있다. 잣을 주워서 잣죽으로 탄생하기까지에는 많은 노력과 시간이 필요하다. 고생하고 먹는 것이기에 오가향표 잣죽은 더 고소한 맛이 나는 것 같다. 하나둘 모아둔 잣송이들은 낭만농부의 올겨울 소일거리를 만들어줄 것이다.

고추밭의 갈무리

아침저녁으로 서늘한 바람이 불어와 제법 쌀쌀함을 느끼게 한다. 8월 달에 세 번째 고추 수확을 한 후에 한 달이 지났지만 고추 따기 작업을 하지 못했다. 아로니아 수확과 추석 선물세트 준비 등, 이런 저런 일들을 하다 보니 고추 따기가 우선순위에서 밀려나 오늘에야 시간을 내게 되었다.

먼저 낭만농부가 고추를 묶어 놓은 노끈을 잘라내고 고추 지지대를

뽑아내면, 장아지매가 고추를 수확했다. 비가 자주 오고 날씨가 서늘해서인지 빨간 고추는 많지 않고 푸른 고추만 주렁주렁 달려 있다. 아깝지만 더 익을 것 같지 않아 이번에 마지막으로 따고 올해 고추농사는 마무리해야겠다.

아내가 빨간 고추를 수확한 후의 고춧대는 내가 베어내어 마르기 쉽게 고랑에 널어놓았다. 조금 하는 농사지만 하다 보면 여자가 할 일이 있고 남자가 할 일이 따로 있다. 또한 함께 해야 할 일도 있다. 농사일도 작업을 분담하여 서로 할 일을 조화롭게 하면 힘이 덜 든다.

줄을 칠 때도 쉽지 않지만 걷는 것도 만만치 않다. 가위로 지지대에 두른 줄을 잘라주고 걸어 내었다. 잠시 했는데도 허리가 아프고 서늘한 날씨였지만 금세 땀이 삐질삐질 난다. 줄을 정리한 후에 지지대를 뽑으려 하니 꿈적도 하지 않는다. 이리저리 흔들어서 온 몸의 힘을 한 곳에 모아 뽑아내야 한다. 줄은 쓰레기로 버리고 지지대는 내년에 다시 써야 하니 잘 보관해 둔다. 오늘과 내일 마지막 고추 수확을 마치면 마른 고춧대를 들어내고 비닐을 걷을 것이다. 그러면 올해 고추농사는 마무리 된다.

고추농사는 매년 하지만 하면 할수록 어려운 것 같다. 봄에 밭을 갈고 관리기로 비닐멀칭을 하면서 한 해의 고추농사가 시작되었다. 모종을 구입하여 고추를 심었는데 일기예보에 그날 갑자기 바람이 강하게 분다고 나와 있어 오밤중에 랜턴으로 불을 비추어 가며 줄을 치기도 하였다. 고추는 키가 커서 제 힘으로 줄기를 감당하기 어렵다. 그렇기 때문에 지지대를 세워주고, 여기에 노끈을 묶어 고정해 주어야만 바람에 쓰러지지 않는다. 고추가 자라는 것을 보아가며 네 번의 줄을 쳤다.

고추가 한창 익어가는 여름에는 가뭄과 폭염이 심해 고랑에 호스를 당겨 매일 물을 주기도 하였다. 다행히 가뭄 때문인지 탄저병은 걸리지 않아 우리 부부가 목표로 했던 만큼의 수확을 했으니 올해 고추농사는 그럭저럭 한 것 같다.

힘들고 어렵지만 이런 과정을 거쳐 수확물이 나오기에 더 보람되고 값진 것이라고 생각한다. 오가향이 존재하는 한 '생명들'에는 탐스러운 빨간 고추가 낭만농부와 장아지매의 손길을 기다릴 것이다.

토종밤, 가을을 줍다

가을에는 부지런하기만 하면 먹을거리가 많다. 선선한 가을바람을 맞으며 뒷산으로 갔다. 뒷산에는 토종밤나무가 여럿 있다. 몇 년 전 오가향의 '실낙원'에도 밤나무 한 그루를 심어 놓았는데 올해 제법 밤이 열렸다. 아침에 아내가 밤이 떨어져 있다고 주워 왔다. 우리 밭의 밤이 떨어졌으니 야산의 토종밤도 익었을 것 같다.

밤나무 밑에 다다르니 아니나다를까 토실토실한 알밤들이 여기저기 떨어져 있다. 올해는 작년보다 많이 열린 것 같다. 벌레 먹은 것도 덜하다. 토종밤은 작대기로 풀숲을 헤치고 한 알 한 알 줍는다. 밤송이 째로 있는 것은 장화로 밟고 양쪽을 벌려 살살 꺼내야 한다. 그저 줍는다고 방심하다가는 밤송이에 찔려 뜨거운 맛을 보아야 한다. 줍고 있는 중에도 밤이 툭툭 떨어지고 덕분에 낭만농부의 손은 더 바빠진다. 낙엽 속에 살짝 숨어 있는 놈들은 보물찾기 놀이를 하듯이 줍고, 비탈진 곳에 굴러 떨어져 한 곳에 모여 있는 것들은 몇 개씩 한꺼번에 주워 담기만 하면 된다. 그때는 횡재를 한 것 같이 기분이 좋다. 밤이 흐드러지게 떨어져 있어 주워도 끝이 없다. 토종밤을 줍고 있으니 새삼 자연에 고마움을 느낀다. 아무것도 해주지 않았는데 혼자 알아서 꽃 피우고 열매를 맺어 때가 되면 저절로 벌어져서 떨어지니 말이다. 자연의 이치는 신기하기만 하다. 토종밤은 크진 않지만 토실토실한 것이 너무 귀엽고 예쁘다. 삶아 놓으면 맛 또한 포슬포슬한 것이 일품일 것이다. 짧은 시간이었지만 낭만농부와 장아지매는 한 됫박 정도의 토종밤을 주웠다. 행복도 가방에 같이 담아 집으로 돌아왔다.

토종밤은 개량종에 비해 작지만 달고 고소하다. 주워온 토종밤을 삶아 먹으면서 이런저런 이야기를 나누다보니 귀뚜라미 노래하는 산골의 가을밤이 한없이 깊어간다.

땅속의 보물, 더덕향에 취하다

맑고 푸른 가을 날씨면 좋겠는데 아침부터 비가 오다가 햇볕이 나기를 반복하며 하늘이 변덕을 부린다. 고추를 씻어 건조기에 넣고 용등밭에 올라갔다.

몇 해 전 마을주민이 준 더덕 모종을 용등밭 구석에 심어놓았다가 캐서 먹었는데 더덕 씨앗이 해마다 떨어져 자연적으로 더덕 밭이 형성되어 있다. 하얀 꽃을 피운 개망초를 낫으로 베어내고 더덕줄기를 찾았다. 씨앗이 떨어져 자란 것이라 어디에 있는지, 찾아도 몇 년 자란 것인지 알 수 없다. 눈으로 보아서 줄기 아래쪽 대가 굵은 것을 캐었다. 줄기 밑동을 잡고 다치지 않게 호미로 살살 둘레를 파니 뿌리가 나왔다. 캐기만 했을 뿐인데 더덕 냄새가 코끝을 스친다. 조금 큰 것도 있지만 대부분

작은 것이다. 풀과 싸워서 이만큼 커준 것만으로도 고맙다. 향은 참 진하다.

몇 번 먹을 것만 캐고 집으로 돌아와 오늘 저녁 메뉴로 아빠표 더덕구이를 해보기로 했다. 감독은 장아지매이고 실습은 낭만농부가, 맛 품평은 큰아들이 하기로 하였다.

먼저 더덕을 흙이 묻어 나오지 않을 정도로 깨끗이 씻었다. 진액이 고무장갑에 달라붙는다. 그만큼 몸에 좋다는 것이겠지. 그 다음에는 끓는 물에 잠시 담갔다가 건져 내었다. 그러지 않으면 껍질을 깔 때 끈끈한 액이 손에 묻어 애를 먹는다. 껍질을 벗기고 씻은 후 절굿공이로 살살 두들겨 펴주었다. 간장과 참기름을 1:1 비율로 섞어 앞뒤로 발라주고 기름을 두른 팬에 올려 앞뒤가 노릇노릇해질 정도로 구워주었다. 약불에 천천히 구워서 양념장을 발라주고 타지 않게 다시 구워주니 매콤달콤한 아빠표 더덕구이가 완성되었다. 저녁 반찬으로 올봄에 만들어 놓았던 아싹하고 달짝한 더덕장아찌와 더덕구이가 주 메뉴로 차려졌다. 평소 채소 반찬은 잘 먹지 않던 큰아들이 아빠가 만든 것이라고 하니, "고기 맛 같아요. 밥도둑이네." 하며 맛있게 뚝딱 먹어 치운다. 낭만농부도 먹어 보니 재료가 좋아서인지 맛이 너무 좋다.

예로부터 더덕을 산삼에 버금간다 하여 사삼이라고 하였다. 자연 속에서 자란 더덕을, 먹고 싶을 때 아무 때나 캐어 먹을 수 있으니 이보다 더 좋을 수는 없겠다. 수확이 힘들지만 건강을 위해서는 조금의 수고를 해야 될 것 같다.

"세상 잘 사는 게 뭐 별거 있나. 이렇게 사는 거지. 허허허."

낭만농부의 너털웃음이 터지는 입가에 은은한 더덕향이 맴돈다.

고구마, 그 달콤한 추억

10월은 가을걷이를 하는 시기다. 수확은 농부에게 있어 기쁨이자 보람이기도 하다. 하지만 한편으로는 한 해 농사의 성적표를 받아야 하는 설렘과 두려움이 있다.

고구마는 5월 초에 시장에서 줄기를 사서 심었다. 뿌리만 자리를 잘 잡으면 특별히 관리를 하지 않아도 제법 많은 고구마를 수확할 수 있다. 그래서인지 먹을 것이 궁했던 옛날에는 고구마를 많이 심었다. 고향집에도 밭 한 뙈기 전체에 매년 심었던 것 같다. 어린 시절의 겨울 방에는 고구마 저장고가 윗목 한자리를 항상 차지하고 있었다. 멍석과 볏짚을 새끼줄로 감아 묶은 저장고에서 매일 먹을 만큼 꺼내 점심때는 주식으로, 밤에는 생고구마를 간식으로 깎아 먹으면서 긴긴 겨울을 이겨 내었다.

상사리에 처음 밭을 구입하여 본격적으로 농사를 짓기 전에 처음 시도한 작물이 고구마였다. 처음 해본 고구마농사는 수확이 괜찮아서 삶아도 먹고 구워도 먹고, 남은 것은 쫀득쫀득하게 말려서 겨울철 간식으로 먹었다. 그때는 힘든 줄도 모르고 했던 것 같다.

고구마는 밤고구마, 호박고구마, 물고구마, 자색고구마, 꿀고구마 등

의 다양한 종류가 있다. 우리는 매년 한두 종류를 섞어 심는데, 올해는 꿀고구마와 자색고구마를 심었다. 가뭄이 심할 때는 겨우 살아있는 정도였다가 비가 자주 내리자 넝쿨이 무성해져서 많은 수확을 기대했다.

고구마를 캐기 위해 낫, 호미, 삽을 가지고 밭으로 갔다. 먼저 줄기를 자르고 호미로 흙을 살살 파내어 보았다. 흙이 너무 단단하여 고구마가 잘 나오지 않는다. 삽을 이용해서 인간 포클레인이 되니 자꾸 고구마가 반 토막이 난다. 땀을 뻘뻘 흘리며 삽질을 하는 내게 아내는 신경 써서 하지 않는다고 핀잔을 준다. "자꾸 글카몬 머슴 도망 간데이." 하고 맞받아친다. 조금 심어 놓은 고구마를 하루 종일 캤다. 생각했던 것보다 많이 나왔다. 아내는 종류별, 크기별, 상태별로 구분하여 상자에 담고, 힘좋은 낭만농부는 창고에 옮겨 놓은 것으로 고구마 수확을 마쳤다. 올해 수확한 고구마는 겨울철 우리 가족의 간식으로 요긴하게 쓰일 것이다. 아들들과 구워 먹는 군고구마는 또 다른 추억이 될 것이다.

아내가 삶아온 고구마를 보니 어릴 적 온 식구들이 멍석 위에 모여 앉아 도란도란 얘기를 나누며 나눠 먹던 일이 생각난다. 모락모락 피어오르는 고구마 향기는 그때나 지금이나 비슷하다. 가난했지만 정겨움이 있고 행복이 넘쳐났던 그때가 그리워진다.

태풍이 지나간 자리

태풍 '콩레이'가 지나갔다. 태풍이 지나간 들녘을 햇빛이 밝게 비춘다. 우려했던 것보다 많은 피해 없이 지나가서 다행이다.

태풍이 한반도에 상륙한다는 예보에 오가향도 대비를 철저히 했다. 낭만농부와 장아지매는 피해를 줄이기 위해 장독뚜껑에는 내려놓았던 벽돌을 다시 올려 놓고 탁자 위의 유리도 묶어 놓았다. 바람에 쓰러질 것 같은 곳곳의 물건들을 안전한 곳에 옮겨 놓고도 걱정이 되었다.

지난밤에는 세찬 비바람이 불어 긴장과 걱정 속에 잠을 이루지 못했다. 아침에도 비는 계속 내려 친구 딸 결혼식에 가야하는 발걸음을 무겁게 했다. 빗속에 차를 몰고 집을 나서니 도로 곳곳에 물이 차 있고 냇가를 꽉 채운 물은 거세게 내려가고 있었다. 옻재에는 바람에 꺾인 나뭇가지가 뒹굴고 산에서 내려온 토사와 돌덩이들이 도로를 뒤덮고 있었다. 갈지자로 요리조리 피해서 재를 넘었다. 아직 태풍이 통영에 상륙하지도 않았다는데 비는 쉼 없이 쏟아지니 오후가 더 걱정이 되었다.

결혼식에 참석했다가 밖으로 나왔을 때에는 비도 오지 않고 바람도 불지 않았다. 태풍이 예상보다 빨리 포항을 거쳐 동해상으로 빠져나갔다고 했다. 하지만 상사리와 오가향에는 피해 없이 지나갔는지 궁금하여 돌아올 때는 마음이 급했다. 마을에 들어서니 갈 때보다 냇물의 높이도 낮아지고 도로의 물들도 많이 빠졌다. 큰 피해는 없는 것 같아 마음이 놓였다. 하지만 주위의 밭 이곳저곳에는 아직 물이 가득 차있고 전신

주 줄도 늘어져 있다. 오가향을 둘러 보니 향원지에 물이 가득하다. 오가향 앞 작은 도랑도 내려오는 물을 다 수용하지 못해 일부 밭이 잠겨 있다. 태풍이 지나간 흔적이다. 다행히 코스모스, 해바라기, 들깨가 쓰러진 것 외에 큰 피해는 없다. 거친 비바람을 잘 견뎌낸 작물과 나무들이 기특하다.

태풍은 많은 비를 하염없이 쏟아붓더니 순식간에 사라졌다. 태풍이 지나간 자리에는 작은 상처와 함께 파란 하늘이 펼쳐져 있다. 태풍은 일 년에 항상 두세 번은 우리나라를 꼭 지나간다. 태풍이 올 때마다 항상 철저히 준비하지만 예상치 않는 변수로 인해 큰 피해를 입기도 한다. 우리의 삶에도 태풍 같은 시련들이 아무런 예고 없이 찾아온다. 사실은 수많은 경고를 주지만 애써 외면하면서 살기에 돌이킬 수 없는 고난을 겪기도 한다. 작은 경고를 세심히 살펴 사전에 예방한다면 피해를 최소화 할 수 있을 것이다. 태풍은 우리들에게 많은 피해를 주지만 파란 하늘에 아름다운 무지개도 만들어 준다.

땅속의 선물, 땅콩 수확

비 온 후의 가을하늘에는 파란 바탕에 흰 뭉게구름이 두둥실 떠다니고 있다. 가을 햇볕이 따사로우니 땅콩을 수확하기 딱 좋은 날인 것 같다. 땅콩은 이름 그대로 땅속에서 자라는 콩이다. 땅속의 속사정을 알 수 없기에 매년 언제쯤 수확을 해야 할지 고민이 된다.

아침 이슬이 마른 다음 한 포기를 뽑아보았다. 잎이 푸른데도 땅콩이 줄줄이 따라 올라온다. 자연은 우리에게 많은 선물을 주는 것 같다. 작은 씨앗 하나가 수십 배의 열매를 주니 신기할 따름이다. 아직 이른 감은 있지만 수확을 하기로 했다. 너무 일찍 수확을 하면 덜 여물기도 하지만 땅콩이 통째로 올라와서 캐기가 쉽다. 조금 늦게 수확을 하면 두더지가 파먹기도 하고, 땅콩이 한 번에 따라 올라오지 않아 손이 많이 가는 단점이 있기 때문이다.

아내는 봄이 되자마자 두둑에 땅콩을 두 알씩 심어놓았다. 예쁘게 싹을 틔운 것을 보고 주변에 난 풀을 뽑아주었다. 꽃이 피었을 때는 비닐도 걷어주었다. 그 뒤로 날이 가물기 시작하여 흙이 단단해졌다. 꽃은 피었으나 씨방이 땅속으로 들어갈 수 있을지 걱정이 되었다. 가끔 호스로 고랑에 물을 주기도 하였지만 너무 가물어서 큰 기대를 할 수 없었다.

낭만농부는 열심히 땅콩을 뽑아내어 줄지어 늘어 놓고, 장아지매는 남아 있는 땅콩이 있나 호미로 보물찾기를 하였다. 땅콩을 뿌리째 뽑아 놓으니 아직 덜 여문 것도 많다. 두더지가 굴을 내면서 방문한 흔적도 이곳저곳에 있다. 땅콩을 늘어 놓으니 제법 양이 많아 보이지만 면적당 수확량은 작년에 비해 적은 것 같다.

땅콩을 다 뽑고 나서도 쉴 틈이 없다. 줄기에서 땅콩 하나하나를 일일이 손으로 따서 바구니에 담았다. 조금 하니까 바구니에는 금세 땅콩이 그득하다. 씨알을 보니 큰 것은 엄지손가락만한 것도 있고 새끼손가락보다 작은 것도 있다. 모두 따니 세 바구니 정도 양이 되었다. 올해는 자투리 땅 세 곳에 나누어 심었는데 아직 이른 것 같아 두 곳만 하고 한 곳은 조금 있다가 하기로 했다.

허리가 쑤시고 팔도 아프지만 수확한 땅콩을 씻어 채반에 말려 놓고서야 오늘 일이 마무리 되었다. 저녁에 수확한 해땅콩을 쪄서 먹어 보니 고소한 맛이 입안에 가득하다. 많은 양은 아니지만 올겨울 심심풀이로 까먹으며 겨울을 보낼 수 있겠다.

고향에서 자랄 때는 땅콩농사를 짓지 않아 생소한 작물이기에 매년 많은 시행착오를 거친다. 모든 작물이 그렇듯이 힘들고 어려울 때는 아내에게 "이거 사 먹으면 되지, 왜 이렇게 고생을 해?" 하며 투정도 부린다. 하지만 키우는 재미, 수확하는 재미를 더해서 내가 먹고 싶은 것을 푸짐하게 먹을 수 있는 것이 시골살이의 또 다른 재미이기에 내년에도 땅속의 보물찾기는 계속될 것이다.

개다래 이야기

산속을 다니다 보면 색다른 경험을 하기도 하고 이름 모를 열매를 만나기도 한다. 얼마 전에 도토리를 주워서 산을 내려오다가 모양이 야릇한 열매를 발견했다. 아내는 즐겨보는 밴드에서 본 것 같다며 충영이 아닐까 했다. 몸에 좋은 열매라고 했다기에 조금 따서 돌아왔다. 아직까지 산골살이 초보인 우리 부부가 알 수 있는 산열매는 도토리, 밤, 머루, 다래, 잣, 돌배. 개복숭아 정도다. 그런데 이 열매는 어떤 것은 총알처럼 생겼고, 어떤 것은 울퉁불퉁하다. 집에 돌아와서 알아보니 개다래 열매와 충영이었다.

개다래는 잎 색이 계속 탈바꿈 한다고 한다. 처음에는 녹색이지만 꽃이 필 무렵에는 흰색 또는 흰색과 녹색으로 변한다는 것이다. 놀라운 변신이 아닐 수 없다. 우리는 처음 열매를 보았지만 지대가 높은 산속에서는 흔히 있다고 한다. 다래는 맛이 달아서 다래라고 한다. 처음 아내는 개다래 열매를 먹어 보려고 했다. 내가 먹지 말라고 해서 먹지는 않았는데 맵고, 시고, 톡 쏘는 맛 때문에 개다래라고 했다고 한다. 식물 이름 중에 '개'자가 앞에 붙는 경우는 대부분 원래의 것보다 못한 것을 말할 때이다. 예를 들어 개망초, 개머루, 개살구, 개복숭아 등이 있다. 즉 다래보다는 못하다는 이야기다.

개다래는 습하고 물기가 많은 골짜기에 살고 있다. 햇볕을 받으려고 다른 나무를 타고 높은 곳으로 뻗어가지만 잎에 가려진 꽃은 벌레들이 찾아오지 못한다. 그래서 벌레들을 불러들여 수정을 하려고 꽃처럼 잎을 변색시킨다고 한다. 꽃들이 피어나는 5월쯤에 개다래나무를 멀리서 보면 하얀 이파리가 꽃처럼 보인다고 한다. 잎 속에 가려진 꽃들을 찾아온 풀잠자리가 숨어 있는 꽃의 향을 찾아들어가 수정이 이루어지고 모든 꽃들이 수정이 되면 잎은 다시 본연의 색으로 돌아간다. 개다래의 놀라운 지혜가 아닐 수 없다. 내년 봄에는 놓치지 않고 개다래의 하얀 이파리를 꼭 봐야겠다.

잎에 찾아온 풀잠자리들이 꽃 속에 알을 낳아 울퉁불퉁하게 열매를 맺게 되는데 이것이 풀잠자리 벌레집인 충영이라고 한다. 충영은 바람만 불어도 아프다는 통풍과 신장염에 좋은 치료 효과가 있다고 한다. 또한 고양이가 무척 좋아한단다. 개다래 덩굴의 향기는 고양이의 스트레스를 풀어주고 심신을 안정시키는 효과가 있다고 하니 참으로 요상하다. 울퉁불퉁한 게 못생기고 맛도 없는 것이 좋은 약재로 쓰인다니 이 세상에는 쓸모없이 생긴 것은 없는가 보다. 단지 그 쓰임새를 알지 못하는 것뿐이지.

채취하여 온 개다래 충영을 담금주로 술을 담가 놓았다. 남자에게도 좋다고 하니 3개월 후에 맛을 보아야겠다. 그나저나 효과가 있을지 모르겠다.

마늘 심기

가을이 익어가고 있는 오가향에는 메주콩이 노란 잎을 떨구고 국화는 노란 꽃잎을 피우고 있다. 날씨도 아침저녁으로 쌀쌀해지고 있어 오늘은 내년에 먹을 마늘을 심기로 했다. 좋은 마늘을 얻으려면 좋은 밭을 만들어야 한다. 9월 말경에 마늘을 심으면 좋다는 이웃의 말을 듣고 추석 전에 퇴비를 뿌려 삽으로 밭을 일구었다. 자급자족하는 농부에게는 관리기로 하는 것보다 삽으로 하는 것이 덜 번거롭다. 그래서 낭만 농부는 가끔 인간 포클레인이 되어야 할 때도 있다. 마늘을 심을 예정일을 정해두고 1주일 전쯤 구멍이 뚫린 비닐을 깔아 놓았다. 유공비닐을 덮는 것은 겨울에 마늘이 어는 것을 방지해주고 내년 봄에 잡초가

나는 것을 막아주기 때문이다. 씨마늘도 청송장날에 2접을 사서 쪼개어 심을 수 있도록 만들어 놓았다. 그런데 갑자기 태풍이 오는 바람에 차일피일 미루다가 오늘에야 심게 되었다.

지난해에는 늦게 심어서인지 마늘이 듬성듬성하게 나서 제대로 수확을 하지 못했다. 마늘도 초보 농사꾼을 알아보는지 혹독한 신고식을 치른 셈이다. 쌀쌀한 날씨는 콩 익는 것에는 방해꾼이지만 마늘 심는 농부에게는 좋다. 낭만농부는 비가 와서 단단해진 구멍의 흙을 심기 쉽게 호미로 파면서 마늘 씨앗을 구멍 옆에 한 알씩 올려놓았다. 장아지매는 구멍이 뽕뽕 뚫린 곳에 마늘의 뿌리 쪽을 엄지손가락 깊이만큼 들어가게 손으로 꾹 눌러 심는다. 쪼그리고 앉아서 하는 일이기에 허리가 아프지만 우리 손으로 해서 먹는다는 생각에 보람도 있고 의미도 남다르다.

마늘은 우리나라 음식에서 빠질 수 없는 중요한 음식 재료 중의 하나다. 김치뿐만 아니라 국, 탕, 찌개, 무침 등에 다양하게 쓰이는 만큼 우리 가족에게도 없어서는 안 되는 작물이다. 올겨울 내내 잘 자라서 여름이

오기 전에는 굵직한 마늘을 수확할 수 있기를 기대해 본다.

달달한 대추 따기

가을이 무르익는 10월이 되면 은근히 기대되는 게 대추수확이다. 높은 가을 하늘 아래에서 빨갛게 익어가는 대추가 손을 기다린다. 바람이 지나가면 잘 익은 대추는 후드득 떨어진다. 대추나무의 아랫부분에 달린 것은 조금 덜 익었고 위로 갈수록 일조량이 많아 붉게 익어 있다.

오가향에는 재래종 대추가 몇 그루 있다. 밭을 구입하기 전부터 심겨져 있었던 것으로 매년 가을이면 낭만농부의 입을 즐겁게 해준다.

가을이면 오가향의 하루는 바쁘다. 이것도 해야 하고 저것도 해야 한다. 들로 나가면 해야 할 일이 줄을 서 있다. 대추가 무르기 전에 따야 하기에 오늘 할 일은 대추 따기로 정했다. 먼저 장대, 바구니, 사다리, 천막을 준비하였다. 바닥에 천막을 깔고 사다리에 올라가 장대로 대추를 털었다. 작년에는 가지가 부러질 정도로 많이 열렸는데 올해는 해거리를 하는지, 퇴비도 하지 않고 자연그대로 두어서인지 많이 열리지 않았다. 하지만 유난히 뜨거웠던 여름을 보내서인지 대추의 색깔은 붉고 맛나 보인다. 어떤 것은 가물다가 갑자기 비가 많이 와서인지 껍질이 갈라진 것도 보인다.

낭만농부는 장대를 가지고 두들기고 밑에 있는 장아지매는 천막을 대추가 떨어지는 곳으로 이리저리 이동시키는 일을 하였다. 그러다 보면 잘 익고 탐스러운 대추가 금세 수북하게 쌓인다. 대추나무 사이로 보이는 하늘은 너무 맑고 높아서 눈이 다 부신다. 가을 하늘이 특히 높아 보이는 이유는 다른 계절에 비해 맑고 오염 물질이 없기 때문이라고 한다. 하늘과 대추나무가 참 잘 어울린다. 바구니에 담다보면 탐스런 대추가

입안으로 안 들어갈 수가 없다. 잘 익은 대추를 한입 깨물면 아삭 하는 소리와 함께 상큼한 향이 입안 가득 달달하게 퍼진다. 하나 먹고, 또 하나 주워 먹다 보면 대추를 바구니에 담는 일이 더뎌진다. 수북하게 쌓인 대추를 바구니에 한가득 담아 무른 것은 골라내고 크기별로 선별하였다. 생대추로 먹을 것은 저온창고에 보관하고, 건대추로 만들 것들은 세척하고 건조기에 넣는다. 대추차로 거듭날 준비를 하는 것이다. 열매 무더기에서 잎과 무른 것, 이물질을 골라내는 것도 따는 것 못지않게 만만치 않은 시간이 걸렸다.

오늘 수확한 대추는 극심한 가뭄과 태풍을 이겨낸 결실이기에 낭만농부와 장아지매에게는 더욱더 소중한 것들이다. 양은 많지 않지만 당도도 높고 맛도 좋으니 잘 말려서 겨우내 대추차로 끓여 먹어야겠다. 바람이 차가운 날에 먼 곳에서 오가향에 온 손님들과 모락모락 피어나는 대추차를 앞에 놓고 지나온 이야기와 살아갈 이야기들을 도란도란 나누어야겠다.

첫서리 유감

기상예보에서 올 가을 들어 가장 추운 날 씨라고 하더니 아침에 일어나보니 오가향에 서리가 하얗게 내렸다. 첫서리는 첫사랑, 첫 눈처럼 정감이 가는 말이 아니다. 반갑지 않은 사람을 만난 듯한 느낌이 먼저 든다. 한편 으로는 가을이 지나가고 추운 겨울이 가까이 와 있다는 생각에 마음만 어수선해진다.

첫서리가 내린다는 상강도 아직 멀었는데 무엇이 그리 급했는지 빨리도 찾아왔다. 상 사리에는 보통 10월 말경에 된서리가 내리는 데 왜 이리 빨리 왔는지 벌써부터 올 겨울 추 위가 걱정이다. 서리는 공기 중의 수증기가 얼어붙어 생기는 것이다. 날씨가 맑고 바람 이 없는 날에 내린다. 일교차가 크고 밤의 기 온이 어는점 이하로 내려가면 얼어붙은 가루 가 땅에 떨어지는 것이다. 어제 저녁에 아내 가 바람도 없고 날씨도 쌀쌀한 것이 내일 아 침에 서리가 내릴 것 같다고 했다. 보통 불길한 예감은 어김없이 들어맞 는다.

오가향을 돌아보니 피해가 예상보다 심각하다. 아직 다 익지 않은 팥 이 고개를 축 늘어뜨리고 있고, 어제까지 초록색 잎을 달고 있던 들깨는 거무튀튀한 옷으로 갈아입었다. 올해 처음 심어 본 토란은 싱싱했던 잎 이 시들어 있다. 꽃은 더 심각하다, 화려한 색을 자랑하던 다알리아는 풀이 죽어 고개를 숙이고 백일홍과 분꽃은 잿빛에 가깝다. 노란색과 붉은색 메리골드도 기가 빠진 모습이다. 보라색 층꽃나무도 지친 듯 서로 기대고 있다. 수월당 가는 길을 아름답게 수놓았던 봉숭아, 채송화, 맨드라미도 빛을 잃고 떨고 있다.

많고 많은 곳 중에서 오가향에 자리잡아 모진 비바람과 태풍에도 끈질기게 살아남더니 한 번에 푹 가버린 것이다. 그동안 낭만농부와 장아지매의 몸과 마음을 편안하게 해주던 친구들이다. 신비로운 모양과 색, 향기로 삶의 의미를 되새기게 해주어 우리 부부의 사랑을 받았던 꽃들도 이젠 작별을 준비하려나 보다. 어느 누구나 계절의 순환과 자연의 이치를 거스를 수는 없다. 그러기에 눈물을 머금고 너희들을 보내야 되겠지만 꽃이 진다고 결코 잊지는 않겠다. 내년에 다시 만날 날을 기다리고 있을게.

이별이 있으면 새로운 만남이 있는 법, 다행히 서리를 맞고도 싱싱한 놈이 보인다. 드림로드에 줄지어 피어나고 있는 노란 국화가 그것이다. 아침햇살에 부끄러운 듯 고개를 살며시 들며 낭만농부의 무거운 마음을 위로해 준다.

낭만농부는 아직은 추위가 싫은데 겨울이라는 녀석이 자꾸만 다가오려고 한다. 가을이와 할 일도 많이 남았는데 말이다. 오늘은 무척 바쁜 하루가 될 것 같다. 피해가 더 있기 전에 수확을 서둘러야 하기 때문이다. 힘들고 고단한 일이지만 거두는 기쁨도 있기에 오늘도 낭만농부와 장아지매는 넉넉한 마음으로 장화 신고 손수레 끌고 생명들로 나간다.

가을 퇴비 주는 날

오가향 '생명들'의 메주콩은 초록색에서 노란색으로 변하다가 이젠 잎을 떨구고 있다. 메주콩 수확을 하고 배추를 뽑아 김장을 하고 나면

올해의 농사는 갈무리하게 된다. 이것저것 돌아가며 농산물을 수확하는 중에도 빼놓을 수 없는 일이 가을 거름주기이다. 내년에 많은 수확을 하기 위해서는 가을 거름을 잘 주어야만 한다. 농사는 때를 놓쳐서는 안 된다. 오늘은 사과대추에 거름을 뿌리고 각종 다른 유실수에도 주어야겠다. 올해 처음 심은 사과대추들은 조금 있으면 뿌리 활동을 시작하는데 그 전에 빨리 영양분을 주어서 활기차게 나갈 수 있도록 해야 한다.

먼저 제초매트를 걷고 손수레를 이용하여 퇴비를 사과대추 묘목 옆에 옮겨 놓았다. 5미터 간격으로 고랑을 사이에 두고 양쪽에 한 포씩 배치시켰다. 한 포대에 20킬로그램이나 되는 퇴비는 하면 할수록 무게가 더해지는 것 같다. 모두 갖다 놓으니 장아지매도 퇴비 주기 작업에 합류한다. 아내가 낫으로 포대 윗부분을 찢어놓으면 낭만농부는 퇴비를 뿌려 준다. 어느 한 나무도 많고 적음이 없이 골고루 영양분이 가게 흡바로 헤쳐 주었다. 퇴비를 주고 나니 사과대추들이 더 건강하게 쑥쑥 자랄 것만 같다. 낭만농부의 바람대로 무럭무럭 잘 자라서 사과 같은 큰 대추가 주렁주렁 달릴 것이다. 상상만 해도 즐거운 일이다. 힘들 때는 허리 펴고 파란 하늘을 보면 기운이 다시 샘솟는다.

사과대추에 거름을 주고 나서 덤으로 오가향의 다른 유실수에도 주었다. 아내는 "너무 가까이 주지 마. 잔뿌리가 많은 곳에 주어야지. 나무 가까이에 주면 죽을 수도 있어."라고 하며 당부를 한다. 장아지매는 아는 것도 많다. 감나무와 호두나무는 언제 열매가 달릴지 기약이 없지만 미래에 투자하는 마음으로 주고, 살구나무와 자두나무는 올해 꽃을 피웠지만 열매를 수확하지 못했으니 내년에는 열매도 좀 맺으라고 거름을 주었다. 사과와 모과 그리고 밤은 한창 익어 가고 있으니 조금 더 힘내라고 주고, 복숭아와 앵두는 올해 많은 수확을 하게 해 주어서 고맙다는 마음으로 듬뿍 주었다. 매실과 재래종 대추는 오가향의 효자 유실수이기에 내년에도 많은 열매를 줄 것이라 믿고 사랑하는 마음으로 주었다. 보리수와 슈퍼오디는 주지 않아도 잘 자라니 그냥 두었다. 거름을 많이 준 나무, 적게 준 나무가 있고, 주지 않은 나무도 있지만 낭만농부와 장아지매에게는 다 소중하고 예쁘다. 오가향의 나무들은 우리 부부에게 모두 자식 같다.

거름주기 작업을 마무리 하고 나니 밭이 더 생기 있게 보인다. 조금 지나서 거름에 흙을 덮어 주면 거름주기가 완벽하게 끝난다. 자연이 좋아 자연과 더불어 살고 있는 낭만농부와 장아지매는 작은 소망 하나를 키워 본다. 정성으로 거름을 주었으니 내년에는 아주 건강하고 실한 열매들이 열려 많은 이들의 입을 즐겁게 해 주기를…….

겨울 간식, 야콘

요즘 상사리 마을에는 가을걷이를 시작한 농부들이 바쁜 걸음을 하고 있다. 날씨가 쌀쌀해지면 시원 달콤한 야콘이 생각난다. 처음 상사리에서 1년간 하숙을 할 때, 겨울밤에 간식으로 깎아 먹었던 것이 야콘과의 첫 만남이었다. 흔히 보는 고구마와 비슷하게 생겼지만 맛은 전혀 다르다. 처음에는 이런 채소도 있나 싶었다. 먹었을 때 아삭아삭하고 달콤하여 자꾸만 손이 갔다. 야콘은 배와 무의 중간 맛으로 피를 맑게 해주고

당뇨에도 좋다고 한다.

　농사를 짓기 시작한 첫해에는 많이 심었고 수확도 많이 하여 깎아도 먹고 즙도 짜서 먹으려고 창고에 보관해 두었다. 그런데 그해에는 메주 쑤기 등으로 바쁘게 지내다 보니 야콘 먹을 시간이 없었다. 나중에 보니 모두 얼어서 버려야 했다. 그때는 보관이 어려워 다시는 심지 않을 것이라고 다짐을 하였다. 하지만 매년 작물을 심는 봄이 오면, 참새가 방앗간을 그냥 못 지나가듯이 몇 포기는 사서 심곤 한다. 올해도 시장에서 네 포기를 구입하여 심어 놓았다.

　아침저녁으로 쌀쌀해져서 더 춥기 전에 수확을 해야 할 것 같아 해담들 고추밭 끝에 가보았더니 노란 꽃을 피우고 낭만농부를 기다리고 있다. 어찌 예쁘지 않은 꽃이 있겠는가마는 야콘 꽃 역시 아름답다. 올해 극심한 가뭄 때문인지 키가 크지 않아 제대로 뿌리가 달렸는지 의문이다. 먼저 낫으로 줄기들을 베어내고 삽으로 사방의 흙을 파냈다. 그리고 삽을 깊게 넣어 한 번에 포기 전체를 캐내었다. 많은 양이 아니기에 가능한 작업 방법이다. 야콘은 땅 속 깊게 뿌리를 박고 있고 조금만 힘을 주어도 뚝 끊어지기 때문에 살살 다루어야 한다. 설레는 마음으로 조심스럽게 흙을 털어 내니 울퉁불퉁하고 크기도 제각각인 야콘이 모습을 드러낸다. 수확량은 얼마 되지 않는다. 그래도 올겨울 우리 부부의 간식으로는 충분하다. 지난여름의 가뭄을 이겨내고 달린 야콘이라 기특하다. 기쁜 마음으로 작업을 마무리했다. 바로 캐서 먹으면 아무 맛도 없다. 후숙을 해서 먹어야 단맛이 나고 독특한 향을 느끼며 맛있게 먹을 수 있어 창고에 보관해 두었다.

옛날 시골에서는 고구마나 무를 생으로 깎아 먹으면서 긴 겨울밤의 배고픔을 달랬다. 먹을거리가 많은 요즘에는 배가 고파 잠을 이루지 못하는 경우는 없을 것이다. 맛나고 먹기 편한 과일이나 과자들이 많지만, 낭만농부와 장아지매에게는 겨울 간식으로 야콘만한 것도 없다. 오늘 캔 야콘은 잘 후숙시켜 올겨울 간식으로 맛있게 먹을 생각이다. 겨울 간식까지 준비하는 것을 보면 낭만농부는 베짱이가 아니라 개미에 가깝다. 농촌의 가을은 풍성한 수확의 기쁨을 가져다준다. 깊어가는 가을 속에 행복한 겨울을 기다리는 마음도 점점 더 깊어져 간다.

알토란

올봄 안강장에서 토란 씨앗을 구해 장독대 앞에 심었다. 봄에 심어 놓은 토란은 한 달이 지나니 줄기가 나오고 잎도 올라왔다. 하지만 여름이 되어 무더위가 기승을 부리기 시작하니 잎은 축 늘어지고 힘도 없어 보였다. 아내는 매일 호스로 물을 주었고 토란은 생기를 찾았다. 토란은 밭에서 나는 계란이라고 해서 붙여진 이름이다. 그만큼 영양가도 많고 맛도 좋다는 말이다. 토란은 손이 많이 가는 농작물이다. 그래서인지 요즘은 농부들이 잘 심지 않아 보기가 쉽지 않다.

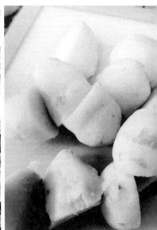

어릴 적 작은집에서는 매년 토란을 심었다. 마루에서 보면 우산 모양의 큰 잎이 늦가을까지 계속 있었다. 비가 올 때면 토란잎에 기름을 발라 놓은 듯 유리알 같은 물방울이 동그랗게 생겼다. 토란대를 요리조리 흔들면 영롱한 물방물이 떨어지지 않고 뱅그르르 돌며 토란잎 위를 왔다 갔다 하였다. 물도 형태를 보이고 있다는 것이 너무 신기하고 아름다웠다. 추석이 되면 엄마는 매년 토란국을 끓여 주셨다. 옛날 고기가 귀한 시절에 고깃국만큼 맛있었던 기억이 난다. 우리 집에서는 토란을 키우지 않았으니 아마 작은집에서 추석날 먹으라고 토란대를 주었던 것 같다.

올해는 서리가 일찍 내리는 바람에 토란잎이 마르고 고개를 숙이고 있어 서둘러 수확을 시작했다. 낭만농부는 낫으로 줄기를 베어내고 장아지매는 마른 잎을 잘라내었다. 그리고 본격적인 알토란 찾기에 돌입했다. 여름에 북을 돋우어주지 않아서인지 땅 위로 나온 알토란도 있다. 이놈들은 잘 보관해 두었다가 내년에 모종으로 써야겠다. 한 포기를 삽으로 캐어보니 뽀얀 알토란들이 부끄러운 듯 모습을 드러낸다. 아빠토란포기에는 주렁주렁, 아들토란포기에는 조랑조랑 달려 있다. 아내가 여름에 정성들여 물을 준 효과가 있었나 보다. 토실토실한 토란을 바구니에 한가득 담으니 마음은 벌써 부자가 된 듯하다.

토란줄기는 창고에 보관해두었다가 조금 시들면 껍질을 벗겨 두고두고 토란국을 끓여 먹어야겠다. 토란줄기를 벗길 때는 고무장갑을 껴야 가렵지가 않다. 아내가 처음 시집온 추석명절에 멋도 모르고 맨손으로 토란줄기를 손질하다가 가려워서 혼이 났다는 이야기를 최근에야 들었다. 며칠 전 이웃마을의 아주머니들이 토란줄기를 맨손으로 손질하고 있는 것을 보았다. 괜찮으냐고 물어보니 새댁이었을 때는 가려워서 혼이 났는데 이젠 나이가 들어 무디어져서인지 맨손으로 해도 아무렇지 않다고 했다. 왠지 그 말이 슬프게 들렸다.

저녁에 아내가 들깨와 알토란을 넣어 들깨토란탕을 끓였다. 정성들여 만들어 온 토란탕을 먹어 보니 구수하고 속도 편하다. 무엇이든 최선을 다하는 아내가 마치 알토란 같다. 그럼 낭만농부는 팔불출인가. 아내의 손을 잡아 보니 예전 연애할 때의 고운 손이 아니다.

젖은 손이 애처로워/ 살며시 잡아 본 순간/ 거칠어진 손마디가/ 너무나도 안타까워서// 시린 손끝에 뜨거운 정성/ 고이 접어 다져온 이 행복/ 여민 옷깃에 스치는 바람// 땀방울로 씻어온 나날들/ 나는 다시 태어나도 당신만을 사랑하리라

어둑어둑해지는 오가향에 낭만농부의 잔잔한 노랫소리가 조용히 퍼진다.

도라지

아내가 꽃을 보기 위해 '믿음 장독대' 앞에 도라지 씨를 뿌린 지 3년이 되었다. 도라지는 3년이 지나면 뿌리가 썩기도 하기 때문에 캐어서 먹거나, 더 굵게 키우려면 다른 곳으로 옮겨 심어야 한다. 도라지는 아내의 바람처럼 매년 무더운 여름이면 예쁜 꽃을 피워주었다. 꽃을 피우기 전의 꽃망울은 마치 공기를 넣은 풍선처럼 생겨 앙증맞고 귀엽다. 아내는 어릴 때 그것을 터뜨리며 놀았다고 한다. 보라색과 흰색으로 피어난 꽃은 그 어느 꽃보다 아름답고 신비롭다. 슬픈 전설을 지닌 도라지꽃은 색깔이 깔끔하고 선명하다. 가만히 들여다보고 있노라면 전설 속 처녀의 순수한 사랑 때문인지 애잔함이 묻어난다.

오가향에서 키우는 모든 작물들은 자급자족하기 위한 것이기에 많은 양을 심지는 않는다. 하지만 수확할 때면 항상 기대 반, 설렘 반으로 일을 시작한다. 삽으로 조심스럽게 도라지를 캐어보니 크지는 않지만 그래도 먹을 만하다. 그 중에 큰 것은 평소 기관지가 좋지 않은 아내를 위해 말리기로 했다. 물을 끓여 수시로 마시면 좋다고 해서이다. 몇 뿌리는 저녁에 도라지 무침으로 해먹어야겠다. 어릴 적 동요로 부른 도라지 타령에서는 한 뿌리만 캐어도 대바구니에 철철 넘친다고 했는데, 우리 집 도라지는 많이 캐도 한 바구니를 채우지 못하겠다. 올겨울 먹을 만큼 만 캐고, 나머지는 다른 곳에 옮겨 심어 약성을 더 키우기로 했다.

수확한 도라지를 싹싹 문지르며 흙을 씻어 내었다. 돌돌 말린 곳에 흙이 묻어 있어 씻어 내는데 허리가 아플 정도로 쉽지 않다. 씻은 도라지는 칼로 잘라 말리고, 일부는 달콤한 맛을 내줄 대추 한 바가지, 말린 생강과 함께 가마솥에 넣어 끓였다. 장작불에 3시간 동안 정성을 다하여 끓이고 나니 날이 벌써 어두워졌다. 장아지매는 저녁 반찬으로 도라지 무침을 해놓고 기다린다. 한 입 먹어보니 달짝지근하면서도 쌉싸래한 맛이 입안에 감돈다. 낭만농부는 진하게 우려낸 물을 아내에게 마셔보라고 주었다. 아내는 먹을 만하단다. 정성이 듬뿍 들어갔으니 맛이 없을 수가 있나.

도라지꽃은 여름날 시골에 가면 쉽게 볼 수 있다. 아마 제사음식에 삼색나물의 하나인 도라지나물이 꼭 있어야하기 때문에 많이 심는 작물인 것 같다. 뿌리 식물인 흰색 도라지는 조상을 뜻하고, 줄기 식물인 갈색 고사리는 부모님을, 잎 식물인 푸른 시금치는 자신을 뜻한다고 한다. 제사에도 이런 의미를 부여하여 음식을 골고루 먹게 한 선조들의 지혜가 감탄스러울 뿐이다. 도라지는 예쁜 꽃도 피면서 몸에도 좋은 것이기에 '영원한 사랑'이란 꽃말처럼 사람들에게 영원히 사랑받을 것 같다.

담쟁이

가을이 깊어 가면서 온 산의 나뭇잎들이 활엽수를 시작으로 침엽수까지 울긋불긋 단풍으로 물들어 가고 있다. 오가향 장독대 담을 둘러치고

있는 담쟁이도 뒤질세라 앞다투어 붉게 물들이고 있다. 담쟁이는 '담장을 잘 올라가는 덩굴나무'란 긴 이름의 줄인 말이다. 한자로는 '낙석'이라고도 하는데 돌담에 이어 자란다는 뜻이다. 담쟁이는 옛날 양반집 토담 밑에 심어 집의 풍취를 더하는 역할을 하기도 하였다. 요즘에도 오래된 고택에 가보면 담쟁이덩굴이 담을 둘러치고 있어 고풍스런 멋을 더 느낄 수 있다.

　전통장 오가향을 처음 시작할 때 예스러운 느낌이 좀 있었으면 하는 생각에 장독대에 담장을 쌓고 담장 위에 기와를 올려놓았다. 그리고 잎이 작은 토종 담쟁이를 몇 포기 담 밑에 심어 놓았다. 뿌리가 내리고 줄기가 담을 타고 뻗어가며 여름 내내 푸른 잎을 시원하게 보여 주었다. 그 다음해에는 줄기를 잘라 빈곳에 꽂아 놓았다. 담쟁이는 바로 뿌리를 내리고 빠르게 온 장독대 담장에 푸른 잎을 둘러 전통의 느낌이 나게 하였다.

　담쟁이가 올라간 모습을 자세히 보니 수직이 아니라 비스듬히 줄기를 뻗어 올라갔다. 옆에 담쟁이도 대각선으로 올라와서 서로 만나 가파른

담을 올라가고 있다. 옆에 있는 담쟁이와 서로 도와가면서 올라가니 쉽게 담을 탈 수 있나보다. 무엇이든지 혼자 하는 것보다는 둘이 함께 하는 것이 쉬운데, 사람들은 옆에 있는 사람은 내버려두고 혼자만 빨리 올라가려고 하는 경우가 많다. 한 차원 높은 곳으로 성장하려면 서로의 장점을 살려 협력해야 더 나은 결과를 가져올 텐데 사람 사는 세상에는 그게 참 힘이 든다.

햇살이 따사로운 가을날 '사랑장독대' 담장에 붙은 담쟁이는 붉은 잎으로 화장을 하고 농작물 수확에 바쁜 낭만농부의 마음을 자꾸만 유혹한다. 장아지매의 바쁜 발걸음 소리를 듣고도 낭만농부는 담쟁이의 유혹을 핑계 삼아 느긋하게 담장에 붙어 섰다. '담쟁이 야가 와 자꾸 부르노?' 하면서 은근히 행복에 젖어든다. 이렇게 예쁜 담쟁이 단풍도 머지않아 차가운 바람이 불어오면 앙상한 가지만 남기고 사라질 것이다. 오 헨리 단편소설 '마지막 잎새'의 화가처럼 담쟁이 잎을 그려놓지 않아도 낭만농부는 실망하지 않는다. 다음해 또 그 다음해에도 봄이 되면 푸른 잎을 피우고, 가을이면 빨간 단풍이 들 것이라는 것을 알기 때문이다. 낭만농부와 장아지매는 아무리 어렵고 힘든 일이 있을지라도 서로 의지하며 살아가려고 한다. 담쟁이덩굴의 강한 생명력을 보며 내일의 희망을 찾아갈 것이다.

호두

지난번 태풍으로 상사리에도 피해가 있는 농가가 많았다. 비가 온 뒤에 용등밭에 비 피해가 있는지 확인해 보아야 하는데 수확철이라 가볼 여유가 없었다. 바쁜 일상에 파묻히다 보니 한 번 가본다고 한 것이 많은 시일이 지났다. 비에 유실된 곳이 있는지 확인해봐야 하고 호두도 익었을 것 같아 늦었지만 가보았다. 여기저기 둘러보니 다행히 비 피해는 없는 것 같다. 호두나무를 심은 지는 벌써 8년이 되었다. 심을 때는 언제 따먹나 했는데 세월은 빨리도 흐른다. 호두는 10년을 키워야 열매가 맺는다고 한다. 오랜 기다림이 있어야 맛을 볼 수가 있는 것이다.

어릴 때는 큰집 밭에 호두나무가 몇 그루 있었기 때문에 가을이면 맛을 볼 수가 있었다. 할아버지가 심어 놓은 것이라고 하는데 그때 심지 않았다면 손자인 내가 맛볼 수 없었겠지.

호두나무는 고려시대 원나라에서 들어왔는데 오랑캐 나라에서 가져왔고, 모양이 복숭아 열매 씨앗을 닮았다고 해서 호도라고 불리다가 호두가 되었다고 한다. 호두의 열매가 사람의 뇌를 닮아서 먹으면 머리가 좋아진다는 이야기도 있다.

여름에 용등밭에 가 보았을 때에는 호두가 몇 개 달려 있었는데 나무에는 아무것도 보이지 않는다. 개망초를 베어내고 나무 밑을 확인해보니 호두가 여러 개 보인다. "그럼 그렇지. 분명 열매가 있었는데." 하며 주워보니 두 개만 빼고 속이 전부 텅 비어 있다. 딱따구리가 파먹었는지 딱딱한 껍질에 구멍이 나 있다. "벼룩의 간을 빼먹지. 몇 개 달린 호두에 입을 대다니……." 올해는 맛을 제대로 볼 것이라고 기대가 컸는데 허망한 꿈이 되고 말았다. 두 개라도 맛을 봐야겠다.

처음 용등밭을 샀을 때 심어 올해 처음으로 열매를 맺고 기쁨을 주었는데 실망이 크다. 하지만 열매를 맺은 것만으로 만족해야 할 것 같다. 이제 열매를 맺기 시작했으니 내년부터는 낭만농부가 먹을 만큼의 수확물을 주겠지.

농사를 짓다보면 날씨가 농사의 반을 결정한다고 해도 과언이 아니라는 말을 실감하게 된다. 신과 인간이 함께 살던 시절에 호두농사를 짓던 농부가 신에게 1년만 날씨를 자신에게 맡겨 달라고 부탁했다. 그래서 1년간 농부 마음에 드는 날씨가 계속 되었고 호두는 주렁주렁 열려 농부

를 들뜨게 했다. 그런데 기쁨도 잠시 호두를 따서 깨뜨려 보니 알맹이가 하나도 없었다. 그래서 농부가 신에게 따지니 신은 "도전이 없는 것에는 알맹이가 들지 않는 법이네. 폭풍과 같은 방해도 있고 가뭄과 같은 갈등도 있어야 껍데기 속에 영혼이 깨어서 여물지." 하고 말했다고 한다. 호두만이 아니라 모든 세상사가 그런 것 같다. 고난이 없이 어떻게 달콤한 맛을 낼 수 있겠는가.

호두나무는 오가향에도 몇 그루 심겨져 있다. 추위에 약한 호두나무가 오가향에 자리잡고 잘 적응했으니 앞으로 열매는 많이 열리고 잘 여물 것이다. 이제 시작이니까. 먼 훗날, 길고 긴 겨울밤에 오가향에 온 손자들과 도란도란 이야기 나누며, 고소한 호두를 까먹는 노년의 따뜻한 삶을 그려본다.

양파 심기

노랗게 물든 단풍잎이 오가향 옆 개울가에 내려 앉아 아름답게 그림을 그려놓았다. 반면 수확을 한 들판은 황량함과 쓸쓸함이 묻어난다. 더 추워지기 전에 양파모종을 심어야 한다. 양파는 추위가 오기 전에 심어야 뿌리 활착이 잘 되기 때문이다. 작년에 처음 심어 보았는데 너무 늦게 심어서인지 생존율이 20프로도 되지 않았다. 작년의 실패를 되풀이 하지 않으려면 올해는 좀 서둘러야 할 것 같다. 아내는 작년의 실패 원인을 너무 늦게 심어 겨울 추위를 견디지 못하고 얼어 죽은 것으로 결론을 내고 낭만농부에게 모종을 빨리 구해야 된다며

조른다. 청송장에는 추위가 시작되는 10월 말에나 양파모종이 나온다고 하기에 답답해하고 있었다. 아내는 아침에 일어나더니 기계장에는 혹시 있을 수 있으니 가보자고 하였다. 못 이기는 척 기계장에 가보니 종묘상 주인이 마침 어제부터 양파모종이 나오기 시작했다고 말한다. 양파모종을 보니 뿌리가 잘 발달되었고 잎도 싱싱한 것이 좋아 보인다. 좋은 양파를 수확하려면 모종이 좋아야 하는데 작년에는 모종부터 좋지 않았던 것 같다.

양파는 고대로부터 음식재료로 빼놓을 수 없는 것이었다. 한국음식에서도 빠지지 않는 재료이기에 농사를 잘 지으면 요긴하게 사용할 수 있다. 음식을 하지 않는 낭만농부 입장에서는 자꾸만 작물이 늘어나는

것이 못마땅하지만 장아지매는 심었으면 하는 마음을 내비치며 은근히 압력을 준다. 그러면 마음 약한 낭만농부는 아내를 도와주지 않을 수 없다.

양파모종을 기쁜 마음으로 구입하여 오가향에 돌아와 심기 시작했다. 양파 심을 밭은 마늘 심을 때 미리 준비해 놓았기 때문에 심기만 하면 된다. 양파는 감자나 고구마처럼 주렁주렁 달리는 게 아니라 모종 하나에 한 개만 달린다. 모종이 얼어 죽으면 하나도 건지지 못하니 잘 심어야 한다. 쪼그려 앉아서 작은 구멍에 일일이 가느다란 모종을 심어야 해서 시간이 많이 걸리고 힘도 든다. 중요한 작업이기 때문에 낭만농부는 손도 못 대고, 아내가 일일이 구멍을 파고 모종을 밀어 넣은 다음 흙으로 다시 메워준다. 낭만농부는 물끄러미 지켜보다가 호스를 끌고 와서 조심스럽게 물을 뿌려 주었다. 물을 잘 주는 것도 중요한 임무이기에 충실히 수행했다. 2시간 정도 심으니 준비한 모종 360포기를 다 심었다. 심은 모종이 다 살아서 한 개씩 달리면 우리 가족이 먹고도 남을 양이다.

양파는 마늘이나 보리처럼 추운 겨울을 넘겨야 이듬해 봄에 알뿌리가 굵어진다. 농사를 짓다보면 자연의 섭리가 참 오묘하고 신비함을 느낄 때가 한두 번이 아니다. 우리의 삶에서도 어렵고 힘든 과정이 있어야만 좋은 결실을 맺는 경우가 많다. 온실 속의 화초는 밖에 나오면 쉽게 적응하지 못한다. 고난은 더 나은 성장과 성숙을 위한 밑거름인 것 같다. 오늘 심은 양파가 세찬 눈보라와 함께 오는 혹독한 겨울 추위를 이겨내고 크고 맛있는 알뿌리로 탄생하기를 기원해본다.

울콩

오가향에는 사방으로 울타리가 되어 있다. 처음 밭을 구입할 때부터 있었는데 고라니나 멧돼지가 침범하지 못하게 설치해 놓은 것이다. 아내는 매년 울타리에 울콩을 심어 놓는다. 낭만농부는 콩 줄기가 울타리를 타고 올라가기 때문에 탐탁지 않다. 잎이 푸를 때는 보기가 괜찮지만 서리가 내리고 수확을 할 때쯤이면 산발한 머리처럼 엉겨 붙어 울타리를 지저분하게 만든다. 낭만농부는 심지 않았으면 하는 마음이지만, 장아지매는 맛있는 콩을 빈 땅에 심어 먹어야 한다며 봄이면 그냥 심어놓는다. 올해도 동쪽 울타리 쪽에 두 종류의 울콩을 심어 놓았다.

5월에 심어 놓은 콩씨는 울타리를 따라 무럭무럭 자라고 6월이 되어서 분홍자주색 꽃을 피워 그 꽃에서 하나 둘 예쁘고 사랑스러운 열매를 맺는다. 울콩은 울타리 밑에서 쑥쑥 잘 자라서 이름 붙인 콩인데 재배기간이 서리태 다음으로 길다. 그래서 껍질도 콩 중에서 가장 단단하다. 울콩을 삶아서 먹으면 밤처럼 맛이 좋아 밤콩이라고도 불린다. 옛날에는 송편 속 고물, 콩설기, 시루떡 고물, 호박죽 등 다양한 요리에 쓰였다고 한다. 아내가 주로 쓰는 것은 호박죽과 콩밥을 할 때이다.

　콩이 우리 몸에 좋다는 것은 모두가 알고 있다. 콩 종류가 많고, 심는 작물이 많아서 좀 줄이라고 해도 아내는 그럴 생각이 없는 모양이다. 울콩은 올해 가뭄으로 인해 제대로 자라지 못했다. 뒤에 비가 자주 내려 제법 달리기는 했지만 꽃이 늦게 피어서인지 아직 여물지도 않았다. 그런데 벌써 몇 차례나 무서리가 내려 잎이 시들어 버렸다. 날씨가 영하로 내려가 된서리라도 내리면 콩이 얼어서 하나도 먹지 못한다. 된서리가 내리기 전에 줄기를 잘라 한 곳에 모아 두었다가 시간이 있을 때마다 줄기와 잎을 제치고 하나씩 따내었다. 가을 햇볕이 따갑지만 추워지기 전에 마무리해야 하기에 손을 바삐 움직여야 한다. 수확한 콩은 햇볕에 말려 저온창고에 보관해 두었다가 두고두고 조금씩 꺼내서 먹을 것이다. 오늘 딴 울콩을 까보니 희미한 호랑이무늬도 있고, 아직 덜 익어 붉은 빛을 띤 것도 있다. 오늘밤 저녁밥에는 어김없이 폭신폭신하고 달달한 울콩이 들어 있을 것 같다.

　오가향이 위치한 상사리는 예전에는 오사리라 불리었다. 신라 말 다섯 선비가 처음 정착하여 살았다고 해서 붙여진 이름이다. 낭만농부와 장아지매는 이 다섯 분의 향기를 담고자 오가향이라는 브랜드명을 지었다. 이 분들은 싸리로 울타리를 치고 사립문을 달아 은둔생활을 하였다고 한다. 시문리라는 지명이 아직도 사용되고 있다. 그 옛날에도 울타리에 울콩을 심었을까. 낭만농부와 장아지매는 울타리에는 울콩을 심고, 생명들과 해담들에는 콩과 고추를 심는다. 그리고 명품 전통장을 만들어 세상과 소통해 나가고 있다.

메주콩을 베다

하늘이 높고 말이 살찐다는 풍성한 가을이다. 메주콩잎들이 노랗게 단풍을 들이다가 바람결에 떨어져 낭만농부의 발걸음을 재촉한다. 세월이 어찌 그리 빠른지 엊그제 콩 종자를 심은 것 같은데 벌써 수확할 시기가 되었다. 통통한 꼬투리가 주렁주렁 달려 생명들을 온통 황금색 들판으로 바꾸어 놓았다. 지금 베지 않으면 성질 급한 놈들은 꼬투리를 벌려 자동으로 도망가 버린다. 좀 이른 것도 있지만 대부분의 콩들은 콩깍지가 말라 있어 한꺼번에 수확하기로 했다. 올해에는 콩잎이 빨리 단풍이 들고 잘 떨어져서 씨알은 튼튼할 것 같다. 콩밭을 바라보니 긴 고랑이 낭만농부의 손길을 기다리고 있다. 서둘러 예취기의 풀 베는 날을 콩 베는 날로 교체하고 콩대에 갖다 대었다. 그런데 날이 흔들거리며 베어지지 않는다. 뭔가 잘못된 것 같다. 기계치인 낭만농부는 어지간하면 위험하게 하지 않고 몸으로 때운다. 예취기로 콩 베는 작업을 포기하고 큰 전지가위를 들었다. 몇 고랑을 베고 나니 허리도 아프고 손에는 물집이 생겼다. 오늘따라 밭고랑이 더 길게만 느껴진다. 이렇게 하다가는 사람 잡을 것 같아서 다시 예취기에 도전해 보기로 했다. 날을 풀어 반대로 끼우고 꼼꼼히 조립을 해보았다. 단단하게 고정되는 것을 보니 아귀가 맞는 것 같다. 시동을 걸어 날을 콩대의 밑동에 대니 싹둑 잘린다. 무엇이든 포기하지 말고 도전해야 하나 보다. 그래야 팔다리가 고생을 하지 않는다.

올해는 포기 간격을 줄이고 직파로 콩을 심었다. 그동안 모종을 키워서 심었는데 번거롭고 힘이 들어서 바로 심었던 것이다. 한 구멍에 두 알씩 넣은 메주콩은 다행히 새들이 많이 찾지 않아 온전히 싹이 나왔다. 해마다 애를 먹이던 새들이 도와준 셈이다. 콩을 베다 보면 꼬투리가 답답해서 미리 튀어나온 녀석들도 보인다. 후일 하나하나 이삭줍기를 해야 될 것 같다. 어떤 콩은 꼬투리가 있지만 노린재란 놈이 영양분을 다 빨아먹어서 콩알이 들어있지 않은 것도 있다. 수확량이 걱정되지만 작년보다는 잘 된 것 같기도 하다. 낭만농부가 예취기로 콩을 베어 놓으면 장아지매는 콩대를 마르기 쉽게 두둑에 가지런히 올려놓는다. 끝날 것 같지 않던 콩 베기는 해가 어둑어둑해질 무렵이 되니 끝이 보이기 시작한다.

콩은 옛날부터 '밭에서 나는 쇠고기'라고 했다. 작고 동글동글해서 키 작은 사람들의 별명으로 불리기도 했는데 낭만농부도 군대시절 '땅콩 병장'으로 불리었으니 콩과는 인연이 좀 있는 것 같다. 콩은 작지만 단백질이 풍부하여 '작은 거인'이라고도 볼 수 있는데 슈퍼 푸드 중의 하나다. 메주콩은 우리나라 음식문화에서 쌀만큼 중요한 농산물이다. 된장, 간장, 청국장 등 한식의 기본이 되는 '장'을 담그는 중요한 기본재료이기 때문이다.

오가향 메주콩은 공기 좋고 물 맑은 산골에서 여름내 따사로운 햇살을 온몸으로 받아 콩알이 생기고 옹골차고 튼실하게 잘 익었다. 열심히 수확하여 메주와 청국장을 만들 때에 쓰일 것이다. 지금부터도 말리기, 옮기기, 타작, 고르기 등의 많은 과정이 기다리고 있다. 한 알의 콩을 얻기 위해서는 거쳐야 하는 손길이 정말 많다. 메주콩 재배는 어렵고 고단하지만 좋은 먹거리를 만들기 위해 낭만농부와 장아지매가 직접 농사를 짓는다. 그리고 맛있는 장으로 재탄생하여 손님들의 식탁에 오를 것이다.

가을의 수채화, 단풍 이야기

파란 하늘에 하얀 뭉게구름이 각양각색의 모양을 만들어 놓았다. 그 사이로 고운 햇살이 가을을 불러오고 있다. 시선을 산으로 돌리면 울긋불긋한 단풍들이 눈이 호강할 정도로 눈부시다. 오가향의 나무들도 다양한 색깔로 저마다의 아름다움을 뽐내고 있다. 노랗게 물든 은행잎, 새빨갛게 치장한 화살나무, 주홍빛 단풍나무, 울긋불긋한 소사나무·라일락·벚나무 등 수많은 나무들이 제각각의 가을빛으로 단장하고 오가향의 풍경을 연출하고 있다.

단풍은 추위를 이겨내기 위하여 자신의 일부를 떼어내면서 겨울을 준비하는 것이다. 가을이 되면 나뭇잎에 있는 영양분이 줄기로 이동하고, 나뭇잎으로 가는 수분을 차단하기 때문에 생겨난다. 물을 공급받지 못한 나뭇잎은 초록색을 내는 엽록소가 파괴되고, 그간 숨겨져 있던 본연의 빨강, 주황, 노랑, 파랑 등의 색깔로 돌아가는 것이다. 사람들은 단풍이 물들면 예쁘다고 좋아하지만 아무리 아름다워도 그것은 잎이 죽어가는 과정이다.

낭만농부도 지금쯤 가을의 중심에 와 있지 않을까 싶다. 인생을 돌아볼 때 봄날의 새싹처럼 파릇파릇 할 때도 있었고 여름의 푸르고 무성한 잎을 자랑할 때도 있었다. 찰나를 사는 게 인생이라지만 눈 깜짝할 사이에 지나온 것 같다. 단풍이 드는 것은 이제는 성장을 멈추라는 이야기일 것이다. 한두 번 비가 내리고, 바람이 지나면 형형색색의 아름다운 단풍들과 함께 가을은 또 그렇게 가버릴 것이다. 그리고 머지않아 혹독한 겨울이 찾아올 것이다.

장아지매는 곱게 늙었으면 참 좋겠다고 가끔 이야기하곤 한다. 단풍은 낙엽으로 가기 전에 세상을 아름답게 장식해주는 나무들의 마지막 선물이다. 단풍이 진정으로 아름다운 이유는 마지막으로 붉은 정열을 뜨겁게 불태우고 자신을 모두 비우기 때문일 것이다. 낭만농부도 단풍처럼 화려하고 예쁘게 있다가 낙엽이 되고 싶다. 그리고 조금의 욕심이 있다면 새로운 시작을 하는 아들들에게 조그마한 밑거름이라도 되는 삶을 살고 싶다.

올해는 가뭄과 폭염 때문인지 다른 해보다 단풍이 더 아름다운 것 같다. 단풍도 힘들고 어려운 고난을 이겨낸 것이 더 고운 빛깔을 낸다고 한다. 아내에게 "우린 단풍구경 언제 가노?" 하고 물으니 "보이는 게 전부 단풍인데 어딜 가노?" 하며 배추를 묶으러 밭으로 향한다. 한창 젊은 시절, 도시에서 살 때는 설악산 단풍도 구경하고 내장산도 갔다. 한때는 전국의 100대 명산의 정상을 오르겠다고 호기를 부리며 매주 아내와 배낭을 지고 나가기도 하였다. 지금은 등산화와 스틱, 아이젠 같은 등산 장비들도 어디에 두었는지 잊은 지 오래다. 단풍구경은 앞산, 뒷산으로 눈만 돌리면 되고 등산 코스도 따로 없다. 산골에서 살다보니 보이는 게 단풍이고 가는 곳이 등산로이다. 상사리 산들의 화려하고 곱게 물든 단풍을 보고 있노라니 낙엽 한 잎이 날아와 낭만농부의 발아래에 머문다. 바람이 그랬나 했더니 세월이다. 그렇게 낭만농부와 장아지매의 가을은 오가향과 더불어 깊어져간다.

도토리묵

　가을철 숲속을 걷다 보면 동글동글한 도토리가 자꾸만 낭만농부의 발길을 잡는다. 구슬처럼 동그란 모양도 있고 약간 길쭉한 것도 있다. 올겨울 도토리묵을 먹어보기 위해서는 다람쥐에겐 미안하지만 조금 주워 와야겠다. 다람쥐는 가을이면 도토리를 주워 겨울에 먹을 양식으로 땅속에 파묻어 놓는다고 한다. 하지만 대부분은 숨겨 놓은 곳을 잊어버려 정작 먹으려고 하면 못 찾는다고 한다. 기가 찰 노릇이다. 내게 얘기하면 도와줄 수도 있으련만, 허허허.

　올해는 도토리가 많이 열려 풍년이다. 땅바닥에 떨어진 도토리를 낙엽을 헤치며 찾는 재미도 쏠쏠하다. 하지만 참나무는 보통 산비탈에 있기 때문에 오르락내리락하면서 주워야 하니 다리에 힘이 많이 들어간다. 허리도 굽혔다 폈다 해야 해서 줍기가 만만찮다. 그래도 도토리가 많아 금방 한 봉지 가득 찬다. 올겨울 도토리묵 몇 번은 해먹을 정도는 될 것 같아 나머지는 다람쥐에게 양보하고 내려왔다.

　주워온 도토리를 따사로운 햇볕에 이틀 정도 말리고 겉껍질을 까보았다. 바짝 말라 벌어진 껍질을 벗기니 하얀 속살이 뽀얗게 모습을 드러낸다. 도토리 중에는 깨끗한 것도 있고 벌레 먹은 것도 있다. 좋은 알맹이만 골라 며칠 동안 물에 담가 놓았다. 떫은맛을 없애기 위해서는 한동안 물을 갈아주며 우려내야 한다.

며칠 뒤에는 어느 정도 떫은맛이 없어졌을 것 같았다. 청송장날에 건져서 방앗간에 가지고 가니 갈아 주었다. 집에서 믹스기로 하는 것보다 훨씬 수월하다. 갈아온 도토리는 거름망에 넣어 물에 담가 놓았다가 앙금을 내려 주었다. 그리고 앙금이 가라앉기를 기다렸다가 물을 따라 내고 앙금만을 햇볕에 말려 채에 걸러 주니 분말로 변신했다. 이젠 냉동 보관을 해두고 언제라도 먹고 싶을 때 조금씩 꺼내어 묵을 쑤어 먹을 수 있게 되었다.

어린 시절 살았던 고향에도 참나무가 참 많았다. 결혼 후에 추석날 집에 가면 엄마는 모처럼 아들과 며느리가 온다고 도토리묵을 만들어 놓았다가 저녁에 야식으로 내어 놓곤 하셨다. 그때는 도토리묵 만드는 것이 이렇게 손이 많이 가는 줄 몰랐다. 직접 만들어 보니 보통 정성으로는 해 먹을 게 아니다. 하여튼 쉬운 게 하나도 없다. 저녁에 아내가 오늘 만든 가루로 도토리묵을 해서 저녁 식탁에 올렸다. 탱글탱글한 묵이 그 옛날 엄마가 정성들여 만들어 준 그 맛 그대로다. 아무리 힘들어도 직접 해 먹는 이유가 여기에 있나 보다.

방풍림을 조성하다

전통장 오가향은 상사리 마을 아랫동네인 시문리와 윗마을인 평지마을의 중간에 위치하여 있다. 옛날 사람들은 먹고 살 수 있는 물이 있고 바람이 불지 않는 포근한 곳에 옹기종기 모여 살았다. 그렇게 형성된 곳이 마을이다. 요즘 귀농하는 사람들은 기존 마을에 들어가서 사는 것보다는 밭을 구매한 곳에 집을 짓는다. 그래서 보통 마을에서 좀 떨어진 곳에 위치해 있다. 우리의 사업장과 농장, 집도 그렇다. 처음 엄마가 우리집에 와서는 독가촌이라고 걱정을 많이 하셨다. 독가촌은 밭 가운데 집 한 채가 있는 것을 말한다. 그러고 보니 우리 집이 딱 그렇다.

처음에는 별로 생각하지 않았는데 살다 보니 봄과 겨울에 부는 바람이 보통이 아니다. 고추모종을 심어 놓고 저녁에 갑자기 바람이 심하게 불어 전등불에 의지해 줄을 친 적도 있었다. 특히 겨울에는 북서풍이 불어와 춥고 봄에는 골바람이 불어와서 농작물에 피해를 준다. 그래서 바람을 막을 방법이 없을까 고민하게 되었다. 방풍막을 설치해도 되지만 미관상 좋지도 않고 비용도 만만치 않아서 포기했다. 작년에는 건물이 위치한 위쪽 구간에는 사철나무를 심었다. 올해는 아래쪽 구간에 어떤 나무를 심을까 생각을 하다가 성장 속도도 빠르고 관리하기도 쉬운 블랙초크베리를 심기로 결정했다. 작년에 밭에 심은 작은 묘목이 올해는 훌쩍 자라 낭만농부의 키보다 커서 방풍림으로 안성맞춤인 것 같다. 블랙초크베리를 밀식 형태로 심어 놓으면 성장 후에는 바람도 막아 주고 예쁜 꽃과 열매도 만날 수 있어 금상첨화가 따로 없을 것 같다.

방풍림은 보통 해안가나 바닷가에 많이 조성되어 있다. 오래전 선조들은 바닷바람을 막기 위해 해송으로 방풍림을 많이 조성하였다. 그때 심은 나무가 요즘에는 방풍림 역할도 하지만 숲으로 우거져 휴식공간이나 관광자원으로도 활용이 되고 있는 것을 볼 수 있다. 단점이 강점으로 전환된 것이다. 방풍림을 심으면 산림의 마찰 저항에 의해 풍속을 감소시켜 강풍에 따른 재해를 방지해준다고 한다. 낭만농부는 조금의 효과라도 보기 위해 열심히 심었다. 나무를 캐서 손수레로 옮겼다. 그리고 심을 곳에 돌을 골라내고 구덩이를 파니 허리와 어깨가 빠질 것 같이 아프다. 심는 장소가 자갈로 된 도랑둑이기에 솔직히 내년에는 살아 있을지 걱정도 되지만 최선을 다하는 마음으로 고운 흙을 넣어 심었다. 낭만농부보다 더 큰 나무를 2단으로 심고 장아지매는 호스를 끌고 와서 물을 주었다. 이틀에 걸쳐 진행된 방풍림 심기 작업으로 낭만농부와 장아지매는 녹초가 되어 버렸다. 가을 단풍 구경도 못가고 일만 시켜서 아내에게 미안하지만 농사용물이 끊기기 전에 심어야 하기 때문에 할 수 없는 일이다.

오늘 심은 나무들이 제대로 방풍림으로 자리잡으려면 관리가 필요하다. 내년 봄에는 전지작업도 해주고 잡초도 제거해줘야 될 것 같다. 일년에 서너 번은 태풍이 불고 봄바람, 겨울바람이 불어올 때면 장독대 뚜껑이 날아갈까 봐 늘 걱정이었는데, 오늘 심은 나무가 크면 어느 정도는 역할을 해 줄 것이라 기대를 해본다. 먼 훗날에는 조그마하지만 멋있는 오가향 방풍림 숲이 되어 있겠지.

무 이야기

가을이 깊어 가니 하루가 다르게 겨울로 다가서는 듯하다. 내일 아침에는 갑자기 올해 들어 최고로 추운 날씨가 된다고 하니 겨울에 저장해 두고 먹을 무를 뽑아야 한다. 배추는 서리를 몇 번 맞아야 맛있지만 무는 서리를 맞으면 바람이 들기 때문에 얼기 전에 뽑아야 한다. 아내는 올해도 8월 말에 밭에 무 씨앗을 뿌려 놓았다. 무는 배추, 고추, 마늘과 함께 우리나라 사람들이 가장 즐겨 먹는 4대 채소 중의 하나다. 김치뿐

만 아니라 나물, 국, 조림 등에 다양하게 쓰이니 농촌에 사는 우리 부부가 심지 않을 수 없다. 무를 뽑아보니 너무 작다. "에게, 무꾸가 와 이리 작노?" 하니 아내는 퇴비와 비료를 주지 않았더니 꼬마 무가 되어 버렸다고 한다. 모든 농사가 거름을 주지 않으면 크게 성장하지 않나 보다. 아내는 크기가 작아도 우리 먹을 만큼은 충분하다고 한다. 한 입 먹어 보니 작지만 아삭하고 약간 매우면서도 달콤한 맛이 입안에 가득하다. 그냥 씨앗만 뿌려 놓았을 뿐인데 이만큼 자라준 것만 해도 고맙다.

뽑아온 무는 바닥에 놓고 먼저 무청을 베었다. 무는 하나도 버릴 게 없다. 무청을 응달에 말려 두면 각종 찌개, 국, 탕에 들어갈 맛난 무시래기가 된다. 무는 김장할 때에도 쓰이고, 깍두기, 동치미, 무생채로도 쓰일 것이다. 먼저 무청 일부는 건조실 그늘진 곳에 빨래를 널듯이 걸어 놓았다. 상사리의 맑은 바람을 맞으면서 더 깊은 맛을 내기 위해 말라갈 것이다. 나머지는 가마솥에 삶아 씻어서 냉동실에 보관해 두었다. 올겨울 반찬거리로 요긴하게 쓰일 것이다. 잎을 자른 무는 겨울동안 각종 용도로 쓰기 위해 우선 비닐 포대에 넣어 바람이 들어가지 않게 밀봉해서 저온창고에 보관해 두었다.

어린 시절 고향에서는 날씨가 추운 겨울이면 시래깃국을 자주 끓여 먹었다. 식량이 부족한 시기였기에 시래기는 한겨울을 버티는 중요한 음식 재료 중의 하나였다. 그때는 냉장고가 없어서 무는 마당 귀퉁이에 움을 만들어서 저장했다. 땅을 파서 짚을 깐 뒤에 무를 넣고, 거적을 얹고 흙을 덮어 토굴을 만들었던 기억이 난다. 그러고는 추운 겨울에 필요할 때마다 수시로 꺼내어 사용하였다. 긴긴 겨울밤에는 꼭 무 한 개씩을 토굴에서 꺼내와 생으로 깎아 먹곤 했다. 땅속 냉장고는 무를 아주 적당하게 냉장시켜 주었다. 한 입 베어 먹으면 단맛이 돌아 사과, 배가 부럽지 않았다. 솔직히 그때는 사과, 배를 먹기 힘들었으니 제대로 맛을 몰랐고 무맛이 최고인 줄 알았다. 요즘은 편리한 시대를 살고 있지만 냉장고가 없어도 살았던 시절이 있었다.

아내에게 무밥 먹은 이야기를 해 주었더니 듣기만 했지 생전 먹어 보지는 못했다고 한다. 빈부의 격차 때문인지, 살았던 지역의 차이 때문인지는 모르겠으나 같은 시대를 살아 왔어도 모르는 부분이 있다는 것이 놀랍다. 낭만농부가 자란 예천에서는 겨울이면 종종 무밥을 지어 먹었다. 쌀 반, 무채 반이 들어간 무밥은 다른 반찬이 필요 없고 간장 한 종지만 있어도 충분했다. 먹을 것이 부족했던 가난한 그 시절에는 많은 가족이 추운 겨울을 나기 위한 어쩔 수 없는 방법이었을 것이다. 아버지와 함께 겨울 저녁에 먹었던 무밥이 어제 본 것 같이 눈앞에 생생한데 아버지는 돌아가시고 낭만농부는 머리카락이 반백이 된 그때 아버지의 모습으로 있다. 아아, 옛날에 아버지와 함께 먹었던 그 무밥이 지금은 마냥 그립다. 꿈속이라도 가난했지만 그 시절로 돌아가고 싶다. 아내는 밥 한 끼라도 하지 않으려고 은근히 부추긴다. "무밥이 그리 그립나? 나도 한번 먹어 보고 싶다. 오늘 저녁에 솜씨 좀 발휘해 보는 건 어때?"

들깨 수확

오가향의 가을걷이가 이제 막바지로 향하고 있다. 산에는 나무들이 울긋불긋 물을 들이지만 들녘에는 들깨 줄기가 갈색으로 말라가고 있다. 꼬투리 안에는 낭만농부와 장아지매의 땀의 결실인 알곡이 토실토실 담겨 있다. 들깨는 이름 그대로 들에서 나는 깨를 일컫는 말이다. 우리나라 말에 '들'자가 들어가면 '야생', '흔하다' 등의 의미를 갖고 있고 '참'자가 들어가면 '귀하다', '진짜', '우수하다'라는 말을 뜻한다고 한다. 그래서 참깨는 좋은 본밭에 정성껏 심었고, 들깨는 돌이 많고 척박한 곳에 심었다. 그렇지만 최근에는 참깨 못지않게 들깨의 숨겨진 효능이 알려지면서 참깨보다 더 인기가 있다. 들깨는 생명력이 강한데다 특유의 냄새를 피우는 식물이어서 병충해도 거의 없다. 그리고 어느 곳에서나 잘 자라 농약을 칠 걱정도 없고 잎의 세력이 강하여 잡초가 많이 나지 않기 때문에 김매기를 할 필요도 없다. 그래서 낭만농부가 심기에 가장 좋은 작물이다. 들깨는 주로 들기름을 짜서 먹거나 들깨가루를 내어 국에 넣어 먹기도 한다. 들깻잎은 쌈이나 장아찌, 김치 등으로도 많이 쓰여 낭만농부가 꼭 심어야 되는 작물이기도 하다.

청량한 가을 날씨가 계속되니 들깨가 털기 좋게 바싹 말랐다. 천막과 막대기, 바구니를 들고 생명들로 나갔다. 가을 들녘은 쓸쓸하지만 바람 따라 고소한 들깨향이 코끝에 전해온다. 2주일 전에 들깻잎이 누렇게 익어가다가 서리를 맞아 떨어져서 전지가위로 하나씩 베어서 건조가 되도록 널어놓았는데 그동안 때 아닌 가을비가 내렸다. 다행히 들깨는 비가 와도 싹이 틀 일이 없으니 오늘에야 무사히 털 수 있게 되었다.

먼저 천막을 깔고 그 위에 바싹 마른 들깨를 조심조심 옮겨 놓았다. 그리고 준비한 막대기로 두드려주고 손으로도 털었다. 잘못하면 들깨가 멀리 도망가니까 살살 조심스럽게 털었다. 주르륵 주르륵, 낭만농부에게는 수확의 기쁨을 알려주는 소리이다. 들깨가 쌓인 곳에는 검불이 많아서 손으로 대충 정리해주니 밑에는 향을 가득 품은 들깨가 또글또글 굴러서 많이도 쌓여 있다. 늦봄 밭 한 귀퉁이에 심어 놓은 들깨가 모진 가뭄에 실낱 같이 자랐다. 뒤늦게 내린 비로 몸통을 키우더니 하얀 꽃을 피우고 진한 향기 내뿜어 벌, 나비 불러들였나 보다. 땡글땡글 알찬 열매를 가득 품은 것을 보면……. 모진 풍파를 거치고 낭만농부에게 맛을 보여주니 기특하다. 들깨 몇 알을 입에 넣고 씹어 보니 향이 진하고 고소하다. 소복이 쌓인 들깨를 어레미로 쳐서 선풍기 바람으로 깨끗하게 정리해 놓으니 그럴듯하게 보인다. 오가향에는 가을바람 따라 고소한 들깨향이 퍼지고, 가을 들녘은 쓸쓸함이 더욱 짙어져 간다.

은행 이야기

오가향 가까이에 있는 오래된 은행나무는 가을이면 노란 잎으로 단장을 하고 낭만농부가 오기를 기다리고 있다. 은행은 '은빛을 내는 살구

나무'라는 뜻에서 나온 말이라고 한다. 산의 알록달록한 풍경 아래에 노란 칠을 한 은행나무는 한 폭의 수채화 그림 같이 아름답다. 가을을 상징하는 나무를 꼽으라면 먼저 생각나는 것이 은행나무가 아닌가 싶다. 특히 서원이나 향교 같은 곳에 가면 많이 심어져 있다. 그것은 공자가 은행나무 아래서 제자들을 가르친 데서 시작되었다고 한다. 요즘에는 은행나무가 매연을 흡수하는 성향이 있다고 해서 도시에 가로수로 많이 심어 놓았다. 그러다 보니 가을이 되면 도시 거리가 온통 노란색 물결을 이룬다.

요 며칠 상사리에는 바람이 많이 불었다. 은행이 떨어져 있을 것 같아 뒷산 언저리에 가 보았다. 예상대로 어제 분 바람에 다 익은 은행들이 여기저기에 떨어져 있다. 노란 빛을 발하며 예쁘게, 사뿐히 내려 앉아 있다. 은행은 적절한 시기에 가야 조금이라도 건질 수 있다. 누군가가 먼저 주워갈 수도 있으니까. 그리고 고무장갑은 필수로 준비해야 한다. 맨손으로 줍다가는 은행의 독한 성분에 피부가 상할 수 있고, 고약한 냄새를 감당하기 힘들기 때문이다. 아내와 잠시 주웠는데 금세 한 봉지씩 그득하다. 이쯤이면 밥에도 넣어 먹고, 술안주나 간식으로도 먹을 만큼은 된 것 같다. 은행나무를 바라보니 노랗게 물든 잎이 너무 아름답다. 학창 시절에는 은행잎을 코팅해서 책갈피로도 많이 사용했는데……. 은행잎이 노란 것은 싱싱한 초록색에서 영양분을 다 썼기 때문이다. 잎으로서의 임무를 다한 것이다. 반대로 초록색 그대로 남아 있다면 영양분을 다 쓰지 못한 것이다. 노란 잎을 가진 나무는 열매가 크고 충실하지만 초록색 잎으로 있는 것은 열매가 작고 부실하다. 자녀 양육을 제대로 못한 것이다. 사람이나 나무나 자신의 소임을 다할 때 아름다운 것 같다.

주워 온 은행은 비닐 포대에 넣어 발로 으깨어서 흐르는 물에 씻으니 껍질과 알맹이가 분리가 된다. 따뜻한 가을 햇볕에 말리니, 뽀얀 얼굴로 처음 만난 것처럼 다시 인사를 한다. 낭만농부는 가을의 풍성함과 자연의 맑은 공기를 마시며 사랑하는 아내와 함께 하는 오늘이 너무 좋다. 시골 생활은 늘 바쁘지만 한결 같은 자연이 곁에 있기에 그냥 좋다. 노란 은행잎처럼 낭만농부도 소임을 다하기 위해 오늘도 최선을 다한다. 이제 가을이 막바지에 와 있다.

곶감을 만들며

시골마을의 가을 풍경 중 도시와 다른 것은 아직도 집집마다 감나무의 감이 크리스마스트리의 장식처럼 달려 있는 모습이다. 오가향의 역사는 오래 되지 않아 감이 주렁주렁 달리는 나무가 없다. 작년에 추위에 강한 '둥시'라는 감나무를 세 그루 심었는데 한 그루는 올봄에 죽고 두 그루는 아직 살아남아 낭만농부의 기대를 부풀게 하고 있다.

낭만농부의 시골 고향집에도 감나무가 세 그루 있었다. 그때에는 감 모양에 따라 넓적감이라고 부르는 감나무가 한 그루, 뾰족 감나무 두 그루가 있었다. 가을이 되면 빨간 홍시는 바로 따먹었다. 단단한 감들은 대나무 끝을 벌린 작대기로 따서 곶감으로도 만들어 먹기도 하고, 삭혀서 겨울철 내내 간식으로 먹기도 하였다. 감나무는 이처럼 먹을거리가 귀하던 시절에 효자 노릇을 하는 나무였다. 어린 시절 마땅한 놀 거리

가 없던 아이들에게는 훌륭한 놀이터가 되기도 하였다. 감꽃이 떨어질 때면 아침 일찍 일어나 감나무 밑에 달려가곤 하였다. 노란 감꽃이 땅에 소복이 떨어져 있는 새벽녘에 혼자 감꽃을 줍는 날은 그렇게 행복할 수가 없었다. 처음에는 떨떠름한 맛이 나다가 뒤에는 단맛이 감도는 감꽃이었다. 감꽃을 엮어서 목걸이와 팔찌를 만들고 좋아하는 여자애들에게 주기도 하였다. 그때 같이 놀았던 친구들은 지금 어딘가에서 나처럼 늙어가고 있겠지.

낭만농부와 장아지매는 매년 곶감을 만들어 겨울 간식으로 먹고 있다. 재작년에는 이웃집에서 감을 따가라고 해서 감식초도 만들고 곶감도 하고 감말랭이도 해서 맛있게 먹었다. 올해는 기계 감농장에서 단감과 대봉감, 둥시를 사와서 깎아도 먹고 곶감도 하고, 홍시도 해 먹을 생각이다. 아내의 고향인 경남 고성에서는 단감을 많이 재배하였다. 논두렁에도 단감이 주렁주렁 열려 있고 집 주변에도 있어 신기하였다. 집 밖으로 나오면 언제든지 바로 따먹을 수 있는 단감을 매년 장모님이 부쳐주셔서 잘 먹었다. 이제는 농사지을 사람이 없어서인지 언제부터인가 재배하지 않는다. 단감나무도 모두 사라졌다. 그때 먹은 단감 맛을 잊지 못해 매년 사 먹고 있다.

오늘 사 온 둥시로 곶감을 만들기 위해 칼로 껍질을 깎았다. 아내는 요즘에는 감자 깎는 칼로 쉽게 깎을 수 있다며 시범을 보인다. 작은 칼로 돌려 가면서 깎을 때는 시간도 많이 걸리고 힘이 들었는데 이렇게 하니 너무 쉽다. 내가 꼭지와 끝 부분을 정리해 주면 아내는 껍질을 얇고 예쁘게 깎는다. 곶감을 처음 만들 때에는 곶감 꽃이가 없어서 실로 엉성하게 묶어 매달았다. 힘들게 묶었지만 균형도 잘 맞지 않고 말라가면서 툭 떨어지기도 했다. 올해는 꽂이를 구매해서 달아 보니 너무 쉽다. 무엇이든 배우고 바꾸어 나가야 몸이 편안해지는 것 같다. 올해는 홍시를 만들기 위해 대봉감도 사왔으니 겨울 동안 맛있게 먹을 수 있을 것 같다. 곶감이 쫀득쫀득한 맛이 있다면 홍시는 달달한 것이 입안에서 사르르 녹는 맛이 있다. 깎은 감을 처마 밑에 주렁주렁 달아 놓으니 보기만 해도 부자가 된 기분이다. 늦가을 바람에 곶감이 마를 즈음이면 낭만농부는 오며가며 하나씩 빼먹을 것이다. 곶감 만들기는 심심한 시골살이에서 또 다른 하나의 작은 재미가 되고 있다.

자연을 담은 팥

팥을 정리하고 이젠 콩 타작만 하면 오가향의 가을걷이도 마무리된다. 오가향에는 잡곡들을 많이 심어 놓아서 가을이면 수확할 게 많다. 아내는 밭 구석구석 조금이라도 남는 땅이 있으면 무엇이든 심어 놓는다. 봄에 무언가 심어 놓아야 가을에 수확할 게 있다며 자꾸 심는다. 낭만농부는 작물 가짓수가 많으면 일이 많으니 조금 줄이라고 이야기한다. 지금은 처음 농사를 시작할 때보다 많이 줄였는데 아직도 가짓수가 많다. 거두어들일 때면 바쁘긴 해도 수확의 기쁨이 있어서 좋다.

 요즘은 청명한 가을 날씨가 지속되고 있어 수확해 놓은 팥들이 가을 햇볕에 잘 말라가고 있다. 2주 전에, 꼬투리가 하나둘 익는데 날씨가 추워져서 된서리가 내릴까 걱정이 되었다. 낭만농부는 낫으로 일일이 줄기를 잘라 놓고 꼬투리를 하나하나 따서 말려 놓았다. 팥은 서리태와는 달리 동해를 입으면 먹을 수 없기 때문에 서리가 내릴 때쯤이면 신경을 많이 써야 한다. 재배하는 것은 어렵지 않는데 쪼그려 앉아서 꼬투리를 하나하나 따자니 여간 곤혹스러운 것이 아니다. 낭만농부는 무릎과 허리가 아파서 힘이 드는데 아내는 그렇지 않은가 보다. 아무 말 없이 열심히 땄다. 꼬투리를 가을 햇볕에 말려 두었다가 밟아 주니 톡톡 터진다. 검불을 걷어내고 알곡과 쭉정이를 분리 하니 통통하고 탐스런 팥이 소복소복 쌓여 있다. 아내는 선풍기에 껍질과 먼지를 날려 반듯한 팥들만 바구니에 담는다. 이젠 최고 힘든 팥 고르기 과정이 남아 있다. 낭만농부는 오랫동안 앉아서 조그마한 팥을 고르는 것이 쉽지 않다. 아내는 진득하게 앉아 꿈적도 않고 팥을 고르고 있다. 팥 고르기 전문가인가 보다.

 무엇이든지 수확하는 것은 기쁜 일이기도 하지만 한 알의 팥을 얻기 위해서는 힘들고 귀찮은 과정을 거쳐야만 한다. 그래도 직접 재배해서 동짓날 팥죽을 끓여 먹을 때면 맛도 좋지만 그렇게 뿌듯하고 행복할 수가 없다. 그럴 때면 직접 재배하길 잘 했다는 생각이 든다. 낭만농부의 마음은 동짓날 팥죽 끓여 먹을 생각에 벌써 입맛을 다신다.

볏짚 구하기

늦가을이 되면 메주를 묶어 매달 때 쓰는 '각시'를 만들기 위해 볏짚을 구해야 한다. 매년 이맘때만 되면 볏짚 구하는 것이 고민거리가 된다. 상사리마을은 산골이라 논농사보다는 밭농사를 많이 한다. 벼를 심는 농가가 몇 집 되지 않다 보니 구하기가 쉽지 않다. 올해에도 이웃농가에 이야기해서 볏짚을 얻었는데 길이가 너무 짧다. 여름 가뭄 때문인지 품종이 달라졌는지는 알 수가 없지만 '각시'로는 짧을 것 같다. 이것은 메주를 발효할 때 사용해야겠다.

길이가 긴 볏짚을 어디서 구할까 고민이었는데 포항에 일을 보러 가다가 기계 들판에서 볏짚을 정리하는 농부를 보았다. 자초지종을 이야기하니 흔쾌히 가져가라고 한다. 옛날에는 낫으로 일일이 나락을 베어서 '와룡기'로 타작을 하였는데, 요즘은 콤바인이라는 기계로 바로 베어서 동시에 타작을 한다. 그러다 보니 볏짚 길이가 짧아져서 전통장을 하는 낭만농부에게는 여간 고민거리가 아닐 수 없다.

예천 고향에서는 논농사가 중심이었기에 볏짚은 흔한 것이었다. 주로 소죽 끓일 때에 여물로 사용되었다. 그리고 기와집을 짓기 전에는 이

엉으로 엮어서 매년 새롭게 지붕을 단장하기도 하였다. 요즘은 이런 풍경을 고향에서도 찾아보기 힘들어졌다. 세상이 참 많이도 바뀌었다. 그래도 전통장에서 볏짚은 매우 중요하다. 볏짚에는 메주가 발효되는데 필요한 다양한 균들이 서식하기 때문에 꼭 있어야 하는 재료이다. 각시는 하루 종일 쑨 메주를 1차로 꼬들꼬들하게 말린 뒤에 에워싸고 묶어서 건조대에 매다는 용도로 쓰인다. 볏짚보다 좋은 끈이 많이 있지만 된장 맛을 제대로 내기 위해서는 반드시 볏짚으로 만들어야 된다. 특히 볏짚 속에 많이 들어 있는 '고초균'이라는 발효균을 메주에 접종시킬 수 있기 때문이다.

낭만농부와 장아지매는 논바닥으로 들어가 볏짚과 씨름하면서 커다랗게 묶어 오가향으로 가져왔다. 이제 가져온 볏짚을 그늘에 잘 말린 후에 추위가 시작되는 초겨울에 허벅지 종아리를 때려가며 추려야 한다. 이것을 각시로 만들어 메주를 매달 때 사용할 것이다. 고마운 기계 농부 아저씨 덕분에 볏짚을 해결하게 되어서 한시름 놓게 되었다. 올해는 선한 농부아저씨의 마음과 낭만농부와 장아지매의 정성이 들어가서 더욱더 맛난 장이 탄생할 것 같다.

콩 타작

요즘 농촌은 가을걷이로 모두 바쁘게 움직이고 있다. 오가향은 콩 타작을 하고 나면 올해의 농사는 마무리하게 된다. 구름 한 점 없이 맑은 날이다. 콩 타작을 하기에는 딱 좋다. 콩꼬투리가 바짝 말라 타작을 쉽게 할 것 같다. 며칠 전, 마당에 천막을 깔고 아내와 같이 밭이랑에 말려 놓은 콩대들을 모두 옮겨놓았다. 콩농사는 다른 작물에 비해 쉽다고 이야기한다. 농약이나 퇴비, 비료를 할 필요가 없기 때문이다. 하지만 수

확할 때가 힘든 편이다. 올해 가뭄이 유독 심했지만 다행히 콩이 잘 자라 주었고 타작까지 하게 되었으니 얼마나 다행인지 모른다.

　탈곡기를 점검하고 타작을 시작했다. 아내는 콩대를 날라 주고 낭만농부는 부지런히 기계에 집어넣었다. 아내는 먼지가 기관지에 좋지 않다고 방진마스크와 모자로 완전무장을 하고 이리저리 왔다갔다한다. 낭만농부는 기계 앞에서 먼지를 온몸에 몽땅 뒤집어쓰고 작업을 한다. 마스크를 쓰면 갑갑해서 할 수 없다. 그냥 하는 게 편하다. 산더미처럼 쌓였던 콩은 조금씩 탈곡기 안으로 들어가고, 들어간 만큼 줄어들고 있다. 대충 먼지를 날린 노란 콩은 옆으로 이어진 통로로 나와 포대에 모인다. 그리고 하나씩 채워간다. 한 알 한 알이 모여 한 되가 되고 한 말, 한 가마니가 된다. 티끌모아 태산이라는 말이 바로 이런 것인가 보다. 조금하고 나니 콩대가 얼마나 센지 장갑에 구멍이 생기고 손가락이 자꾸 찔려 아프다. 먼지는 나고 탈곡기 돌아가는 소리는 시끄럽고 정신이 하나도 없다. 아내에게 새 장갑을 가져다 달라고 해서 바꿔 끼고 일을 계속했다.

그래도 요즘은 기계로 타작을 해서 여간 편리한 것이 아니다. 옛날, 아버지는 산중턱에 있는 밭에서 콩을 베어 집마당에 지게로 져 나르셨다. 산비탈을 오르락내리락 하는 일이 몇 날 며칠 계속되었다. 그러고는 옮겨다 놓은 콩대를 기다란 도리깨로 또 몇 날 며칠 두드려서 타작을 하셨다. 지금 생각하니 아버지는 가족을 위해 정말 고단한 삶을 사셨던 것이다. 낭만농부도 첫해엔 옛 추억을 생각하며 도리깨를 사서 그때 방식으로 타작을 해보았다. 선무당이 사람 잡는다고, 도리깨는 부러지고 타작을 한 뒤엔 몸살을 앓고 누워 버렸다. 그 뒤로는 마을에 있는 탈곡기를 이용하여 타작을 하고 있다.

해가 뉘엿뉘엿 넘어갈 때 타작이 끝났다. 탈곡을 끝낸 콩은 콩깍지와 북데기를 대충 골라내고 대형 선풍기로 날리니 동글동글한 콩알이 깔끔하게 남는다. 노란 메주콩이 예뻐 보이는 것은 직접 땀흘려 농사를 지었기 때문일 것이다. 이젠 저녁마다 아내와 함께 도란도란 이야기를 나누며 콩 고르기 할 일이 남아 있다. 그러면 메주 쑬 준비가 얼추 되는 셈이다. 올해는 따뜻한 겨울이 되었으면 하는 바람을 가진다.

비닐 걷기

가을걷이가 끝난 밭에는 올 한 해 농작물을 위해 일했던 비닐만 남아 있다. 더 추워지기 전에 내년을 기약하며 모두 걷어 내야한다. 빗방울이 오락가락하는 흐린 날이다. 이런 날은 비닐 걷기에 좋다. 맑은 날 걷으면 먼지가 많이 나서 작업하기가 어렵다. 비닐은 가을에 수확을 한 후에 바로 걷어 내는 것이 좋다. 바쁘다고 차일피일 미루다가 갑자기 겨울 추위가 다가와 땅이 얼어 버리면 못하게 된다. 멀칭 된 비닐이 밭에서 겨울을 보내다 보면, 바람에 펄럭이다가 나무에 걸리기도 하여 보기도 좋지 않다. 봄에는 흙에 묻힌 비닐이 찢어져서 가을에 걷는 것보다 두 배는 힘들게 작업을 할 수도 있다.

몇 해 전 동네 주민이 콩을 심은 곳의 비닐은 2년정도 써도 괜찮다고 해서 재사용했는데 그 다음 해에 걷는다고 엄청 힘들었던 적이 있었다. 나중에 알고 보니 요즘 비닐은 친환경적으로 생산되어 예전에 나온 비닐보다 잘 찢어진다고 한다. 그 후로는 매년 다시 밭을 갈고 새롭게 비닐 멀칭을 해서 농사를 짓는다. 어린 시절, 부모님이 농사를 지으실 때에는 모두 비닐 멀칭 없이 모종을 심고 씨를 뿌리셨다. 그래서 풀 뽑아내는 것이 농사의 전부인 것처럼 느껴졌다. 비닐 멀칭은 하는 것도 힘들고 걷는 것도 힘들다. 그런데 매년 새롭게 비닐 멀칭을 하는

것은 그나마 애물단지 잡초가 나는 것을 막을 수 있기 때문이다. 그리고 수분을 모아 두어 농작물을 더 잘 자랄 수 있게도 한다.

아내는 비닐을 걷고 나면 매년 몸살을 앓기 때문에 올해는 낭만농부 혼자서 작업을 하였다. 혼자 하니 시간도 많이 걸리고 힘도 두 배로 든다. 밭고랑에 풀무더기들이 비닐을 둘러싸서 방해를 하다못해 찢어지게도 만든다. 신은 좋은 것만 주지 않고 나쁜 것도 함께 준다더니 땅이 튼튼하니 잡초가 많이 나서 일을 힘들게 한다. 그래도 인내심을 가지고 걷으면서 흙을 털어내었다. 그리고 야무지게 돌돌 말아 비닐포대에 담았

다. 제대로 담지 않으면 수거하는 사람이 가져가지 않는다. 오늘 걷은 비닐은 마을 폐비닐 수집장에 갖다 놓으면 된다. 컴컴한 어둠이 내려앉아서야 작업이 끝났다. 시원하게 정리된 밭을 보니 힘들게 일한 몸이 조금은 누그러진다. 모든 작업이 그렇지만 할 때에는 힘이 들고 끝마치고 나면 성취감이 느껴진다. 그래서 할 만하다. 이것이 땀흘려 일하는 농부의 진정한 노동의 가치겠지.

다육이 이사

농촌에 살다보면 일기예보를 자주 보아야 한다. 직장생활을 할 때는 비가 오나 바람이 부나 남의 일처럼 느꼈는데 귀농 후에는 날씨에 민감하게 되었다. 눈을 뜨면 맨 처음 휴대폰의 '오늘의 날씨'와 '주간 날씨'를 검색하며 하루를 시작한다. 바쁘게 가을걷이를 하다가 일기예보가 갑자기 바뀌어 당황스럽게 하는 때도 가끔 있다. 밭일을 마치고 저녁에 집에 들어와서 일기예보를 보니 내일 아침 기온이 영하로 떨어진다고 되어 있다. 부랴부랴 오밤중에 테라스에 있는 다육이를 거실로 옮기게 되었다. 기온이 영하로 내려가면 그동안 아내가 정성스럽게 키운 다육이들이 한 번에 동사할 수 있기 때문이다.

오가향에는 다른 곳에 비해 겨울이 빨리 찾아오고, 봄이 늦게 오기 때문에 다육이에게는 좋은 생육환경이라고 할 수 없다. 겨울이 길다 보니 긴 시간을 실내에서 지내야 한다. 갑갑하기도 하고 햇빛도 제한적으로 밖에 볼 수 없다. 다육이는 다육식물을 귀엽게 부르는 말인데 사막이 고향이어서 햇빛을 너무 좋아한다. 햇빛을 많이 받을 때 더욱더 예쁜 매력을 발산한다고 하니 실내에 오래 있으면 못난이가 될 지도 모르겠다.

요즘은 조금 시들해졌지만 다육이는 몇 년 전까지만 해도 꽃을 좋아하는 사람들에게 선풍적인 인기가 있었다. 아내도 그때쯤 다육이에 관심이 많아서 전문점에서 한두 개씩 사서 키웠다. 그러던 중, 작년 명절에 큰형이 키우는 다육이에 관심을 보이자 일부를 주어서 우리집으로 데리고 왔다. 큰형은 비닐하우스 한 코너를 분양받아 키울 정도로 다육이 마니아이다. 가져온 것이 꽤 많아서 갑자기 오가향이 다육이 판이 되어 버렸다. 갑자기 늘어나다 보니 그놈이 그놈처럼 보였다. 그렇지만 하나씩만 놓고 보니 다 예쁘고 나름대로 멋있다. 예쁜 다육이를 멋진 화분으로 집을 만들어 주면 그 멋과 풍취가 배가 된다.

그런데 이 녀석들을 볼 때에는 예쁘지만 돌보는 일은 여간 성가신 게 아니다. 겨울이 되면 낭만농부의 공간을 침범하기도 하고, 가끔 아내의 사랑을 빼앗아가기도 한다. 다육이가 들어오면 받침대도 들어와야 하고 창문도 쉽게 열지 못한다. 그래도 아내가 관심을 가지니 적극적으로 도와줄 수밖에 없다. 아내는 다육이에 대해 많이 알지만 낭만농부는 성도 모르고 이름도 모른다. 그저 흔하고 값싼 동글동글한 다육이가 최고로 예쁘게 보인다. 그래도 아내가 사랑하는 녀석들이니 긴 겨울은 따뜻한 자리도 양보해준다. 추운 겨울을 무사히 넘겨 내년 봄에도 튼실하고 예쁜 모습으로 오가향의 테라스를 빛내주었으면 하는 마음이다. 다육이가 추위를 피해 거실에 들어온 날, 낭만농부의 마음은 벌써부터 따뜻한 햇살을 온몸으로 느낄 수 있는 봄을 기다린다.

편강 만들기

아내는 매년 편강을 만들어 먹는다. 몸을 따뜻하게 하는 편강은 편하고 맛있게 먹을 수 있기 때문이다. 몸의 체온이 1도만 올라가도 더욱 건강해질 수 있다고 한다. 몸을 따뜻하게 하는 음식의 대표적인 것이 생강이다. 생강은 요리할 때 넣거나 꿀에 절여 생강차로 마시기도 한다. 그래도 편강으로 만들어 먹는 만큼 편리하지는 않다. 올해에는 유난히 생강이 비싸다. 지난여름에 날씨가 가물어서 그런지 생강 수확량이 적다고 한다. 그래도 아내가 좋아하니 구매하지 않을 수 없다. 흥해농산물도매센터에서 조금 구입하였다.

사 온 생강을 깨끗이 씻어서 껍질을 벗겨 내었다. 울퉁불퉁하게 생겨서 흙을 깨끗이 씻는 것도 어렵고 껍질을 벗기는 것은 더 힘들다. 어렵게 벗겨 낸 생강을 아주 얇게 편을 썰었다. 그다음 헹구어서 생강의 매운 맛을 우려내기 위해 하루 저녁 물에 담가 놓았다. 편강이 너무 매우면 먹기가 불편하기 때문이다. 아침에 한 번 삶아서 그 물은 대추와 함께 끓여 먹을 수 있게 보관해 두었다. 물기가 빠진 생강을 큰 냄비에 넣고 같은 무게의 설탕을 넣었다. 센 불에 한 십 분 가량 끓여 주면 거품이 생기기 시작하고 특유의 생강향이 그윽하게 퍼진다. 그러고 나서 30분 정도 지나니 설탕물이 줄면서 하얀 분가루가 입히기 시작한다. 색깔도 곱고 너무 맵지도 않은 편강이 완성되었다.

겨울철 하루 한두 조각씩 먹으면 몸도 따뜻해지고 감기도 예방된다고 하니, 두고두고 간식으로 먹어야겠다. 한 번도 해보지 않은 것에 대한 도전은 누구에게나 두렵지만, 새로운 것을 알아가는 기쁨을 주기도 한다.

모과 이야기

옛말에 '과일 전 망신은 모과가 다 시킨다'는 말이 있다. 모과는 딱딱하고 먹기도 쉽지 않아 과일이라고 하기에는 애매해서 생긴 말일 것이다. 그래서인지 감이나 사과만큼 많이 심겨 있지 않고, 보통 공공기관이나 집에 관상용으로 있다. 열매를 먹기에는 불편함이 있지만 꽃과 열매가 보기에 좋기 때문이다. 이른 봄에는 연분홍빛의 깜찍한 꽃이 피고, 가을에는 샛노란 열매가 달려 있어 보기에는 이보다 좋은 과일이 없다. 또 얼룩덜룩한 나무껍질은 강직한 선비를 연상케 하여 한 그루 쯤은 집에 심어 놓는 것도 괜찮을 듯하다. 오가향에도 세 그루의 모과나무가 있어 낭만농부와 장아지매의 눈을 즐겁게 해준다. 올해는 그중 두 나무가 제법 자라서 열매를 많이 맺었다. 가을이 저물어가는 요즘, 모과도 샛노란 빛을 더해 가고 있다. 아침 산책길에 노랗고 먹음직스런 놈이 화단 한쪽 귀퉁이에 떨어져 있는 것을 발견했다. 가을이 벌써 저만치 멀어져 가고 있는데 낭만농부는 모과가 이만큼 영글어 가는 소리를 듣지 못했다.

아내와 함께 바구니를 들고 수확을 하러 갔다. 모과는 서리가 내리고 푸른 잎이 가지에서 떨어져 나갈 즈음에 향이 가장 좋다고 한다. 따는

중에도 은은한 모과향이 코를 자극한다. 모과란 이름은 '나무에 달린 참외'라는 뜻이라고 한다. 실제 열매의 크기와 모양, 색깔까지 참외를 많이 닮았다. 예전에는 흔히 못생긴 것을 '모갯디'라고 하며 모과에 비유하기도 했다. 하지만 요즘 모과는 성형을 했는지 피부가 매끈매끈하고 고와 매력 만점이다. 한 소쿠리 가득 따서 거실에도 몇 개 놓고 서재에도 몇 개 갖다놓았다. 문을 열고 들어오면 조금씩 퍼져 나오는 은은한 향이 반겨 주어서 좋고, 책을 볼 때도 심신을 편안하게 해주어서 사랑스럽다. 남은 것은 모과차를 해보아야겠다. 모과열매는 모양, 향, 맛에 세 번 놀란다고 한다. 독특한 모양새와 더불어 달콤한 향기를 내뿜지만 딱딱하면서 시큼하고 떫은맛이 있기 때문이다. 그래서 모과차가 제격인 것 같다. 모과를 얇게 썰어 꿀에 재어 두었다가 두세 조각씩 꺼내어 끓는 물에 타서 마시면 향도 좋고 감기 예방도 되니 일석이조이다.

공자시대에는 마음에 드는 남자가 있으면 잘 익은 모과를 던져 주어 마음을 전했다고 한다. 그러면 남자는 그 답으로 패물을 전했다고 한다. 모과가 이렇게 사랑의 메신저가 된 것은 썩어 가면서도 향기를 잃지 않아 사랑의 상징이라 여겼기 때문이라고 한다. 이 나이에 낭만농부에게 모과를 던져 줄 여인은 없을 터이고, 바람이라면 모과처럼 나이가 들어도 은은한 향기를 내는 사람이고 싶다. 가을 이야기를 담은 모과가 텔레비전 옆에서 향긋한 냄새를 날린다. 아내는 샐쭉하게 웃으며 "아쉬운가 보네. 나라도 모과 하나 던져 줄까나." 한다.

추억의 목화송이

며칠 전 동네 이웃집에서 목화송이 한 다발을 선물로 주었다. 아내가 여름에 그 집에 목화꽃이 핀 것을 보고 관심을 가졌더니 그것을 기억하고 장식용으로 써 보라며 준 것이다. 어스름한 밤에 받다 보니 유난히 하얗고 예뻐 보인다. 목화는 추억 속의 작물이다. 요즘은 목화농사를 짓는 사람도 드물어, 하얀 목화송이가 핀 풍경을 쉽게 볼 수 없다. 오랜만에 보니 달달한 다래와 따뜻하고 포근했던 솜이불이 그리워진다.

낭만농부가 자랐던 고향에서는 겨울이 유난히 추웠다. 그때에는 난방도 변변치 않아 아랫목만 뜨겁고 윗목은 냉골이어서 두꺼운 솜이불에 의지하며 긴긴 겨울밤을 견뎌내어야만 했다. 가볍고 따뜻한 이불이 대중화되어 있는 요즘에는 두꺼운 목화솜이불을 덮는 사람이 흔하지 않을 것이다. 옛날에는 결혼할 때 혼수 1호가 목화솜이불이어서 목화농사를 지어 시집가는 딸에게 해주었다. 폭신폭신하고 따뜻한 솜이불에는 고이 키운 딸을 시집보내는 부모님의 애틋함이 함께 묻어 있었다. 이젠 이런 따뜻한 정보다는 열쇠의 개수를 따지는 세상이 되었으니 참 많이도 달라졌다.

목화는 고려 공민왕 때 문익점이 원나라에서 붓 뚜껑에 씨앗을 담아 가져와 우리나라에 퍼졌다고 초등학교 시절에 감명 깊게 배웠다. 요즘은 이런 내용이 교과서에 실려 있는지 모르겠지만 아이들은 목화가 어떤 것인지 어떤 용도로 쓰였는지 알기가 쉽지 않을 것 같다.

목화를 보니 지금도 잊어지지 않는 풍경이 아련하게 떠오른다. 낭만농부의 외갓집은 예천군 풍양면 우망리라는 곳이다. 어린 시절 엄마의 손을 잡고 외갓집을 간 적이 있었다. 풍지교 다리가 생기기 전이었다. 보리 한 되로 삯을 주고 나룻배로 낙동강을 건넜다. 한참을 걸어 별실이란 마을을 지나면 외갓집 마을이 보였다. 그때는 이미 해는 지고 어스름이 내려앉았다. 주위는 온통 하얀 목화송이 천지였다. 어둑어둑한 밤길에 펼쳐진 목화밭은 생전 처음 보는 광경이었고 그렇게 장관일 수 없었다. 엄마는 그 넓고 넓은 밭이 외할아버지의 땅이라고 했다. 얼마나 부러웠는지 모른다. 어린 눈에 들어온 그 풍경은 어른이 된 지금에도 낭만농부의 머릿속에서 지워지지 않는다.

목화는 초여름 잎겨드랑이에서 무궁화 꽃을 닮은 연노랑 또는 연분홍 꽃이 피었다가 다래라는 열매가 된다. 어린 시절에는 목화밭을 지날 때 달달한 다래를 하나씩 따먹곤 했다. 가을이 되면 열매가 익어 껍데기가 네 갈래로 갈라지고 흰 목화송이가 탐스럽게 피어난다. 이것을 면화라고 하는데 따서 말린 다음 씨를 빼내어 솜을 만들고 이것으로 이불을 만들었다. 내년에는 오가향에도 목화를 조금 심어 볼 생각이다. 낭만농부는 시집보낼 딸도 없고 목화솜을 팔 수도 없는 세상이니 추억을 되짚어 볼 요량으로 심어 보아야겠다.

우리 처음 만난 곳도 목화밭이라네/ 우리 처음 사랑한 곳도 목화밭이라네// 밤하늘에 별을 보며 사랑을 약속하던 곳/ 그 옛날 목화밭 목화밭

내년 가을에는 솜사탕처럼 부풀어 오른 목화송이가 오가향을 하얀 세상으로 만들어 놓겠지.

김장

세월이 참 빨리도 흘러간다. 올해도 달랑 2장의 달력만 남겨 놓았다. 매년 11월이 되면 온동네 여기저기서 김장을 준비하는 소리가 들려온다. 김장은 겨울철 별다른 찬거리가 없었던 시절에 소소한 반찬이 아니라 밥과 함께 겨울을 날 귀중한 음식이었다. 그렇기에 김장하는 일은 늦가을 매년 치르는 큰 연례행사 중의 하나였다. 시대가 변했지만 지금까지도 이어져 내려오고 있는 행사이다.

김치는 우리나라를 대표하는 발효음식 중의 하나다. 발효된 음식은 장을 튼튼하게 해주는 효과가 있어 요즘 세계인들에게도 많은 사랑을 받는다. 그리고 한국인의 밥상에는 절대로 빠질 수 없는 반찬이다. 냉장 보관 시설이 없던 시절에 발달할 수밖에 없었던 우리나라만의 고유한 음식문화이기도 하다. 김장은 한 번에 많은 양의 김치를 담가 겨울 동안 먹는 것을 말한다. 그래서 옛날 시골에서는 오랫동안 보관하기 위해 구덩이를 파서 항아리를 묻고 김치를 담아 놓았다. 그렇게 하면 향미도 더 느낄 수 있었다.

입동이 지나면 김장을 해야 할 시기라고 했다. 기온이 높을 때 담그면 너무 빨리 익고, 기온이 낮을 때 하면 채소가 얼기 쉬워 자칫 망칠 수 있기 때문에 적당한 시기에 해야 맛있는 김장을 먹을 수 있다. 겨울의 시작인 입동도 지났으니 오가향에도 김장을 해야 될 것 같다. 김장을 하기 위해서는 많은 과정이 필요하다. 배추와 무 같은 주재료를 준비해야 하고, 그다음에는 갖가지 양념도 만들어 놓아야 한다. 오가향에서는 매년 배추와 무, 고추를 직접 재배하여 사용하고 있다. 배추의 상태는 그해 자연환경에 따라 많은 차이가 난다. 올해에는 배추가 튼실하게 자란 것을 보니 주변 환경과 궁합이 잘 맞은 것 같다.

김치 담그기에서 가장 중요하고 힘든 것이 양념을 만드는 것이다. 마늘, 생강, 양파는 까서 갈아야 하고, 쪽파는 잘 다듬어서 썰어야 한다, 찹쌀로 풀도 끓여야 하고, 무는 채를 썰어야 한다. 올해는 배도 깎아서 갈아 넣었다. 멸치 액젓과 새우젓은 미리 구입하여 준비해 두었다. 그 다음에는 무, 파뿌리, 멸치, 표고버섯 등 많은 재료를 넣어 끓여서 육수를 만들었다. 미리 준비한 것들을 모두 섞어 저으면 맛있는 김치양념이 완성된다. 재료가 많기에 다듬고, 씻고, 썰고, 갈고, 끓이고 하다 보면 하루해가 짧고 팔, 다리, 허리 안 아픈 데가 없다.

양념 준비가 다 되면 이제는 배추를 절여놓아야 한다. 8월 한여름에 심어 아내가 매일 매일 사랑과 정성으로 키운 배추를 뽑았다. 그리고 배추의 겉잎을 떼어내고 깔끔하게 다듬어 4등분으로 나눈 뒤 소금물에 절여놓았다. 저녁에는 배추가 잘 절여지도록 아래 위가 바뀌게 뒤집어주었다. 간을 알맞게 맞추어야만 맛난 김치가 되기에 내려오는 눈꺼풀을 끌어올리며 골고루 뒤집어 놓았다. 아침에 일어나 보니 배추가 잘 절여진 것 같다. 배추를 건져서 네 번을 깨끗하게 씻었다. 그리고 물기를 뺀 후에 배추를 치대기 시작했다.

낭만농부가 절인 배춧잎 사이로 양념이 쏙쏙 잘 베도록 한 장씩 발라

주면 아내는 양념에 버무린 무채를 사이사이에 넣고 겉잎으로 감싼 후 통에 차곡차곡 가지런히 담았다. 아내는 버무린 것을 입에 넣어 주며 간이 맞는지 묻는다. 짜지도 않고 싱겁지도 않은 것이 낭만농부의 입맛에 딱 맞다. 올해는 김치 맛이 좋아 많이 담가도 부족할 것 같은 예감이 든다. 낭만농부와 장아지매는 김장을 하며 조잘조잘 이런저런 삶의 이야기를 나누었다. 어느 샌가 통에 맛있는 김치와 함께 사랑도 차곡차곡 담긴다. 점심 먹고 시작한 배추 치대기는 저녁이 되어서야 끝났다. 저녁에는 갓 담근 김치를 가져와 삼겹살을 싸 먹으니 한 포기가 금세 동이 난다.

우리는 김장을 하면 일 년 내내 먹는다. 오늘 담근 김치는 올겨울부터 내년까지 가장 중요한 반찬이 될 것이다. 올해는 낭만농부가 처음으로 아내와 함께 한 김장이었기에 더 의미 있는 듯하다. 김장하는 일이 이렇게 복잡하고 힘든 줄을 예전에는 몰랐다. 역시 직접 해보아야 안다. 너무 힘들었지만 큰일 하나를 마무리 한 것 같아 마음이 편안하다. 맛난 음식에는 추억과 사연이 담기게 되어 있다. 추억은 지나간 시간의 그리움이기에 더욱 아름답다고 한다. 오늘 아내와 좋은 추억거리 하나를 만들었다.

콩 고르기

추수가 끝나고 가을 끝 무렵이 되면 서서히 메주 쑤기 준비를 해야 한다. 김장하기도 끝났으니 이제부터는 콩 고르기 작업을 해야 될 것 같다. 콩을 탈곡하고 나서 알맹이를 선풍기에 날려 보관해 두었지만, 아직 흠집 있는 콩과 잡티 같은 것이 있어서 예쁜 콩들만 따로 고르는 선별작업을 해야 한다. 콩은 한 알 한 알 손으로 골라야 하기 때문에 전통장 만들기 과정 중에서 힘든 작업 중의 하나다.

2018년산 오가향 전통장을 담그기 위해 콩 고르기 작업을 시작했다. 맛있는 장을 담그기 위해서는 맛있는 메주가 필수적이다. 맛있는 메주를 쑤려면 깨끗한 콩이 있어야만 한다. 쟁반의 높은 쪽에 콩 한 줌을 살포시 놓아주면 동글동글하고 정상적인 콩들은 또르르 경쾌한 소리를 내며 아래로 굴러 내려간다. 찌그러진 콩, 벌레 먹어 검어진 콩, 작은 돌과 꼬투리들은 위쪽이나 중간에 멈춰서 있다. 이런 것들은 과감히 모두 버린다. 이런 과정을 반복적으로 밤낮 구별 없이 몇 날 며칠을 해야 한다. 책상 다리를 하고 앉아 작업에 열중하다 보면 허리가 앞으로 숙여진다.

어느 정도 시간이 지나면 목은 뻐근해지고 엉덩이와 허리가 아프다고 난리를 친다. 할머니들이 왜 허리가 휘어졌는지 그 이유를 알 것만 같다. 한 포대 고르는데 둘이서 쉬지 않고 꼬박 작업을 하면 2시간 정도 걸린다. 이렇게 해서 올해 메주 쓸 콩을 언제 다 고르나 걱정이 앞선다. 그래도 고르고 또 고르다 보면 하루, 이틀, 사흘이 지나고 그 끝은 보이기 마련이다.

콩 고르기 작업은 엄청난 인내력이 요구 된다. 이런 과정을 거쳐야만 좋은 된장, 맛있는 간장이 새롭게 탄생되기에 허리, 다리, 어깨, 목이 아프지만 꾹 참는다. 이렇게 동글동글한 콩만 깨끗이 씻어서 일고, 불리고, 삶고, 찧어서 메주를 만들게 된다. 하나에서 열까지 낭만농부와 장 아지매의 손을 거치지 않으면 안 된다. 세상은 하루가 다르게 변해간다. 하지만 전통장은 느리고, 세심하게 해야 한다. 좋은 먹거리는 하루아침에 만들어지지도 않고, 쉽게 이루어지지도 않는다.

목욕 이야기

날씨가 쌀쌀해지면 따뜻한 사우나가 그리워진다. 시골에서는 공중목욕탕을 이용하기가 쉽지 않다. 면소재지가 있는 곳까지 차를 타고 가야만 할 수 있다. 낭만농부는 도평에 있는 목욕탕을 이용하는데 시설도 깨끗하고 사우나도 있어 도시에 있는 찜질방만큼은 아니지만 그런대로 목욕을 하기에는 불편함이 없다. 낭만농부의 목욕은 탈의실에서 옷을 벗고 체중을 재는 것으로 시작한다. 삶의 방식이 정신노동에서 육체노동으로 변하면서 살은 많이 빠졌지만 몸은 더 단단해진 것 같다. 샤워장에서 간단하게 몸을 씻은 후 뜨거운 사우나에 들어가서 모래시계가 한 번 내려올 때까지 땀을 흘린다. 그동안 뭉친 근육들이 풀어지는 것 같아 기

분이 좋아진다. 그러고 온탕에 들어가는데 뜨거운 물에 들어가기가 쉽지가 않다. 발을 담근 후에 큰맘 먹고 한 번에 몸을 물속으로 밀어 넣는다. 뜨거운 온탕도 조금 있다 보면 익숙해져 몸은 포근해지고 마음도 편안해진다.

옛날 시골에서는 이렇게 편안하게 목욕을 할 수 없었다. 여름이면 수돗가에서 등목을 하고 겨울이면 부엌에서 가마솥에 물을 데워 목욕물로 사용하였다. 커다란 통에 뜨거운 물과 차가운 물을 섞어 알맞은 온도가 되면 엄마가 씻어 주었다. 서늘한 찬바람이 부엌문 사이로 들어와서 윗부분은 한기가 들었지만 엄마가 씻어주는 손길이 참 따뜻하였다. 가끔은 그 손길이 그리울 때가 있다. 공중목욕탕을 가게 된 것은 도시에 나온 후인데 그렇게 편리할 수가 없었다. 요즘에는 편의시설, 사우나 등이 갖추어져 있어 시간을 보내면서 무엇이든 할 수 있는 시절이 되었다. 집집마다 목욕 시설이 갖춰져 있고, 온수도 잘 나오지만 그래도 여러 사람이 함께 씻는 공중목욕 시설을 이용한다. 단순히 몸을 씻기 위해서가 아니라 놀이와 휴식을 함께 즐기기 위해서다.

공중목욕탕은 기원전 4000년경의 모헨조다로 유적에서 발견된 것이 가장 오래된 목욕탕으로 알려져 있다. 그리고 그리스, 로마시대에는 오늘날과 같이 중요한 사교 무대의 역할을 담당하였다. 배수비오 화산 폭발로 사라진 폼페이 유적에서는 화려한 공중목욕탕의 유적이 발견되었는데 이발, 마사지, 독서, 강연, 운동 등 다양한 시설이 갖추어져 있었다고 한다. 목욕탕은 시민들이 운동을 하고, 이야기를 나누면서 정보를 교환하는 장소가 되었다. 새로운 소식은 목욕탕을 통해 전파되었다. 하지만 너무 과하면 문제가 있듯이 화려하다 못해 사치스러운 목욕 문화가 멸망의 원인 중 하나가 되었다고 한다. 그래서인지 중세 기독교인들은 씻지 않는 것을 보다 도덕적으로 여겼다. 몸을 씻고 단장하는 것을 누군가를 유혹하기 위한 행위로 보았던 것이다. 그리고 유럽 전역을 휩쓴 흑사병은 공중목욕탕을 더욱더 꺼리게 했고 자연적으로 목욕 문화가 퇴보되었다. 어떠한 이유였던 간에 사람들이 어떻게 생각하느냐에 따라 문화나 기술도 달라질 수 있나 보다.

우리나라에는 일제강점기 때 청결과 위생을 강조한 일본인들에 의해 공중목욕탕이 생기게 되었다고 한다. 일본은 '따뜻한 물에 몸을 담그러 간다'는 입욕 수준이지만 우리의 목욕 문화는 '더러운 몸을 씻으러 간다'는 인식이 강하다. 낭만농부도 오늘 더러워진 육체를 구석구석 씻었다. 한 시간 남짓 목욕을 하니 온몸의 힘이 쏙 빠진다. 그래도 육체의 묵은 때를 벗기고 나니 날아갈 듯 시원하다. 그나저나 마음의 때까지 씻어내면 금상첨화이겠는데 어디서 씻어야 할까.

결혼기념일

11월 22일은 우리 부부의 결혼기념일이다. 두 사람이 만나 네 사람이 될 시작점이기도 하다. 세월이 빨리 흘러간다는 것은 수시로 느끼지

만 요즘은 새삼 더 느낀다. 결혼기념일 아침에 아내가 텔레비전을 보다
가 갑자기 "어, 자기야. 오늘 우리 결혼기념일이네." 하고 뜬금없이 외친
다. 그러고 보니 오늘이 결혼기념일이다. 작년에는 무엇이 그렇게 바빴
는지 언제였는지도 모르고 지나갔다. 직장에 다닐 때에는 그래도 매년
잊지 않고 외식도 하고 꽃다발도 사 주곤 했는데, 시골에 들어오면서 마
음의 여유가 없었는지 잊고 지냈다. 흥해에서 쌀빵 교육을 받고 나오는
데 아침에 아내가 이야기한 것이 마음에 걸렸다. 포항으로 가서 케이크
를 사고 화원에 들렀다. 꽃다발을 사려고 하니 없다고 한다. 다른 꽃집
으로 가려다가 아내가 오히려 실속 있는 화분의 꽃을 좋아할 것 같아 예
쁘게 핀 것을 하나 샀다. 그리고 죽장으로 들어와서 순살 치킨과 생맥주
도 샀다. 낭만농부가 케이크를 들고 들어오니 아내는 "자기가 만든 쌀빵
만 있으면 되는데, 고생스럽게 이런 건 왜 사러 갔어? 늦게 와서 걱정 했
잖아." 하면서도 싫지는 않은 표정이다. 생맥주를 마시는 아내의 얼굴에
작은 미소가 피어나는 것을 보니 아무리 바빠도 이젠 결혼기념일은 잊
지 말아야겠다고 다짐해 본다.

　아내와 이런저런 이야기를 하면서 되돌아 보니 숨가쁘게 살아온 세
월만큼이나 많은 일들이 있었다. 기쁜 일도 있었지만 때로는 어렵고 슬

픈 일도 있었다. 그래도 현모양처인 아내와 착한 아들들이 있었기에 아무리 어려운 고난이 왔어도 이겨낸 것 같다. 사람들은 결혼 25주년을 은혼식이라 하고 결혼 50주년을 금혼식이라고 하며 특별한 기념일로 하고 있다고 한다. 낭만농부와 장아지매의 결혼 25주년은 잊어버리고 지나갔다. 하지만 결혼 50주년 때에는 아내에게 멋진 결혼기념식을 해주고 싶다. 그렇게 하려면 먼저 지금까지 살아왔던 것보다 더 열심히 살아야겠다. 앞으로 시간은 강물처럼 쉴 새 없이 흐를 것이고, 이마의 주름은 더 깊어 가겠지만…….

메주각시와 메주건조대 준비하기

얼음이 얼기 시작한다는 소설이 지나면 메주 쑬 준비를 한다. 먼저 1차로 메주를 건조할 건조대에 짚을 깔아 놓아야 한다. 콩을 삶아 메주모양을 만들고 나서 바로 매달 수는 없다. 메주가 물렁물렁하기 때문에 하루정도 꼬들꼬들하기까지 눕혀 놓아야 한다. 그 장소가 1차 건조대이다. 1차 건조대에는 짚을 깔아서 고초균이 메주에 많이 접종될 수 있도록 한다. 그다음에는 건조실에서 말리는데 이때 메주를 매달 수 있게 만든 것을 '각시'라고 한다. 각시도 메주를 쑤기 전에 미리 준비해 두면 작업하는데 편리하다. 각시를 만들기 위해 짚을 추리려고 하니 날씨가 조금 쌀쌀하다. 모아둔 볏단을 풀어 나무 밑동에 살살 내리치고 손으로 겉껍질을 훑어내어 깨끗하게 다듬었다. 볏짚 추리기도 쉬운 것 같지만 은근히 힘이 들고 시간도 많이 걸린다. 추려진 볏짚 중 일부는 건조대에 올려 놓았다. 각시 만들 볏짚은 수돗가에서 물을 축여 놓았다. 짧은 볏짚은 건조대에 깔고, 긴 볏짚은 각시를 만들려고 한다. 먼저 건조대에 볏짚을 깔고 새끼를 꼬아 고정 시켜 주니 제법 그럴싸하다. 이곳에서 메

주와 짚이 처음 만나 하룻밤을 보낼 것이다.

　이젠 각시를 만들어야 한다. 메주각시는 '메주에 각시 씌운다'는 의미로 메주를 가장자리에 두고 에워싸서 묶을 때 사용한다. 처음에 동네 아주머니들이 "부장님, 각시를 만들어야 하는데요."라고 했을 때 전혀 알아듣지 못했다. 우리 집에 있는 예쁜 각시밖에 모르는데 각시를 또 만들라니 무슨 말인가 했다. 나중에 알고 보니 메주를 매달 수 있게 만든 것이 각시라고 했다. 순우리말 같은데 왜 이런 용어를 쓰는지는 알 수가 없다. 처음 각시 만드는 방법을 배울 때는 신기하였다. 지푸라기 몇 올을 엮어서 어떻게 무거운 메줏덩이를 한겨울 내내 떨어지지 않게 매달고 있을까. 그런데 약해 보이지만 절대 떨어지지 않는다. 전통장을 하다 보면 선조들의 지혜가 경이롭다고 생각할 때가 한두 번이 아니다. 전통은 하루아침에 이루어지는 것이 아니다. 수많은 시행착오와 실패 속에 이루어져 우리 후손들에게 전해 내려온 것이다. 오늘 낭만농부와 장아지매가 만든 메주각시는 맛난 된장과 간장을 만들기 위해 추운 겨울동안 메줏덩이를 꼭 껴안고 있다가 이른 봄날이 되면 떠나보낼 것이다. 그리고 허물어진 몸은 한 움큼의 검불로 돌아갈 것이다. 또 내년 이맘때가 되면 낭만농부는 각시를 만들고 있을 것이다. 메주각시를 만들다 보니 우리의 인생도 이와 다를 바가 없는 것 같다.

가수 전인권이 부른 '돌고 돌고 돌고'가 입안에서 맴돈다.

해가 뜨고 해가 지면 달이 뜨고 다시 해가 뜨고
꽃이 피고 새가 날고 움직이고 바빠지고….

모과차 만들기

지난 가을에 따놓은 모과가 평상 위 바구니에 담겨 추위를 견디고 있다. 언젠가 모과차를 담가야겠다는 생각은 하고 있었지만 막상 실행이 잘 되지 않고 있다. 요즘 우리나라에도 황사와 미세먼지 때문에 사람들이 건강 걱정을 많이 하게 되었다. 모과차는 폐 기능을 도와 기침과 가래를 없애주므로 먼지로 인한 호흡기 질환에도 아주 좋다고 한다. 날씨가 더 추워지기 전에 향도 좋고 맛도 좋은 모과차를 담가야겠다.

썩지 않고 노랗게 잘 익은 모과만 골라 흐르는 물에 씻었다. 모과에는 끈끈한 점액이 손에 묻어나는데 점액이 많을수록 향기와 약효가 좋다고 한다. 모과를 보니 마치 표면에 기름칠을 해놓은 것 같다. 쌀뜨물을 받아서 깨끗하게 빡빡 씻었다. 노란 모과는 반질반질 더 고와졌다. 반으로 자르고 다시 반으로 잘라 4등분을 내어 주었다. 모과가 생각보다 단단하기 때문에 손이 다치지 않도록 조심해야 한다. 그래도 맛있는 향이 있는 모과차를 마시기 위해서는 이 정도 수고는 해야 한다. 모과의 씨앗에는 독성이 있으므로 사과 깎을 때 씨방을 도려내는 것처럼 깔끔하게 다듬어 주어야 한다. 이제 무채 썰듯이 가늘게 채썰어 준다. 간단해 보이지만 은근히 힘들고 시간도 많이 걸린다. 먼저 얇게 편으로 썰어주고 다시 채썰기를 하였다. 단단하면서도 과육이 많아 써는 내내 향에 취한다.

이젠 설탕에 버무리거나 꿀에 같은 비율로 섞으면 된다. 올해는 꿀에도 재우고 또 일부는 설탕에도 버무렸다. 두 가지의 맛을 비교해 볼 생각이다. 모과와 설탕을 섞어 몇 시간 지나면 과즙이 나오고 숨이 죽어 반으로 줄어든다. 꿀에 재운 것은 액체의 양이 많아진다. 은은한 빛깔 그대로, 향긋한 냄새 그대로 담은 모과차가 될 것 같다. 이젠 소독해 놓은 유리병에 담아 밀봉하여 그늘지고 시원한 곳에 한 달 정도 숙성 시키면 차로 마실 수 있다. 이때 모과가 과즙 물에 잠겨 있지 않으면 곰팡이가 생길 수 있으니 유의해야 한다.

모과차는 향도 좋고 마시면 입맛도 깔끔해서 좋다. 아내는 모과를 썰고 있는 낭만농부에게 작년에 담가 놓았던 모과차를 따뜻한 물에 타서 주며 생각보다 향도 좋고 맛이 좋다고 한다. 한 모금 마셔 보았더니 목도 시원하고 향이 그윽하며 달콤하다. "맛이 괜찮네. 겨울에 가끔 마셔도 되겠다." 아내는 기회다 싶었는지 말이 떨어지기가 무섭게 점심 먹고 나서는 이제 커피 대신 모과차로 바꾸어 마시자고 한다. 낭만농부는 커피를 즐겨 마신다. 직장에 다닐 때는 하루에 열 잔 정도 마셨지만 요즘에는 아침 먹고 한 잔, 점심 먹고 한 잔 해서 하루 두 잔만 마신다, 그래도 아내는 건강에 좋지 않다고 줄이라고 성화다. "아이고, 아지매요. 고만 됐니더." 하며 거부 의사를 보냈다. 우리나라 사람들은 커피를 많이 마신다. 요즘은 원두커피를 마시는 사람들도 많지만, 낭만농부는 아직까지 하얀 종이컵에 탄 노란색 봉지 커피를 좋아한다. 그것은 아마도 믹스 커피가 좋아서라기보다는 우리에게 우아한 차를 마실 여유가 없기 때문이 아닐까 생각한다. 모과차는 맛으로 보다는 솔직히 향으로 마시는 것이다. 모과차를 앞에 두고 잔잔한 음악을 듣거나 마음에 다가오는 책을 읽으면 딱 어울릴 것 같다. 여유로운 시간에 따끈한 모과차를 식혀가면서 마셔야 제 맛을 즐길 수 있다는 말이다. 그런데 바쁜 와중에 이런 호사를 매일 누릴 수는 없는 노릇이다.

모처럼 한가한 날이다. 부슬부슬 겨울비가 오니 밖에 나가는 것도 서글프다. 모과차 한 잔 앞에 놓고 책이나 읽어볼까.

탱자

가끔 고향 시골집에 가면 어린 시절에는 보이지 않았던 탱자 열매가 탐스럽게 열려 있다. 노란 열매가 주렁주렁 열려 있는 모습이 보기에 좋아 오가향에도 몇 그루 심어야겠다고 생각을 하고 있었다.

예전에는 탱자나무를 과수원의 울타리로 많이 사용하였는데, 요즘은 손쉬운 철망을 치고 있다. 고라니나 멧돼지의 침입은 더 잘 막겠지만 시골의 운치는 없어져버렸다. 탱자 열매는 보기에는 귤 같기도 하고 유자 같기도 하다. 하지만 크기도 작고, 시고 떫은맛이 강해 식용으로 사용하기에는 힘들다. 그래서 과일로는 큰 인기가 없다. 그래서인지 탱자에는 좋지 않은 말들이 많다. 할 일 없이 빈둥거리는 모양을 '탱자탱자'라고 한다. '바쁜 농사철에 탱자탱자 놀고 있으면 어떡하니?'는 우리가 자주 쓰는 말이다. 별로 쓸모없는 하찮은 것을 말할 때도 비유를 한다. 사과 같은 과일 나무에 작고 못난 열매가 달려 있으면 탱자 같은 게 열렸다고 하며 따버린다. 옛 고사성어에 '귤화위지'라는 말이 있는데, '강남의 귤을 회수를 건너 강북에 심으면 탱자가 된다'란 뜻이다. 이 고사성어는 아무리 좋은 씨앗을 뿌려도 토양과 환경이 좋지 않으면 제대로 성장하지 않는다는 뜻에서 생긴 것이다. 탱자가 귤보다는 형편없는 품종이라는 전제를 두고 생긴 고사성어이니 얼마나 천시했는지를 알 수 있다. 그래도 세상에는 무엇이던지 한 가지라도 존재 이유가 있는 것처럼 탱자에게도 좋은 점이 있다. 맛이 시어서인지 한방에서는 귀한 약재로 쓰인다고 한다. 특히 아토피 피부에 탱자 발효액이 효과가 있다고 해서 요즘에는 구하기가 힘든 열매가 되고 있다. 또한 가시가 뾰족할 뿐 아니라 촘촘히 나 있으며 강하고 길어서 옛날부터 울타리로 사용되어 왔다. 귀양 온 죄인이 달아나지 못하도록 울타리로 사용되기도 하였고, 일반 가정집에서는 저승사자가 출입을 못하게 하기 위해 사용하였다고도 한다.

어제 죽장에 택배를 찾으러 갔다가 요즘 보기 힘든 탱자 울타리를 보았다. 초겨울이라서 노란 탱자 열매가 드문드문 달려 있었다. 하나 따보려고 손을 뻗었더니 뾰족한 가시가 손을 찔렀다. 괜히 하나 따려다 손에 상처만 남겼다. 막대로 살짝 건드리니 아래로 떨어졌다. 역시 머리를 써야 고생을 덜 한다. 떨어진 탱자를 줍다 보니 작은 묘목들이 쑥쑥 올라와 있었다. 열매가 떨어져 자연 발아한 것이었다. 안 그래도 오가향에 탱자나무 몇 그루를 심으려고 했는데 잘 되었다 싶어 몇 포기를 뽑아와 볕바른 곳에 심었다. 오가향에 심은 탱자 묘목이 커서 설마 귤이 열리는 건 아니겠지.

겨울비와 칼국수

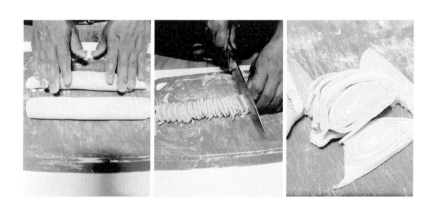

때 아닌 겨울비가 아침부터 내리고 있다. 비가 내리는 날에는 웬일인지 칼국수 생각이 난다. 옛날 엄마가 해주던 손칼국수를 생각하며 만들어 보았다. 밀가루에 소금으로 간을 하고 단호박 가루를 넣었다. 식용유를 한 방울 넣으면 반죽할 때 손에 묻어나지 않는다고 아내가 귀띔 해준다. 물을 부어 조물조물 섞었다. 중간에 물을 조금씩 부으며 점도를 맞추고 뭉쳤다. 손목에 힘을 주어 한참 반죽을 한 후 비닐을 덮어 잠시 발효를 시켜주었다. 이제는 반죽을 밀고 썰어야 한다. 홍두깨로 감았다가 당기고를 반복하였다. 중간에 마른 밀가루를 간간이 뿌려 주며 얇게 밀었다. 이렇게 하면 반죽이 서로 붙지 않고 칼로 썰기 쉽게 된다. 얇게 펴진 반죽을 길게 돌돌 말아 접었다. 그리고 부엌칼로 촘촘하고 균일하게 썰어 엉키지 않게 퍼서 채반에 널었다. 한석봉 어머니만큼은 아니지만 예쁘게 썰어진 것 같다. 미리 올려놓은 다시물 냄비에 감자와 호박을 넣고 끓어오르면 국수를 살포시 풀어 넣는다. 이때 서로 엉키지 않게 국자로 휘휘 저어 준다. 국수가 익으면 들깨가루를 한 국자 푹 떠서 풀어 주고 송송 썬 대파를 넣어 한소끔 끓여 주면 낭만농부표 칼국수가 된다.

아내의 도움을 받아 칼국수를 직접 해보니 조리과정이 특별히 복잡하지가 않다. 낭만농부 혼자서도 간단하게 해 먹을 수 있을 것 같다. 칼국수는 옛날에 엄마가 가끔 해주시던 음식이었는데 배고픔을 달래 주기에는 제격이었다. 단점이라면 쉽게 배가 고파진다는 것이었는데 먹는 순간만큼은 좋았다. 뜨끈뜨끈하게 끓여진 칼국수를 후후 불어 가면서 호로록 먹고 국물까지 마시면 배가 그렇게 부를 수가 없었다. 항상 배가 고팠던 시절에 그나마 실컷 먹을 수 있는 것이 칼국수였다.

요즘 낭만농부는 가끔 아내를 대신하여 음식을 해본다. 옛날에는 상상할 수 없는 일이었지만 하루 종일 같이 생활하다 보면 남녀 일이 따로 있을 수 없게 된다. 또 같이 하면서 새로운 것을 알아가는 즐거움도 쏠쏠하다. 음식은 먹는 이에게 만든 이의 정성과 마음을 전하는 것이다. 비가 와서 기분이 착 가라앉는 날이지만 쫄깃쫄깃한 수제면발과 깊고 그윽한 국물로 사랑의 마음을 전해 본다. "그동안 고생했데이." 모락모락 퍼지는 칼국수 향기가 낭만농부의 마음을 전해 주겠지.

청국장

찬바람이 몸을 스칠 때마다 톡 쏘는 청국장 맛이 그리워진다. 추운 날 뜨끈한 청국장찌개 하나 끓이면 다른 반찬이 필요 없는 밥상이 된다. 밥 한 숟갈에 청국장찌개를 듬뿍 얹어서 입안에 넣을 때의 그 구수한 맛은

어느 진수성찬에도 비할 바가 아니다. "아, 행복하다."는 말이 절로 나온다. 날씨가 쌀쌀해지니 오가향에도 청국장을 만들 때가 되었다. 낭만농부와 장아지매는 정성들여 키운 콩을 깨끗이 씻고 조리로 일어서 12시간 정도 불려 놓았다. 잘 불린 콩을 건져서 무쇠 가마솥에 삶았다. 콩 삶는 일은 매번 하지만 할 때마다 신경을 곤두세운다. 가마솥 뚜껑 사이로 김이 새어 나오고 쉼 없이 눈물을 흘리며 뜸을 들이면 청국장을 띄울 삶은 콩이 나온다. 푹 삶긴 콩은 윤기가 돌면서 물기를 머금고 있어 맛을 보면 부드럽고 구수하다. 콩을 소쿠리에 건져 물을 빼주고 한 김 나가게 식혀준다.

이제는 본격적으로 청국장을 만들어야 한다. 채반에 망사를 깔고 삶은 콩을 부어서 고르게 펼쳤다. 콩의 두께가 5cm가 넘으면 바실러스균의 침투가 힘들고 너무 얇으면 콩이 건조해지기 때문에 눈썰미를 발휘하여 잘 맞추어야 한다. 깨끗한 짚 몇 가닥도 올려놓았다. 이제는 콩에서 청국장으로의 변신을 위해 발효실로 들어간다. 광목천, 얇은 이불, 두꺼운 이불을 차례로 덮었다. 바닥 온도는 실내외 온도에 따라 다르게 설정해야 하는데 초겨울이니 20도로 맞추어 시작하였다. 이제는 미생물을 잘 키울 일만 남았다. 냄새, 온도, 습도, 산소를 잘 체크하고 일일이

기록하면서 그때그때 상황에 대처해야만 맛있는 청국장으로 탄생할 수 있다. 청국장을 만들 때는 밤낮이 따로 없다. 적정온도가 유지되도록 해 주어야 하기 때문에 수시로 확인하여야 한다. 청국장의 바실러스균은 40도~45도 사이에서 잘 자란다. 띄울 때 43도를 유지해 주는 것이 좋다. 애지중지 아기 키우듯이 키운 바실러스균은 청국장을 더욱 깊이 있는 맛이 되게 한다. 36시간이 되니 콩에 하얀 분이 생기고 작은 숟가락으로 쓱쓱 문지르며 뒤집어 보니 엿가락처럼 실이 생겼다. 냄새도 좋고 실도 적당한 것이 발효가 잘 된 것 같다. 옛날 시골에서 만든 청국장은 특유의 냄새가 심하여 다소 꺼리는 사람이 많았다. 오가향에서 만드는 청국장은 냄새가 많이 나지 않는 웰빙 청국장이다.

잘 띄워진 콩을 반쯤 으깨어 주었다. 콩 알맹이가 보이는 듯 마는 듯한 것이 좋다. 이젠 진공포장기를 사용해 포장을 한 후 케이스에 넣고 라벨을 붙였다. 맛깔스럽게 단장한 '오가향 청국장'이 탄생한 것이다. 일부는 청국장 분말을 찾는 분들을 위해 가루로도 만들었다. 냄새 덜 나는 청국장을 오가향을 사랑하는 사람들에게 보내는 일만 남았다. 고객들의 입맛에 맞는 청국장이 되었으면 하는 바람이다. 오늘 만든 청국장으로 찌개를 끓여 점심으로 먹었다. 시원하고 구수한 게 낭만농부의 입맛에는 딱 좋다. 겨울에는 역시 뜨끈뜨끈하고 구수한 청국장찌개가 제일인 것 같다.

표고버섯

시골로 귀농하고 나서 새로운 것을 많이 알게 되었다. 어린 시절에 부모님이 농사를 지으셨지만 직접 해본 것은 하나도 없었다. 콩, 고추는 물론이고, 감자, 고구마, 배추, 무, 땅콩 등 모든 작물의 재배방법을 공부

하면서 심었다. 작물을 처음으로 키우다보니 어렵기도 하였지만 새로운 것을 알아가는 재미도 있었다. 특히 표고버섯은 어린 시절에도 보지 못한 생소한 것이라서 더 키우고 싶었다. 추위가 갑자기 찾아와 이불을 둘둘 말고 뒹굴고 있는데, 아내가 밖에서 표고버섯 하나를 들고 들어오며 "겨울인데도 표고버섯 몇 개가 나와 있네."라고 한다.

귀농 첫해 이웃 농가에서 표고버섯 재배를 시작하며 우리 부부에게 일손을 도와 달라고 하였다. 미리 준비해 놓은 참나무에 드릴로 구멍을 뚫어주면 그곳에 버섯 종균을 넣는 일이었다. 참나무가 무거워 쉽지만은 않았다. 하루 종일 일손을 도왔다고 표고목 일곱 개를 주어 우리 집으로 오게 되었다. 표고목을 어디에 둘까 고민하다가 창고와 수월당 건물 사이에 세워 두었다. 그늘도 지고 가끔 햇볕도 들기에 표고버섯이 자라기에 적당한 것 같았다. 그렇게 놓아둔 표고목은 낭만농부의 관심에서 사라져 있었다. 그런데 일 년이 지나고 봄에 종균을 넣은 곳에서 예쁜 모자를 쓴 표고버섯이 하나씩 송송 올라왔다. 표고버섯이 나오려면 나무를 두드려 주어 종균을 깨워야 한다는데 오가향의 표고목은 그냥 놓아두었다. 그래도 올라온 것이 너무 신기하였다. 많은 양은 아니었지만 따서 된장국을 끓이는데 넣기도 하고, 바로 썰어서 소금을 약간 섞은 참기름에 찍어 먹기도 하였다. 맛과 향, 쫄깃쫄깃한 질감이 그 어느 버섯에도 뒤지지 않았다. 야외에서 키우는 표고버섯은 온도와 습도, 바람 등의 조건을 만족 시켜야 한다는데 자연이 그저 고마울 따름이었다. 그렇게 두 해 정도는 곶감 빼먹듯이 몇 송이씩 따먹었다. 그 재미가 제법 쏠쏠하였다.

그런데 올가을에는 표고버섯이 전혀 나오지 않았다. 이젠 수명이 다 되었나 보다고 하며 기대도 하지 않았는데, 뭐가 아쉬웠는지, 뒤늦게 낭만농부를 찾아왔다. 그저 놓아두었을 뿐인데 잊지 않고 나온 것이 고맙기도 하다.

이제는 마지막인 것 같으니 내년 봄에 표고목을 직접 만들어볼까 하는 생각이 들었다. 아내에게 "표고목만 만들어 놓으면 이렇게 맛있는 표고버섯이 생기는데 내년에 해보자."하고 이야기 하니 "아이고 아저씨요, 그냥 놓아두면 막 나오는 줄 알지요? 그동안 내가 물도 주고, 두드려 준 건 알랑가 몰라."라고 하며 나가버린다. 그동안 낭만농부는 자연이 주는 만큼만 먹으면 된다고 생각했는데 그런 게 아니었나 보다. 모르는 사이 아내가 노력을 했기에 맛있는 표고버섯이 식탁 위에 올라 올 수 있었던 것이다. 그러고 보니 표고목을 두들겨 주어야 한다고 몇 번인가 들었던 기억이 난다. 그때마다 알았다고 대답만 했다. 내가 너무 무관심했나.

그래도 하지 말라고 하지 않는 걸 보면 아내도 내심 표고버섯을 더 키우고 싶은가 보다. 내년에 새롭게 하게 되면 아내에게도 표고목에게도 관심을 더 많이 가져야겠다. '세상에는 공짜가 없다.'

돌담 쌓기

멋있는 돌담 쌓기는 시골살이에서 로망 중의 하나다. 도시에서는 꿈 꾸기 힘들고 시골에서만 해 볼 수 있는 것이기 때문이다. 운치를 살릴 수 있는 돌담이 좋은 것은 알지만 실제 쌓기는 쉽지 않다. 먼저 알맞은

돌을 구하기가 어렵고, 찾는다 해도 무거워 옮겨 오는 것은 더 힘들다.

오가향의 서쪽 울타리 쪽은 꽃밭을 조성해 놓았는데 꽃밭과 길의 구분이 되지 않고 벽면의 흙이 흘러내려 늘 지저분하게 느껴졌다. 재작년에 큰마음을 먹고 향원 쪽 일부 구간에 돌담을 쌓았다. 힘이 많이 들었지만 쌓고 보니 생각했던 것보다 더 예쁘고 자연스러웠다. 올 가을걷이를 끝내고 오가향을 둘러보는데 향원지 건너 벽면에서 흙이 자꾸 흘러내리는 게 눈에 거슬렸다. 언젠가 깔끔하게 돌담을 쌓아야겠다고 생각은 했는데 엄두가 나지 않아 차일피일 미루어 왔다. 또 한 번 욕심을 내어보아야겠다. 날씨가 갑자기 추워져서 방안에서 꼼짝하지 않고 있다가 옷을 몇 겹으로 끼워 입고 아내와 함께 돌을 주우러 냇가로 가 보았다. 큰 돌, 작은 돌, 평평한 돌, 모난 돌 각양각색의 돌들이 있다. 주위에 돌들은 수없이 많지만 평평하고 적당히 높이가 있는 돌은 많지가 않다. 하지만 노력을 하다 보면 안 되는 일은 없다. 아내와 시간이 날 때마다 하나씩 주워 모았다. 며칠을 모으니 돌담을 쌓을 만큼 된 것 같아 일을 시작했다. 담이라는 것은 원래 집이나 일정한 공간을 둘러막기 위해 쌓는 것이다. 그래서 높이가 좀 있기 마련인데 낭만농부가 쌓은 담은 흙만 흘러내리지 않게 하여 아주 낮다.

먼저 흙을 걷어내고 일렬로 정렬해서 적당한 돌을 하나하나 맞추어 나갔다. 큰 돌에 작은 돌을 올리기도 하고 끼우기도 하니 다양한 모양들이 생겨났다. 같이 어우러져 하나의 튼튼한 돌담이 완성되었다. 우리의 삶도 서로 채워 주고 맞추어 주며 어우러진다면 더욱 행복해질 것 같다. 사람 사는 세상은 그게 쉽지가 않다. 하루 종일 쉬지 않고 쌓으니 입에서는 "아이고, 힘들다."라는 말이 절로 나온다. 허리, 다리, 어깨, 팔 안 아픈 데가 없다. 그래도 힘들게 쌓고 보니 한층 깔끔하고 예쁜 돌담이 새로 생겼다. 정성껏 쌓은 돌담은 수천 년이 흘러도 변함없이 이 자리를 지키고 있을 것이다. 돌담을 보니 개성적인 모양의 돌들이 모여 너무도 다양한 무늬를 그려 놓았다. 냇가에서 굴러다니던 돌들이 모여 낭만농부의 손길 따라 새로운 작품을 만들었으니 이보다 더 좋을 순 없다. '무엇이던지 해야만 변화가 생긴다.'

첫눈

오늘 오가향에 첫눈이 내렸다. 아침부터 사부작사부작 내리던 눈은 어스름한 저녁이 되어서는 함박눈으로 바뀌어 소복소복 내리고 있다. 낭만농부는 어린 시절 불렀던 '펄펄 눈이 옵니다'란 동요를 흥얼거리며 열심히 눈을 치웠다.

펄펄 눈이 옵니다/ 바람 타고 눈이 옵니다
하늘나라 선녀님들이/ 송이송이 하얀 솜을
자꾸 자꾸 뿌려 줍니다/ 자꾸 자꾸 뿌려 줍니다

　낭만농부가 자랐던 고향에는 눈이 자주 왔는데 타향살이에서는 그 정 겨웠던 눈을 보기 힘들었다. 고향의 겨울을 생각하면 초가지붕에 눈이 소복이 쌓이고, 그 눈이 햇볕에 녹으면서 다시 얼어붙어 고드름이 주렁 주렁 달린 모습이 떠오른다. 포항은 눈이 오지 않기로 유명한 곳이다. 이십여 년을 살았지만 딱 한번 대형 폭설이 내린 것을 빼고는 눈이 내린 기억은 없다. 같은 포항이지만 시내와는 달리 죽장 상사리에 오고부터 는 매년 서너 번은 꼭 눈을 본다. 물론 눈 치우는 대가는 지불해야 하지 만 겨울의 아름다운 풍경을 볼 수 있어서 너무 좋다.

　상사리에 처음 왔을 때에도 눈이 많이 내렸다. 신기하기도 하고 눈 오 는 모습이 너무 좋아 설레기도 하였다. 그래서 된장공장에 메주 쑤러 온 아주머니들에게 매년 첫눈이 오면 폐교에서 만나 맛있는 것을 사 먹으 러 가자고 약속을 하였다. 그런데 그 다음해에는 회사를 나와서인지, 노 래 '안동역에서'의 가사처럼 약속을 잊어버린 것인지는 모르겠지만 아무 도 나오지 않았다.

　사람들은 왜 첫눈이 오면 그렇게 기뻐하면서 만나자는 약속을 하는 것일까. 아마 그건 서로 사랑하는 사람과 아름다운 풍경을 함께 보고 싶 기 때문일 것이다. 첫눈은 첫사랑처럼 그 해에 처음 경험하는 것이기에 영원히 기억되는 그런 느낌이기도 할 것이다. 첫사랑은 혼자만의 사랑이었든, 함께 한 사랑이었든 사랑이 무엇인가를 알게 한 것이다. 그래서 누구나 그 첫사랑은 죽을 때까지 잊지 못한다. 사실 '첫'이란 것이 들어가면 쉽게 잊어지지 않는다. 낭만농부가 전통장과의 인연이 되도록 한 상사리 주민들과의 첫 만남도 쉽게 잊어지지 않을 추억 중의 하나다.

낭만농부는 상사리에 정착을 하면서 해마다 첫눈을 본다. 작년에도 첫눈이 내렸지만 올해 또 첫눈이 내리니까 반갑다. 첫사랑은 한번 뿐이지만 첫눈은 매년 와서 좋다. 그래서 매년 첫눈을 기다린다. 첫눈이라고 딱히 특별할 것도 없지만, 그날만큼은 바쁘게 살다가 잊어버렸던 유년의 추억도 떠올리고 왠지 풋풋하고 순수했던 첫사랑도 생각할 수 있기 때문인지 모르겠다. 나이가 들어가면서 따로 만날 약속을 한 사람도 없기에 어둑해진 밤에 하얀 눈길을 홀로 걸어본다. "추운데 바깥에서 뭐하노? 빨리 밥 먹으로 들어온나." 아내의 부르는 소리에 만지면 녹아내리는 눈처럼 더듬던 추억은 사라지고 차가운 현실로 돌아와 있다. 그래도 낭만농부는 아쉬워하지 않는다. 내년에도 또 첫눈이 내릴 것이니까.

그네

전원주택에 산다면 흔히 야외 그네 하나쯤은 정원에 있는 것을 꿈꾼다. 낭만농부도 전원생활을 시작하면서 야외 그네가 있으면 좋을 것 같아 이리저리 알아보았지만 오가향에 들여오는 것이 쉽지가 않았다. 그러다가 그네를 만들어 볼까 하고 포스코 퇴직자들을 위해 교육을 하고 있는 에코팜에서 그네 만들기 수업을 받았다. 이틀에 걸쳐 그 과정을 수료했지만 나무도 구입해야 하고 만드는 공구도 있어야 해서 직접 만드는 것을 포기하고 말았다. 할 수 없이 만들어 놓은 그네를 사려고 하니

아내가 반대를 하였다. 없어도 되는 것을 굳이 큰돈을 써서 살 필요가 있겠냐는 이유에서이다. 하지만 한번 생각하면 하고야 마는 낭만농부의 성격을 알기에 결국 아내도 동의할 수밖에 없었다. 그리고 꿈에 그리던 그네가 우리집으로 오게 되었다.

사실 정원에 그네가 있으면 낭만적으로 보이고, 그림이 되지만 농번기에는 거기에 앉아서 여유를 즐길 시간이 없다. 농한기인 겨울에는 날씨가 추워서 그네에 앉아 낭만을 즐기는 일이 쉽지 않다. 기온이 가파르게 내려가는 산골이기 때문에 그네에 앉아 있다가는 온몸이 얼어붙기 딱 알맞다. 별로 효용성이 없는 그네지만 낭만농부는 잠시 그곳에 앉아 담배 한 대를 피우며 가치를 높이려고 한다.

'그네' 하면 누구에게나 옛날 추억 하나쯤은 있을 것이다. 요즘은 단오를 명절로 치지도 않지만 1970년대만 하더라도 설날, 추석, 한식과 함께 4대 명절 중의 하나였다. 그리고 우리나라 최고의 러브스토리의 주인공인 춘향이와 이도령이 처음 만난 날이기도 하다. 단오가 되면 여자들은 창포물에 긴 머리를 감았고, 동네 청년들은 집집마다 돌아다니며 짚 몇 단씩을 거두었다. 그리고 그 짚으로 어른 팔뚝만한 새끼 수십 발을 꼬아서 고향집 뒤편 언덕의 소나무에 매어놓았다. 그러면 온동네 사람들이 소나무 사이로 창공을 가르며 그네를 타고 놀았다. 특히 어여쁜 아가씨들이 삼삼오오 모여 치맛자락을 나풀거리며 그네를 타면 고운 나비가 따로 없었다. 단오가 지나고 며칠 있다 보면 작은집 할아버지는 낫을 들고 가서 그네 줄을 싹둑 잘랐다. 그네 줄을 왜 잘랐는지는 지금 생각해도 잘 모르겠다. 이제는 놀지 말고 일하라는 뜻이었을까.

세모시 옥색치마 금박 물린 저 댕기가/ 창공을 차고 나가 구름 속에 나부낀다// 제비도 놀란 양 나래 쉬고 보더라/ 한 번 구르니 나무 끝에 아련하고// 두 번을 거듭 차니 사바가 발 아래라/ 마음의 일 만 근심은 바람이 실어가네

가곡 '그네'의 노랫말이다. 오가향에는 아직 큰 나무가 없기에 긴 줄로 그네를 매달 수가 없다. 다행히 아내는 치마를 거의 입지 않고 댕기도 매지 않기에 굳이 긴 줄 그네는 필요 없다. 오가향 정원에 있는 흔들 그네는 여유 없는 아내가 가끔 즐기기에 안성맞춤인 것 같다. 오늘도 차가운 날씨에 텅 빈 그네만 외로이 서 있지만…….

장승과 솟대

한겨울에 접어든 오가향에는 장승과 솟대가 매서운 추위를 견디며 서 있다. 예부터 장승은 안녕과 번영을 기원하는 마음으로 마을이나 사찰 입구 또는 성문 앞에 세워졌다. 장승은 지역 간의 경계를 표시하는 마을의 얼굴이며 길 가는 나그네의 이정표이기도 했다. 솟대는 장대를 높이

세운 다음 나무로 새를 만들어 장대 끝에 올려놓은 것을 말한다. 새가 훨훨 날아 하늘 끝 절대자에게 고함으로 비도 내리게 하고 햇볕도 알맞게 내리쬐게 하기 위한 의미가 담겨 있다. 그래서 그해 농사가 대풍년이 될 것이라는 믿음을 가지고 솟대를 세웠다. 장승과 솟대는 종교를 떠나 농경 문화의 산물이기에 낭만농부도 한 번 만들어서 세워 놓고 싶었다.

몇 년 전 한가한 어느 날에 마른 아카시아 나무의 겉껍질을 낫으로 벗겨내고, 톱으로 자르고, 끌로 파고, 세심하게 다듬어서 장승을 만들었다. 그리고 천하대장군, 지하여장군이라는 글씨를 새겨 놓으니 제법 그럴싸한 모양이 되었다. 장승의 표정을 보니 진지하면서도 재미있다. 솟대는 새 모양의 나무에 드릴을 이용하여 구멍을 뚫고 긴 장대를 집어넣으니 완성되었다. 그래서 그리 어렵지 않게 만들었다. 솟대 위에 있는 새는 보통 오리 모양이 많고 기러기, 갈매기, 까마귀, 까치 등 다양하지만 낭만농부는 일반적인 새 모양의 자연적인 나무를 그대로 사용하였다. 어떤 새가 되었던 소망만 담으면 되니까.

장승은 오가향으로 접어드는 곳에, 솟대는 장독대 옆 향원에 땅을 파고 세웠다. 거대한 장승과 솟대는 아니지만 그래도 직접 만들었다는 것이 보람되었다. 죽은 나무에 새 생명을 불어넣었다는 것도 좋았고 덤으로 오가향의 안녕과 번영을 기원하는 상징물이 생긴 것도 의미 있는 것 같다.

농경 문화가 많이 사라진 요즘은 장승과 솟대를 공공장소나 관광지에서 볼 수 있고 농촌마을에서는 찾아보기 힘들다. 그러다 보니 장승과 솟대의 의미를 잘 모르는 사람들이 많다. 하기야 요즘처럼 과학이 발달된 시대에 샤머니즘 요소가 있는 장승과 솟대가 맞지 않을 수 있다. 하지만 우리가 기억하지 않는다면 후대의 사람들은 조상이 어떻게 살아 왔는지 모를 것이다.

오가향의 장승과 솟대는 비가 오나 눈이 오나 한 자리에 묵묵히 서서 낭만농부와 장아지매의 든든한 지킴이가 되고 있다.

오동나무

한껏 길어진 동짓달 긴긴 밤이 지나고 밝은 햇살이 퍼지는 포근한 아침이다. 아내와 함께 앞산으로 산책을 갔다. 사실 산책이라기보다 산행에 가깝지만 아내는 좋다고 하며 따라나선다. 아내는 산을 좋아해서 매일 가고 싶어 하지만 바쁜 낭만농부 때문에 자주 가질 못한다. 멧돼지가 무서워서 혼자는 나설 엄두도 못 낸다. 요 며칠 포근한 날씨가 계속 되었지만 아직 산에는 얼마 전에 내린 눈의 흔적들이 이곳저곳에 있다. 낭만농부의 산책코스에는 자생적으로 생겼는지 잣나무, 자작나무, 오동나무 군락들이 다양한 숲길을 만들어놓아 즐거움을 준다. 그중에서 처음 만나는 것이 오동나무 숲길이다. 오동나무는 다른 나무에 비해 빨리 자라서인지 나무 둘레가 굵직굵직하여 장롱을 만들어도 될 정도다. 나무

위를 바라보니 열매들이 겨울 추위를 견디며 달랑달랑 달려 있다. 그중의 몇 송이가 갑자기 불어온 바람에 달그락거리더니 땅바닥으로 떨어진다.

옛날에는 딸을 낳으면 집안 울이나 밭두렁에 오동나무를 심었다고 한다. 딸이 자라 혼인할 나이가 되면 혼수 가구를 만들 수 있을 만큼 자라기에 '출가목'이라고도 불렀다고 한다. 낭만농부에게는 딸이 없으니 오동나무를 심을 필요가 없다. 그런데 몇 년 전인가 오가향의 연못 옆에 한 그루가 자라기 시작했다. 어디에서 씨가 왔는지 자리를 잡고 쑥쑥 자라 올해에는 낭만농부의 키를 훌쩍 넘어섰다. 처음에 아내는 잎만 무성해서 농작물에 피해만 준다고 베어 버리라고 했지만 우리 집에 어렵게 찾아온 나무를 없앨 수야 있겠냐며 만류한 덕에 그대로 남게 되었다.

상상의 새인 봉황이 60년 만에 한 번씩 맺는 대나무 열매를 먹고 오동나무에서만 산다는 이야기가 있다. 오동나무가 자라고 있는 주변에 마침 대나무도 심어 놓았으니 언젠가 잘 자라면 봉황이 날아오지 않을까 내심 기대를 해본다. 대나무는 60년 만에 꽃이 피고 열매가 맺는다고 하니 낭만농부의 생애에는 볼 수 없을 것 같고, 딸이 없으니 우리 때에는 오동나무도 가구용으로는 쓸모가 없을 것 같다. 혹시 우리 아들 대에는 혼수용이든, 봉황이 날아와 큰 인물이 나오든 긴히 쓰일 때가 있으리라. 낭만농부는 매년 오동나무가 자라는 것을 지켜볼 생각이다. 오동나무 꽃이 아름답고 향기도 좋다고 하니 오가향의 한 쪽을 내어 주어도 자기 뫴은 할 것이다. 오동나무는 천 년을 늙어도 늘 그 음률을 간직한다고 한다. 오동나무 숲길을 지나며 '오동나무' 노래를 흥얼거려 본다.

오동나무 가지에/ 바람이 불면
아직도 잊지 못해/ 가슴에 있는
그 사람이 생각이 나네/ 그리워지네

낭만농부가 음치인 것은 세월이 흘러도 왜 이리 변함이 없는지 모르겠다. 오동나무는 어떻게 아름다운 곡조를 변함없이 간직할까, 부러울 뿐이다.

동지 팥죽

12월의 끝자락에는 24절기 중 22번째인 동지가 들어 있다. 동지는 1년 중 해가 제일 짧고 밤이 가장 긴 날이다. 이날은 음이 가장 성하다고 해서 예로부터 붉은 팥으로 쑨 팥죽을 먹으며 액운을 막고 한 해의 길함을 빌었다. 어릴 적 어머니는 동지가 되면 아침부터 팥을 삶아 팥죽을 쑤었다. 조상신에게 먼저 한 그릇을 올리고 작은집, 큰집에 한 그릇씩 돌렸다. 그러면 작은집, 큰집에서도 한 그릇씩을 우리집으로 가지고 왔다. 그때는 집집마다 팥죽을 쑤어서 먹었는데 우리집 팥죽이 제일 맛있었다. 낭만농부는 팥 색깔이 진한 것이 맛있어 보였다. 우리집 팥죽이 그랬다. 동지 팥죽을 서로 바꾸어 먹던 풍습도 언제부터인가 사라지고 친척들끼리의 왕래도 뜸해져버린 세상이 되었다.
아내는 부엌에서 아침부터 팥을 삶고, 찹쌀가루로 새알을 만드느라 분주히 왔다갔다한다. 엄마가 끓여주던 팥죽을 이제는 아내가 해 주고

있다. 세월이 많이 흘렀지만 아직까지
는 동짓날 팥죽 끓여 먹는 풍습은 계속
되고 있다. 다만 예전에는 조상신에게
정성을 드리기 위해서였지만 요즘은 가
족이 먹기 위해 끓이는 것이 달라진 모
습이다. 옛날에는 삶은 팥을 체에 걸러
내었지만 요즘은 믹스기로 갈아서 간편
하게 한다. 낭만농부는 아내가 준비해
둔 팥물이 끓을 때까지 계속 주걱으로
휘저었다. 잠시만 손길을 멈추어도 앙
금이 눌러 붙을 것 같아서이다. 쌀알이

퍼지고 나서 찹쌀로 만든 새알을 넣어 저었다. 새알이 동동 떠오르면 장
아지매표 팥죽이 완성된 것이다.

　아내는 오늘 저녁 한 끼를 위해 팥죽을 조금 쑤었지만 예전에 어머니
는 큰 가마솥에 한 솥을 쑤었다. 그것은 동짓날뿐만 아니라 소한, 대한
을 거치는 동안 겨우내 점심 메뉴로 등장하기 위해서였다. 매일 먹는 팥
죽이 싫었지만 쌀이 귀한 시절이었기에 어쩔 수 없었다. 동지 팥죽을 먹
어야 한 살을 더 먹는다고 해서 빨리 어른이 되고픈 마음에 매번 열심히
새알을 세어 보며 먹었던 기억도 난다. 이제는 새알의 수를 줄여서라도
시간을 거꾸로 돌리고 싶은 심정이니 그저 흘러가는 세월만 한탄할 뿐
이다.

　동지를 지나면 소한, 대한의 맹추위가 다가올 것이다. 하지만 밤이 깊
으면 새벽이 오는 것처럼 동지를 기점으로 먼동은 좀 더 일찍 틀 것이고
서산으로 기우는 해의 걸음걸이도 차츰 둔해질 것이다. 그러다 보면 낭
만농부와 장아지매가 기다리고 기다리는 꽃피는 춘삼월이 우리의 곁으
로 성큼 다가와 있을 것이다. 희망의 봄을 맞이하기 위해 무언가 의미

있는 준비를 해야 될 것 같다.

달력

2018년 올 한 해도 마지막 하루만 남았다. 올해도 우리 가족 모두 숨 가쁘게 달려왔다. 달력을 보니 그 많던 날들이 어디로 갔는지 아쉬움과

후회가 남는다. 하지만 후회만 하고 있을 수 없고 다가오는 새해에는 또 다른 계획을 세워서 좀 더 보람 있는 한 해가 되도록 준비해야 한다. 연 말이 되면 은행이나 거래처 등에서 다가오는 새해의 새 달력을 무료로 나누어 주고, 대부분의 사람들은 그 달력을 챙긴다. 그러기에 굳이 시간 과 돈을 들여 달력을 만들 필요가 없지만, 낭만농부는 지나온 역사를 되 짚어 보고 앞날의 꿈을 키우기 위해 2017년부터 매년 오가향만의 달력 을 만들고 있다. 2017년 달력에는 오가향의 생산과정을 사진으로 담았 고, 2018년 달력은 화투 그림에 캘리그래피로 좋은 글들을 써서 만들었 다. 낭만농부는 12월이 되면서 2019년 달력은 어떻게 만들까 고민을 하

다가, 한 부는 오가향에 핀 꽃 사진을 넣어 만들고, 다른 한 부는 꽃 그림을 그리고 24절기를 캘리그래피로 써서 만들어 보기로 하였다.

오가향만의 달력 만들기는 생각처럼 쉽지 않다. 덜 성숙된 솜씨로 그림도 그리고 글씨도 쓰고 색칠도 해야 한다. 하지만 일 년 12달의 의미를 하나하나 담아 만들다 보면 새해에는 좋은 일들만 있을 것 같아 기분이 좋아진다. 지나온 한 해가 새록새록 떠오르는 가운데, 새로 다가올 날들을 계획하다 보니 하루하루 소중하지 않은 날들이 없는 것 같다. 한 장 한 장에 소중한 의미를 담아 달력 만드는 업체에 의뢰를 하니 예쁜 달력 2부가 배달되어 왔다.

2018년 마지막 날에 지난 달력을 내려놓고 그 자리에 2019년 새 달력을 걸었다. 2019년에는 좀 더 넉넉한 마음으로 주위도 살펴보는 낭만농부가 되기를 기대해본다. 그리고 우리 가족 모두 건강하고 행복한 날들만 가득했으면 좋겠다. Happy New Year!

봄, 여름, 가을, 겨울 그리고 사랑

2019

붓글씨

새해 들어 집 안을 정리 하다가 아버지의 글씨를 보게 되었다. 돌아가시기 몇 해 전에 낭만농부에게 공부 열심히 하라고 써 주신 글들이다. 아버지는 농촌에서 농사를 지으셨지만 학력도 높으셨고 늘 공부를 하고 싶어 하셨다. 특히 한문 붓글씨를 잘 쓰셨다. 비 오는 날이나 농한기에는 항상 붓글씨를 쓰시며, 낭만농부에게 한 획 한 획 쓰는 법과 글자의 균형에 대해 이야기해 주셨다. 그리고 붓글씨 쓰기를 게을리 하지 말라고 당부하셨다. 하지만 낭만농부는 붓글씨가 그다지 필요하지 않을 것 같아서 학교 다닐 때에는 공부한다는 핑계로 직장 다닐 때에는 바쁘다는 핑계로 쓰지 않았다.

귀농을 하고부터는 농한기에 여유가 생겨 붓글씨를 써 볼까 하는 생각이 든다. 붓을 들고 써 보지만 제대로 된 글씨가 되지 않는다. 가르침을 주시던 아버지도 안 계시니 누구에게 배워야 할지 모르겠다. 돌아가신 아버지처럼 낭만농부도 몇 년 전에 아들들에게 붓글씨 쓰기를 권했다. 다행히 작은아들이 낭만농부의 뜻을 알고 대학교 서예 동아리에 가

입했다. 그곳에서 처음 쓴 글씨라며 족자를 해서 가지고 왔다. 서툰 글씨지만 붓글씨 공부를 시작한 것이 기특하여 칭찬을 해주었다.

모처럼 생전에 써 주신 글씨를 보니 바쁘게 산다고 잊고 있던 아버지가 생각이 많이 난다. 아버지는 늘 공부를 게을리 하지 말라며 『명심보감』에 있는 주자의 말씀을 들려주시곤 하셨다.

少年易老學難成(소년이노학난성) / 一寸光陰不可輕(일촌광음불가경)
未覺池塘春草夢(미각지당춘초몽) / 階前梧葉已秋聲(계전오엽이추성)

'소년이 늙기는 쉽지만 학문을 이루기는 어려운 것이니 짧은 시간이라도 가볍게 여기지 마라. 아직 냇가에 봄풀이 깨어난 것을 미처 깨닫기 전에 섬뜰 앞의 오동나무는 벌써 가을 소리를 내는구나.'라는 뜻이다. 공부할 시간이 없다는 이야기인데 정말로 세월이 쏜살 같이 흘렀다. 꼭 박사 공부를 하라며 써 주신 붓글씨를 보니 아버지의 기대에 미치지 못한 못난 자식이라서 죄송스럽기 그지없다. 낭만농부는 때가 지난 것 같고 아들들에게 기대를 해보아야겠다.

황금 돼지해를 맞는 정초부터 아들들과 묵향에 취해 본다. 글씨는 그 사람의 얼굴이라고 한다. 사람은 각자 다른 글씨체를 가지고 있다. 글씨만 보아도 그 사람의 성격이나 개성이나 심경 따위를 미루어 알 수 있다고 한다. 그만큼 글씨가 중요하다는 것이다. 아무리 외모 지상주의 시대라고 하지만 글씨는 그 사람의 인품, 교양, 학덕을 알 수 있는 척도가 되기도 한다. 이제라도 한 자, 한 자 열심히 써 보아야겠다.

자작나무

겨울 산길을 아내와 함께 걸었다. 오르막길을 오르다 보면 도시에서는 상상할 수 없는 상쾌함과, 포근하고 따뜻한 산의 온기를 느낄 수 있다. 산길을 돌고 또 돌다 보면 자작나무가 줄지어 선 호젓한 오솔길이 눈앞에 펼쳐진다. 온통 회색빛 참나무들이 겨울의 산을 채색하지만 이곳만은 핀란드의 자작나무 숲을 옮겨 놓은 듯 하얀 옷을 입은 나무들이 자신들만의 매력을 뽐내고 있다. 북쪽 지방에서는 흔히 볼 수 있는 나무이지만, 남쪽 지방에서는 보기 힘들기에 산에 오를 때마다 색다른 풍경에 매료되고 만다.

하얀 자작나무 가지 위로 차가운 겨울바람이 지나간다. 자작나무가 겨울에 돋보이는 것은 나무의 색깔이 하얀 것도 있겠지만 매서운 바람과 눈보라에 맞서며 얇고 하얀 껍질을 스스로 벗고 여린 속살을 단단히 하기 때문일 것이다. 혹독한 추위 속에서도 강인한 생명력으로 오로지 하늘을 향해 시원스럽게 팔을 벌리고 서 있는 모습이 이름만큼이나 순수하고 고고하다. 자작나무란 이름은 기름 성분이 많아 껍질이 탈 때 자작자작 소리가 나는 데서 따 왔다고 한다.

자작나무는 보통 외롭게 한 그루씩 사는 것이 아니라 여러 그루가 함께 붙어 숲을 이루어 자라는 것을 좋아한다고 한다. 사실 혼자 있는 것보다 함께 있어 더 아름답게 보인다. 무리로부터 떨어져 홀로 자라는 것은 곧게 뻗지 못한다고 하니 사람이나 나무나 모두 어우러져 살 때 보기가 좋은 것 같다. 가끔은 옆에 있는 나무와 가지를 부딪치며 경쟁을 하기도 하지만 서로가 서로의 어깨를 빌리고 버팀목이 되어 주기도 한다. 서로 의지하며 살아가는 우리의 삶도 자작나무의 삶과 별반 다를 것이 없다는 생각이 든다.

돌아서 내려오는 길에 옛날에 낭만농부가 좋아했던 백석 시인의 '자작나무'란 시를 떠올려 보았다.

산골 집은 대들보도 기둥도 문살도 자작나무다.
밤이면 캥캥 여우가 우는 산도 자작나무다.
그 맛있는 모밀국수를 삶는 장작도 자작나무다.
그리고 감로 같이 단샘이 솟는 박우물도 자작나무다.
산 너머는 평안도 땅도 뵈인다는 이 산골은 온통 자작나무다.

상사리의 산도 온통 자작나무 숲으로 되었으면 좋겠다. 그러면 겨울마다 아름다운 은빛의 이색 풍경이 펼쳐질 것이다. 언젠가는 그런 날이 올 수도 있겠지. 추운 겨울이 지나 봄이 오면 이곳의 자작나무 가지에도 연둣빛 이파리가 송송 돋아날 것이다.

칡

아침부터 도랑 건너 산밑에서 나는 포클레인 작업소리가 조용한 오가향을 깨운다. 무엇을 하나 궁금하여 소리가 나는 곳에 가보니 사과밭을 조성하고 있다. 이웃 사람과 이런저런 이야기를 나누다가 돌아서는데 작업하다 나온 것이라며 칡뿌리를 가져가라고 한다. 칡을 보니 살찐 황소 뒷다리처럼 실하다.

상사리에는 칡이 많이 자생한다. 오가향 주위에도 여름이면 칡덩굴
이 울타리를 타고 올라가 성을 쌓는다. 칡덩굴은 아무리 베어 내도 어디
서 다시 줄기가 생기는지 그 생명력이 경이로울 지경이다. 그중에서 굵
은 칡을 볼 때면 언젠가 한 번 캐 보아야겠다는 생각을 한다. 하지만 엄
두를 못 내고 있었다. 칡은 겨울에 채취해야 약성이 좋다는 말이 있다.
언 땅을 파기도 힘든데 잘 되었다 싶어 냉큼 받아 왔다.

칡은 배고팠던 어린 시절 군것질거리로 괜찮았다. 고향의 우리 마을
에는 칡이 없었고, 강 건너 동네에는 산이 깊어 많이 있었다. 동네 친구
들과 칡을 캐러 갔던 기억이 생생하다. 통통한 암칡이라도 만나면 보물
을 발견한 듯이 기뻤다. 알통 같은 것을 찢어 씹으면 처음에는 쓴맛이
나지만 꼭꼭 씹다보면 걸쭉한 즙이 나오는데 쌉쌀하면서도 달짝지근한
맛이 났다. 그리고 까맣게 잊고 있다가 군대 시절에 칡을 다시 만났다.
야간초소 근무를 마치고 돌아오면 '빼치카'에서 칡차가 보글보글 끓고
있었다. 진하게 우러난 칡차를 마시면 얼어붙은 몸과 마음이 사르르 녹
아내렸다. 칡은 그렇게 낭만 농부에게 좋은 기억으로 남아 있다.

죽장연 된장공장을 건축할 때에 칡뿌리가 많이 나왔다. 예전의 좋은
기억이 있어 칡차를 끓여 보았더니 쓴맛이 심하여 도저히 먹을 수 없었
다. 그래서 모두 버렸다. 무엇이 달라져서 옛날의 그 맛이 아닐까.

옛날 임진왜란 때 선조 임금이 피난지 의주에서 먹었던 묵이란 이름
의 생선이 너무 맛이 좋아 은어로 이름을 바꾸라고 했다고 한다. 전쟁
이 끝난 후에 옛날에 맛있게 먹었던 생선이 생각나서 가져오라고 하여
먹어 보니 피난지에서 먹었던 그 맛이 아니었다. 그래서 다시 도루묵이
라고 했다는 이야기도 있다. 그것처럼 환경에 따라 그 맛이 달라지는 게
아닌가 싶다. 그럼 지금은 어떤 맛이 날까 궁금하기도 하다.

가슴에 한가득 안고 온 칡을 박박 문질러 씻어서 토막을 내고 우려내
기 좋은 크기로 잘게 썰었다. 그리고 대추와 함께 솥에 넣어 하루 종일

장작불에 끓였다. 칡의 은은한 향기가 나는 것을 보니 잘 우러난 것 같
다. 맛을 보니 첫 맛은 쌉싸름하지만 끝 맛은 달짝지근하다. 칡 맛이 입
맛을 당기는 것을 보니 낭만농부의 환경이 어려워졌나 보다.

　칡은 산기슭이나 야산이면 전국 어디에서나 볼 수 있다. 그런데 옆에
있는 나무를 타고 올라가는 특성이 있어 혼자서는 살 수 없다고 한다.
주위에 기댈만한 것이 있으면 가리지 않고 줄기를 뻗으며 자란다. 살아
가면서 얽히는 것이 어찌 나무뿐이겠는가. 우리의 삶도 이들의 관계와
별반 다를 게 없을 것이다. 칡이 다른 나무와 함께 얼키설키 살아가듯이
우리도 이웃들과 작은 것 하나라도 나누며 더불어 살아야겠다. 요즘에
는 모과차나 생강차, 국화차, 대추차, 유자차 등 헤아릴 수 없을 만큼 좋
은 차가 많지만 낭만농부에게는 흙냄새가 스며 있고, 고향의 향수를 느
낄 수 있는 칡차가 왠지 더 정감이 간다.

별똥별

1월 4일 밤부터 5일 새벽까지 유성우가 쏟아진다는 이야기에 낭만농부는 아내와 함께 아이들을 불러 마당으로 나갔다. 빵모자를 쓰고 잠바도 입고 나갔지만 한겨울의 밤 추위는 혹독하다. 유성우는 별똥별이 비처럼 내리는 모습을 말한다. 우주 공간을 돌던 티끌이나 먼지가 지구 중력에 의해 대기권으로 들어오면서 대기와의 마찰로 인해 생기는 것이다. 이번에 내리는 유성우는 사분의자리 유성우라고 한다. 천문학계에서는 8월에 볼 수 있는 페르세우스자리 유성우, 12월에 볼 수 있는 쌍둥이자리 유성우와 함께 3대 유성군 별자리 중 하나라고 한다.

별똥별이 비처럼 쏟아진다니 우리 가족의 건강과 행복을 바라는 소원도 빌어보겠다는 기대를 가지고 하늘을 보며 기다렸다. 별똥별이 최고로 많이 떨어진다는 11시 20분이 지나도 하나도 보이지 않았다. 지난여름 페르세우스 별똥별이 떨어질 때도 마당에 돗자리를 깔고 누워서 기다렸는데 기대한 만큼의 별똥별 쇼는 보지 못했다. 언제 떨어질지 모르니 눈은 하늘을 바라보고 머리는 소원을 생각하며 하염없이 기다렸다. 별똥별은 떨어지는 속도가 워낙 빠르니 소원을 마음속으로 되뇌고 있지 않으면 기회를 놓칠 것 같아서이다. 그런데 아무리 기다려도 떨어지지 않았다. 소문난 잔치에 먹을 것이 없다더니 바로 그 꼴이다. 유성우는 떨어지지 않았지만 하늘에는 수많은 별들이 반짝거린다. "아버지, 별똥별이 소원을 들어 주는 게 아니랍니다. 별똥별은 순식간에 떨어지잖아요. 그 순간, 준비가 안 되면 어떻게 소원을 빌겠어요. 그 짧은 순간 소원을 이야기하는 사람은 얼마나 간절하겠어요. 간절하면 그만큼 노력을 하고 있기 때문에 결국은 자신이 소원을 이루는 것이랍니다." 하고 작은아들이 이야기한다. 맞는 말인 것 같다. 미국 작가 호손이 쓴 '큰 바위 얼굴'의 주인공인 어니스트가 큰 바위 얼굴을 닮은 사람을 기다리다가 정

작 자신이 큰 바위 얼굴이 된 것처럼 말이다.

　오래 전 일이지만 낭만농부가 사춘기 시절에 친구들과 밤하늘을 바라
보면서 북두칠성에서 가장 희미하게 빛나는 별이 나의 별이라고 이야기
한 적이 있었다. 지금의 현실은 힘들지만 언젠가 저 별이 빛나면 나도
빛나는 별이 되어 있을 것이라고 이상적인 이야기를 친구들에게 하였
다. 사람이 태어나면 별이 하나 생기고 죽으면 별이 하나 없어진다는 이
야기가 있다. 우주 공간에는 천억 개의 천 배 별이 있다고 한다. 그중에
나의 별을 찾지 못하니 내 스스로 정한 것이다. 그리고 몇 년 후에 군대
에 간 친구에게서 편지가 왔다. 힘든 밤 행군을 할 때 나의 별을 바라보
면서 고단함을 이겨냈다는 내용이었다. 깊은 생각 없이 한 이야기였는
데 그 친구에게는 힘이 되었나 보다. 별을 바라볼 때면 항상 그 친구가
생각나고 꿈이 많았던 그 시절이 떠오른다. 그런데 반짝이는 수많은 별
들 중에 북두칠성의 네 번째 별인 낭만농부의 별은 아직도 희미하게 빛
나고 있다. 말만 그럴싸하게 하고 노력하지 않은 낭만농부의 게으름을

탓해 본다.

온 가족이 마당으로 나와서 하늘을 뚫어져라 보았지만 결국 별똥별은 보지 못했다. 그래도 모처럼 아이들과 별 이야기도 하고, 추억도 더듬어 보는 시간이 되어서 나름대로 재미있었다. 그 이후에 감기에 걸려 고생하고는 있지만 앞으로도 낭만농부의 꿈이 사그라지지 않는 한 별똥별 구경은 멈추지 않을 것 같다. 아쉽지만 올 8월에 있는 페르세우스자리 유성우에 기대를 해 본다.

두부

아내가 두부를 만들었다. 두부는 콩과 물 그리고 간수만 있으면 언제든지 만들어 먹을 수 있다. 하지만 그 수고로움이 만만치 않기에 실제로 만들어 먹기는 쉽지 않다.

두부는 한국 사람이라면 좋아하지 않는 사람이 드물 정도로 우리에게는 친숙한 식품이다. 간장에 찍어 바로 먹기도 하고, 김치와 함께 먹기도 한다. 그리고 된장찌개나 김치찌개를 끓일 때에는 없어서는 안 될 재료가 되기도 한다. 두부는 먹고 먹어도 또 먹고 싶은 음식이다.

옛날 시골에서는 직접 맷돌에 콩을 갈아서 간수를 넣어 두부를 만들어 먹었다. 요즘은 그렇게 해 먹는 사람은 드물고 공장에서 만들어진 두부를 대형마트에서 쉽게 구입해서 먹는다. 쉬운 만큼 집에서 직접 만든 것만큼 맛이 있지는 않다. 공장에서 만든 두부는 대부분 간수 대신 황산칼슘이라는 응고제를 쓰며, 거품을 가라앉히는 소포제나 두부를 단단하게 만드는 경화제를 쓰기도 하기 때문이다.

두부를 만들려면 우선 콩이 있어야 한다. 두부 만드는 콩은 대부분 대두로 하는데 좋은 콩이 두부의 맛을 좌우하기도 한다. 장아지매는 우리

가 직접 농사 지은 좋은 콩을 선별하여 사용하니까 당연히 두부의 맛도 좋을 것 같다. 콩은 12시간 정도 불려서 착즙기에 넣어 갈면 부드러운 콩물로 변신할 수 있다. 오가향에는 장모님이 쓰시던 맷돌이 있지만 번거로울 것 같아 착즙기로 하였다. 부드럽게 갈아진 콩물은 베 보자기에 넣어 물을 짜주어야 된다. 낭만농부는 한 방울이라도 남기지 않기 위해 젖 먹던 힘까지 써가며 콩물을 짜냈다. 이렇게 해서 탄생한 것이 우리가 좋아하는 진짜 두유다. 보자기에 남아 있는 찌꺼기는 콩비지라고 한다. 콩에는 우리 몸에 유익한 성분이 많이 있어 하나도 버릴 게 없다. 콩비지에 돼지고기와 김치를 넣어 끓이면 맛있는 콩비지찌개로 먹을 수 있다. 깨끗하게 걸러진 두유를 끓이다가 간수를 넣어 조금 기다리면 몽글몽글하게 엉기기 시작한다. 이것이 순두부다. 순두부를 틀에 넣고 물을 빼주면 우리가 부쳐 먹기도 하고 찌개에 넣어 먹는 두부가 완성된 것이다.

저녁 식탁에 올라온 따끈따끈한 두부를 먹어본 아이들이 맛이 좋다고 야단이다. 손두부는 모양도 들쭉날쭉하고 볼품이 없어 보이지만 맛은 고소하고 깊다. 『상실의 시대』라는 책을 쓴 일본의 무라카미 하루키는 '두부 가게는 반드시 집 근처에 있어야 한다.'고 했다. 아마 금방 만들어져 나온 두부를 먹을 수 있기 때문일 것이다. 낭만농부는 굳이 두부 가게가 집 근처에 있지 않아도 된다. 장아지매가 정성을 다해 뜨끈뜨끈한 손두부를 만들어 주니까. 참 결혼을 잘한 것 같다.

고욤나무 열매

아내와 산책을 하다가 언덕배기에 우뚝 서서 까맣게 된 열매를 달고 있는 나무를 만났다. 요즘은 보기 힘든 고욤나무다. 고향집에도 한 그루 있어서 금방 알아차렸다. 옛날 시골마을에는 집집마다 한두 그루의 감나무가 있었다. 고욤나무는 감나무를 접붙이기 위한 대목으로 많이 키웠다. 감나무 씨앗을 심으면 돌감이 되기 때문에 대봉감을 먹으려면 대목인 고욤나무에 접을 붙여야 한다. 고욤나무를 어느 정도 키운 다음, 일정 길이만큼 잘라내고 감나무 가지를 접목 한다. 그런 다음 촛농 같은 것으로 빈틈을 없애 주고 비닐 등으로 감싸 준다. 그러면 고욤나무 수피를 통해서 감나무 가지가 양분을 공급 받고 접목된 부분이 한 덩어리가 되어 감나무 묘목이 되는 것이다.

요즘은 먹을거리가 많아서인지 농촌에서도 특별히 감나무를 많이 심지 않는다. 그래서인지 고욤나무가 별 쓸모가 없어져 버렸다. 예전에는 밭둑이나 논둑에서 흔히 볼 수 있었지만 요즘은 보기 힘든 이유다. 고욤나무는 나무도 그렇고 열매의 모양도 감과 흡사하다. 하지만 크기가 작고 씨앗이 많아 먹을 것이 없다. 특히 떫은맛이 강해 먹을 것이 별로 없던 시절에도 따먹은 기억이 없다. 새들도 먹을거리가 많아서인지 그대로 둔 것 같다. 아무에게도 관심을 받지 못한 열매들은 가지마다 다닥다닥 붙어 한겨울의 추위를 고스란히 다 맞고 있다. 앙상한 가지에서 겨울 찬바람에 말라버린 열매는 쪼글쪼글한 건포도 모양을 하고 있다. 하나

따서 맛을 보니 달짝지근한 곶감 맛이 난다. 열매는 감보다 훨씬 작지만 감나무의 엄마나무나 다름없다. 고욤나무에 접을 붙여야 우리가 먹을 수 있는 맛있는 감이 열리기 때문이다. 아무리 씨가 자기 혼자 애를 써도 큰 열매를 맺을 수는 없다. 세상살이도 혼자는 이룰 수 있는 게 한계가 있다. 우리는 살아가면서 자기가 잘하고 똑똑해서 지금의 자리에 있는 것 같이 우쭐댄다. 그러나 조금만 뒤돌아보면 누군가의 희생과 도움이 있었음을 깨닫게 될 것이다. 자연이든 사람이든 그 근원과 뿌리를 잊어서는 안 된다. 살을 깎는 고통을 감수한 고욤나무의 든든한 지지가 없으면 감나무로 변화하고 더 성장할 수 없듯이.

식물은 야생에 가장 근접한 것이 고유의 맛과 특징을 가지고 있다고 한다. 감보다는 고욤이, 개량종 배보다는 돌배가, 장미보다는 찔레가, 개량 복숭아보다는 돌복숭이, 포도보다는 머루가 더 가치 있고 약효도 더 있다고 한다. 낭만농부가 귀농하면서 가장 좋았던 것은 그동안 잊고 있었던 것들을 다시 보게 되었고, 그동안 알지 못했던 자연의 이치를 깨닫게 된 것이다. 오늘 딴 고욤나무 열매는 긴긴 겨울밤에 낭만농부와 장아지매의 심심한 입을 즐겁게 해주기에 부족함이 없을 것 같다.

군고구마

겨울이 시나브로 깊어만 간다. 눈 내리는 추운 겨울이 되면 장작불에 구워 먹던 군고구마 생각이 절로 난다. 칡즙을 달이다가 군고구마가 생각이 나서 아내에게 "장작불이 좋은데 군고구마 구워 먹을까?"하고 물었다. 아내는 "먹을 것도 많은데 군고구마는……." 하면서도 호일에 고구마를 돌돌 말아 가지고 온다. 호일을 얇게 싸면 쉽게 타기 때문에 두껍게 골고루 잘 싸주는 것이 중요하다. 그리고 센 불에 구워야 한다. 약간 타면서 불 냄새가 배어있어야 군고구마의 맛을 제대로 볼 수 있다. 잘 사그라진 숯불에 고구마를 던져 넣고 부지깽이로 살살 덮어 놓았다. 30분 정도 지나서 살짝 들춰 보니 말랑말랑한 군고구마로 변신해 있다. 고구마는 그냥 삶아도 맛있지만 숯에 구워 먹으면 더 달고 맛있다. 거실로 들고 들어와 호일을 벗겼다. 반으로 쪼개어 보니 몽글몽글한 김과 함께 노랗게 잘 구워진 고구마가 모습을 드러낸다. 뜨거움을 참고 이 손 저 손 옮겨가며 껍질을 깠다. 꿀을 잔뜩 머금고 있는 군고구마를 호호 불어가며 먹으니 달달하니 참 맛있다. 아이들에게 먹어 보라고 하니 싫다고 한다. 군고구마에 대한 추억이 없어서일까. 하기야 사시사철 맛있는 것도 많고 먹을 거리가 넘쳐나는 때에 군고구마가 특별히 와 닿는 것은 아니겠지. 우리 아이들은 낭만농부와는 다른 입맛을 가진 게 분명하다.

어렸을 적, 형들과 아궁이 앞에 옹기종기 모여 앉아 입주변이 숯덩이가 되도록 맛있게 먹었던 기억 때문인지 세월이 많이 흘렀지만 겨울이 되면 군고구마 생각이 난다. 아내와 옛 추억을 이야기하며 먹는 군고구마는 더 달고 맛있다. 눈 내리는 날, 구수한 군고구마가 있는 산골마을의 저녁 풍경은 포근하고 아름답다. 산골 겨울의 어둠은 빨리도 찾아온다.

눈 내리는 날에

상사리에 가끔 내리는 눈은 시내에서 살 때에는 볼 수 없었던 이색적인 겨울 풍경을 만들어 놓는다. 새벽부터 눈이 내리더니 산과 들이 온통 새하얀 세상이다. 어제의 회색빛 풍경은 사라지고 오로지 깨끗한 순백의 세상이다. 앙상한 가지 위에도, 차가운 땅 위에도 소복소복 하얀 눈을 쌓아 놓았다. 눈이 내리는 날에는 낭만농부의 가슴도 강아지처럼 설렌다. 눈이 펑펑 내리는 모습을 방 안에서만 보기 아까워 방한복을 껴입고 밖으로 나갔다. 기별 없이 온 눈이기에 더 반갑고 아름답다. 깨끗한 눈밭을 걸었다. 낭만농부의 발밑에서 들려오는 뽀드득 소리도 경쾌하다. 잠깐씩 뒤돌아보며 눈 위에 찍힌 내 발자국을 확인해 본다. 문득 서산대사의 시이지만 김구 선생이 인용하여 잘 알려진 '답설야중거'의 한 구절이 떠오른다. '눈길을 걸어 갈 때에 어지럽게 걷지 않기를, 오늘 내가 걸어간 길이 훗날 다른 사람의 이정표가 되리니.' 낭만농부는 제대로 길을 걷는 것인지 자문을 해보지만 아직까지는 잘 모르겠다.

함박눈이 내리는 날에는 눈사람이 탄생했다가 사라지곤 한다. 오래 머무르지 못하지만 낭만농부가 창조주가 된 양 눈사람을 만들어 본다. 작은 눈덩이를 만들어 굴리기만 하면 눈이 자석에 붙듯이 착착 붙어 금방 커진다. 낭만농부는 소복이 쌓인 눈밭에서 눈뭉치를 굴리고 또 굴렸다. 우리가 만드는 눈사람은 보통 몸통과 머리 두 부분이다. 몸통을 먼저 만들고 머리를 만들어 그 위에 올려놓는다. 낭만농부는 우리 가족의 건강과 행복을 기원하면서 4개의 눈사람을 만들었다. 한참을 정신없이 만들고 있는데 작은아들이 나와서 눈으로 작은 하마 모양을 만들고 있다. 낭만농부는 우둘투둘 투박하게 만들었는데 아들은 조소작품처럼 눈을 깎으며 예쁘게 만들었다. 눈사람 만드는 것도 성격 차이가 있나 보다. 낭만농부는 투박하면서도 크고 많은 눈사람을 만들지만, 아들은 하나를 만들어도 기존의 것과는 색다른 하마를 만드는 것을 보니 말이다. 대충 만들어진 눈사람에 숯덩이로 눈, 코, 입을 붙이고 모자도 씌워 놓으니 제법 그를 듯해 보인다. 설거지를 마친 아내가 나와서는 "코는 당근으로 해야 예쁘지." 하고 저온창고에 있던 당근을 들고 와서 꽂았다. 검은 숯보다는 빨간 당근이 더 어울린다. 역시 혼자보다는 둘이 낫다. 편견과 아집을 줄여 줄 수 있으니까. 올해는 눈 내리는 날 두 아들이 모두 집에 있다. 우리 가족 모두 파이팅 하자는 의미로 눈사람 뒤에서 사진을 찍었다.

오늘 내린 눈과 눈사람은 오래지 않아 모두 흔적도 없이 사라질 것이다. 사라지는 것은 눈사람뿐이 아닐 것이다. 우리들 삶도 언젠가 한 줄기 햇살에 녹아 사라지는 눈처럼 그렇게 흔적도 없이 이 세상에서 없어질 것이다. 비록 덧없이 사라지는 존재일지라도 낭만농부는 매년 눈 오는 날에 눈사람을 만든다. 그 속에는 영원히 잊어지지 않는 추억이 담겨지기 때문이다. 2019년 눈 오는 날, 우리는 또 하나의 추억을 만들었다.

대통밥

얼마 전에 오랜만에 방문한 처갓집에서 왕대나무 한 그루를 잘라왔다. 한가한 날에 대통밥을 해 먹어 볼까 하는 생각에서였다. 그동안 줄곧 창고에 있던 것을 오늘에야 발견하였다. 눈도 오고 별다른 일이 없어 아내와 함께 대통밥을 만들어 보기로 하였다.

굵은 대나무를 대통밥을 만들 만큼의 알맞은 길이로 잘랐다. 대나무는 속이 비어 있어 자르기 쉬워 보였는데 생각했던 것보다 단단했다. 아내의 도움을 받아 대나무를 돌려 가며 톱질을 하였다. 서 있는 대나무는 쉽게 잘랐는데 마디마다 자르는 것은 그렇지 않다. 구르지 않게 한 쪽을 잡고 다른 한 손으로 톱질을 해야 해서 더 힘들었다. 낑낑거리며 대나무를 잘라 깨끗이 씻어 말렸다. 그리고 찹쌀을 물에 불려 두고 함께 넣을 밤, 대추, 울콩, 은행 등을 준비하였다. 밤과 은행은 야산에서 가을에 주워 모아둔 것이고, 울콩과 대추는 오가향에서 친환경적으로 생산된 것이다. 모두 건강한 재료들이니 만들어질 대통밥은 자연 친화적인 영양밥이 될 것 같다. 잘 말려진 대나무 통에 준비된 재료를 모두 차곡차곡 넣고 물을 1cm 정도 높게 부었다. 소금도 조금 넣어 간을 해 주었다. 그리고 한지로 뚜껑을 씌워 끈으로 묶어 주었다.

이젠 솥에 넣고 찔 일만 남았다. 솥에 통이 물이 반 정도 잠기게 부었다. 솥뚜껑을 덮고 1시간가량 아궁이에 장작불을 지피니 구수한 밥 냄새가 나기 시작한다. 20분쯤 뜸을 들이고 두근두근한 마음으로 대통밥을 식탁으로 가져왔다. 살며시 한지를 벗겨 보았다. 김이 모락모락 피어오르고 은은한 대나무향과 갖가지 재료들이 어우러져 입을 유혹한다. 작은아들은 찜질방 냄새가 난다고 했다. 아마 대나무를 쪄서 나는 냄새인가 보다. 한 숟갈 떠먹으니 대나무에서 우러나온 물과 밥이 잘 어우러져 구수하고 달콤하다. 직접 우리 손으로 베어 온 대나무에 이렇게 향이 은은하게 배어난 밥을 해 먹으니 고급 음식점이 부럽지 않다. 평범한 밥과는 달라서 별다른 반찬이 없어도 맛있다.

오늘 처갓집에서 가져온 대나무로 대통밥을 처음 해보았다. 별것 아닌데도 굉장한 특별식을 먹은 것 같아 행복한 밤이다.

편지

농가주택을 지어 주소를 이전하고 처음 한 것이 우체통을 마련한 것이다. 처음에는 직접 만들어 보려고 시도를 했다. 나무를 톱으로 자르고

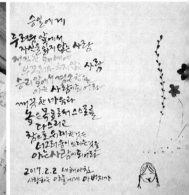

못으로 이어 붙였다. 그런데 마음먹은 대로 되지 않았다. 결국 만드는 것을 포기하고 가게에서 우체통을 구입하여 수돗가 옆에 세워 두었다.

우체통은 옛날부터 반가운 소식을 받아주는 장소였다. 군대에서 보낸 아들의 편지, 청춘남녀의 애끓는 연서가 오고가는 중간 창고지기였다. 그곳에는 합격증서, 군입대통지서, 관혼상제 알림, 이별과 만남, 기쁨과 슬픈 사연 등이 있었다. 그러기에 낭만농부도 하루 한 번은 꼭 확인을 한다. 오늘도 낭만농부는 좋은 소식이 있나 하고 우체통을 열어보았다. 하지만 농촌으로 들어오고부터는 매번 좋은 소식보다는 각종 세금을 내라는 통지서를 비롯해 관공서에서 오는 우울한 소식이 대부분이다. 요즘은 좋은 소식을 확인하는 장소이기보다는 늘 걱정이 되는 장소가 되어 버렸다. 오늘도 북구청에서 하천 면허세와 점용료를 내라는 통지서가 왔고 2018년도 생산실적을 보고하라는 공문이 와 있었다. 손으로 쓴 편지 같은 것은 찾아보기 힘들다.

서로 연락할 수 있는 방법이 편지밖에 없었던 시절에는 우체통은 소식을 전해주는 굉장히 소중한 장소였다. 이젠 손편지를 쓰는 일도 받을 일도 없는 시절이 되어 버렸다.

방으로 들어와 서랍에 보관되어 있는 자그마한 편지 상자를 열어 보았다. 우정을 나누던 친구에게서 온 편지, 기억이 가물가물한 여자 친구에게서 온 꽃 편지, 아버지에게서 온 손편지들이 빛을 내고 있다. 몇 통을 열어서 읽어 보니 편지를 주고받았던 사람과의 추억이 생생하게 떠오른다. 편지 한 통 한 통에 보낸 사람의 마음이 그대로 남아 있다. 그동안 잊고 있었던 사람들의 진심이 떠올라 나 자신을 반성해 본다. 편지를 마지막으로 받은 것이 언제였나 생각해 보니 잘 기억이 나지 않는다. 아마도 결혼 후에 아버지로부터 받은 편지가 마지막이었던 것 같기도 하다. 빛바랜 아버지의 편지에 담긴 사연을 보니 옛날의 시간으로 되돌아가는 느낌을 받는다.

이젠 편지를 써서 보내려고 해도 쓸 대상이 없다. 낭만농부가 보내지 않으니 나에게 편지를 써서 보낼 사람도 없을 것이다. 좋아하는 여자 친구에게 내 마음을 어떻게 표현할까 온 밤을 지새우며 고민하고, 보낸 편지의 답장을 하염없이 기다리던 그때 그 시절이 너무 그리워진다.

플라타너스 나무

산골에 살다보면 도시에서는 알지 못했던 수많은 나무들을 만나게 된다. 그러다 보면 관심이 생기고 어떤 나무인지 알게 된다. 얼마 전, 둘레가 엄청 큰 나무의 몸통이 베어져 밭가에 버려진 것을 보았다. 평소에 보지 못한 나무 모양이었고, 나뭇결도 특이하였다. 한동안 궁금증을 가지고 있었는데 어제 이웃사람이 플라타너스 나무라고 이야기해 주었다. 얼룩덜룩한 표피를 보니 플라타너스 나무가 분명하다.

'플라타너스, 어린 시절 많이 들어 본 이름인데 알지 못했다니!' 초등학교 시절, 널따란 운동장 둘레에 커다란 플라타너스 나무들이 많이 있

었다. 특히 교문을 들어서면 바로 보였던 나무가 유독 컸다. 여름이면 넓은 날개를 펴서 따가운 햇볕을 가려 주었다. 가을 운동회 때에는 풍성하고 넉넉한 그늘로 우리를 쉬게 해주던 나무였다. 낭만농부는 그곳에서 꿈을 키웠다. 나중에는 갈색의 커다란 잎들이 운동장에 뒹굴었고, 누렇고 동그란 열매들이 달리곤 하였다. 플라타너스 나무는 낭만농부가 초등학교 6년을 다니는 동안 늘 학교의 주인처럼 우두커니 서서 묵묵히 반겨 주었다.

초등학교를 졸업하고 중학교에 입학하였을 때에는 더 많은 플라타너스 나무를 만나게 되었다. 중학교는 십 리 길의 비포장도로를 걸어서 가야만 했다. 무거운 가방을 들고 가던 길옆에는 늘 플라타너스 가로수가 함께 했다. 더러운 공기를 들이마시고 깨끗한 공기를 내뿜어 준다고 해서 옛날에는 대부분의 가로수가 플라타너스 나무였다. 그런데 어느 때부터인가 이 나무의 꽃가루가 사람들을 괴롭힌다고 해서 모두 베어 내고 단풍나무, 은행나무, 벚나무, 이팝나무 등으로 교체되었다. 그래서 요즘에는 보기 힘든 나무가 되어 버렸다.

플라타너스 나무를 보니 김현승 시인의 '플라타너스' 란 시가 생각난다.

꿈을 아느냐 네게 물으면
플라타너스
너의 머리는 어느덧 파아란 하늘에 젖어 있다

플라타너스의 잘려져 버린 밑동과 가지는 어디로 갔을까? 몸통을 끌고 와서 장독대 앞에 올려놓고 초등학교 시절을 생각하며 '꿈'이란 글자를 써 보았다. 낭만농부의 머리에는 하얀 눈이 내리고 있지만, 가슴은 어머니 품 같은 넉넉한 큰 나무에 기대어 무지개 꿈을 꾸는 소년의 모습에 머물러 있다. 팔을 크게 벌려 품어 주던 아름드리 플라타너스 나무는 아직도 그 자리에 있을까. 보고 싶어진다. 다가오는 설날에는 오래 전 폐교된 초등학교에 가보아야겠다.

산딸기 잼

올겨울은 다른 해에 비해 조금 포근하다고 생각했는데 절기상 대한이라고 바람이 불어서 몸을 움츠리게 한다. 산골의 겨울은 참으로 매섭기도 하고 지겹기도 하다. 추워서 밖으로 나가기가 싫어 집 안에서 할 일을 찾다가 산딸기를 발견했다. 지난여름 따 놓은 것이 냉동실에서 고이 잠들고 있었다. 냉동실을 복잡하게 하는 물건인데 그동안은 시간이 없어서 엄두도 못 내고 있었다. 냉동실도 비우고 수제 산딸기잼을 만들어 판매도 해보았으면 하는 생각이다. 낭만농부와 장아지매가 직접 따놓은 것이라서 그런지 색이며 모양이며 어느 것 하나 예쁘지 않은 데가 없다. 산딸기가 동글동글하고 싱싱해서 나도 모르게 입 안에 넣었는데 아이스크림처럼 사르르 녹는다. 맛이 달콤해서 잼 만들기에 적당한 것 같다. 산딸기잼 재료는 별 것 없다. 산딸기와 설탕, 그리고 비타민C만 넣으면 된다. 여기에 시간과 정성을 더하면 맛있고 안전한 잼이 된다.

산딸기를 큰 냄비에 담아 처음에는 센 불에 끓이다가 끓어오르면 중불로 줄이고 설탕을 3번에 나누어서 넣었다. 설탕이 잘 녹도록 젓고 또 젓고를 반복한다. 끓으면서 거품이 계속 올라오는데 이것을 다 걷어 내어야 깔끔한 맛이 난다. 마지막에 비타민C를 조금 넣어서 완성 될 때까지 졸여준다. 달콤한 산딸기 향이 오가향에 퍼져 나간다. 잼이 적당하게 졸여졌는지는 간단하게 테스트 할 수 있다. 잼을 찬물에 한 방울 떨어뜨렸을 때 퍼지지 않고 뭉쳐 있으면 농도가 적당한 것이다. 아내의 수고로움이 스며 있어서 그런지 산딸기잼은 맛이 좋다. 씹히는 맛이 마치 고소한 깨를 깨무는 느낌이다. 색깔도 선명하고 향도 좋아 시판 제품과는 비교도 안 된다. 이제는 끓는 물로 소독한 병에 뜨거울 때 담아 두면 된다. 좀 힘들어서 그렇지 시간과 정성을 들여서 만들어 놓으면 요긴하게 먹을 수 있다. 오늘 만든 산딸기잼은 냉장보관 하여 두고 식빵에 발라 먹으면 좋을 것 같다. 단맛이 없는 과자 위에 살짝 올려 먹어도 맛이 잘 어울린다. 장아지매는 요구르트를 만들어 산딸기잼으로 맛을 낸다. 그나저나 이 많은 산딸기잼은 누가 다 먹을까.

돌탑

아침부터 바람이 세차게 분다. 오가향 장원을 한 바퀴 둘러보았다. 세찬 바람에도 낭만농부가 지난해 쌓은 돌탑은 꿈쩍도 하지 않고 묵묵히 견뎌내고 있다. 옛말에 '공든 탑은 무너지지 않는다'고 했는데 낭만농부가 공을 들여 쌓았나 보다. 돌탑을 오가향 정원에 쌓은 것은 조경을 할 목적도 있었지만 그것보다는 주위에 있는 많은 돌들을 활용하기 위해서이다. 밭농사를 지어 본 사람은 다 알 것이다. 아무리 주워 내도 끝없이 나오는 것이 돌이다. 낭만농부가 땅을 구입하기 전의 주인이 주워낸 돌들이 밭가에 많이 쌓여 있었다. 보기 좋게 돌담도 쌓고 남은 돌은 돌탑을 쌓는데 활용하였다. 그중에 크고 쓸 만한 돌은 삼층탑을 만들기도 하였다.

사람들이 돌탑을 쌓아 올리는 것은 무엇인가 절실한 소원을 빌기 위해서다. 낭만농부도 한 층 한 층 돌탑을 쌓으며 꿈꾸는 일이 이루어지기를 기원했다. 돌탑을 쌓으면서 깨달은 것이 있다. 큰 돌만 있어도 되지 않고 작은 돌만 있어도 멋있는 돌탑이 되지 않는다는 것이다. 그리고 아래쪽에 위치하는 큰 돌이 중심을 잘 잡아야 무너지지 않는다. 흔들리는 큰 돌은 알맞은 작은 돌 하나로 괴어주면 끄떡없다. 큰 돌이든 작은 돌이든 저마다의 역할이 있고 쓸모가 있다는 것이다.

무더기로 쌓는 돌탑은 서로 맞물려야 무너지지 않는다. 그렇지 않으면 아무리 돌탑의 형태를 갖추었더라도 하루아침에 와르르 무너질 수 있다. 돌탑을 이루는 돌들은 각자 제 위치와 역할이 있는 것이다. 아래에 있어야 할 돌이 위로 가고, 위에 있어야 할 돌이 아래로 가면 균형을 이룰 수 없다. 위쪽으로 올라갈수록 그곳에 맞는 돌을 찾기가 더 힘들다. 세상을 사는 이치도 돌탑 쌓는 것과 별반 다를 것이 없다. 반드시 있어야 할 곳에, 제 그릇에 딱 맞게, 쓰일 자리에 쓰여야만 세상이 시끄럽지가 않다. 사회가 혼란스러운 것은 그렇지 못하기 때문에 일어나는 현상이다.

낭만농부가 돌탑을 쌓다 보니 어쩌면 인생도 이와 같은 과정이라는 생각이 들었다. 조급한 마음에 빨리 쌓다가 무너져 버리기도 하고 돌 하나가 잘못 끼워져 있으면 세상 풍파에 힘없이 쓰러지기도 한다. 하지만 변화지 않는 진리는 서로 어깨동무를 하고 제 자리에서 제 역할을 할 때만이 흔들리지 않고 튼튼한 돌탑이 된다는 것이다. 낭만농부가 정성 들여 쌓은 돌탑들이 얼마나 소원을 들어줄지는 알 수가 없다. 하지만 분명한 것은 별 모양 없는 돌들이 모여 비로소 아름다운 돌탑이 되었다는 것이다. 그리고 그 돌탑들은 오가향의 정원을 빛내 주고 있다는 것이다.

택배

농촌에 살다 보면 도시에서 살 때보다 좋은 것도 있지만 그렇지 않은 것도 많다. 특히 택배가 집에까지 배달되지 않는 것은 식품가공업을 하

는 낭만농부에게는 여간 불편한 것이 아니다. 처음 이사를 와서 온풍기를 구매하였는데 물건은 오지 않고 택배기사로부터 전화가 왔다.

"어디에 맡겨 놓을까요?"

"맡겨 놓다니요. 집까지 배달해 주는 게 택배 아니에요?"

처음에는 황당하여 기사와 언쟁을 벌이기도 하였다. 나중에 알고 보니 우리 마을에는 택배기사가 집에까지 배달해 주지 않고 면소재지에 있는 가게에 맡겨두는 것이었다. 시내에 살 때에는 어머니께서 매년 부쳐주시는 그 무거운 쌀도 아파트 현관까지 배달해 주었는데…… . 농촌지역에서 농사만 짓는 것이 아니고 식품가공업을 하다 보니 물건을 구매할 일도 많고 보낼 것도 많다. 하지만 오지 않는 택배 문제를 해결하는 것은 하늘에 있는 별을 따는 것처럼 힘들다. 기사 입장에서는 수익성도 없고 시간도 모자라기 때문에 아무리 사정한다 해도 들어줄 리가 만무하다. 자본주의 사회에서 당연한 일이겠지만 복지국가로 가는 시기에 너무나 불편한 일 중의 하나이다.

낭만농부는 물건을 구매하고 나서부터 언제쯤 올까 기다리게 된다. 매일 오후 4시에서 5시 경에 면소재지에 물건이 도착한다. 택배기사로부터 연락이 오면 그때마다 차를 타고 설레는 마음으로 달려간다. 보낼 물건이 있으면 시간에 맞춰 받는 분의 마음을 생각하며 또다시 달려간다. 낭만농부의 작은 소망이 있다면 언젠가 집에서 택배를 보내고 받아보는 것이다.

비 오는 날의 배추전

창밖에는 아침부터 겨울비가 내린다. 비 오는 날에는 역시 부침개가 어울린다. 무슨 부침개를 해먹을까 생각하다가 매년 명절 때마다 하는 배추전을 부쳐 보기로 하였다. 낭만농부가 부침개를 해준다고 하니 장아지매의 얼굴에 화색이 돈다.

정성 들여 키운 싱싱한 배추를 몇 장 준비하고 부침 반죽을 만들었다. 밀가루에 계란을 넣고 1대 1 정도의 물을 부어 잘 저어 주었다. 그리고 배추에 간이 안 되어 있으니까 소금을 약간 넣었다. 반죽이 너무 되직하면 배추에 옷이 너무 두껍게 입혀져서 전이 예쁘게 되지 않는다. 그래서 좀 묽게 해 주는 게 좋다. 배추에 옷을 가볍게 입혀 주고 프라이팬이 따뜻하게 달구어지면 기름을 두른다. 그다음 배춧잎이 오목한 곳이 바닥에 가게 올려준다. 살짝 겹치게 나란히 줄을 세워 깔아 놓고 맨바닥이 보이는 데에 반죽을 끼얹어 떨어지지 않게 한다. 밑동부분도 잘 구워지도록 뒤집개로 눌러 부쳐준다. 한쪽 면이 노릇노릇 익으면 뒤집어서 구워주면 된다.

아내는 배추로 부침개를 해 먹는 것을 시집 와서 처음 보았다고 했다. 그런데 더 놀라운 것은 온 식구들이 너무 맛있게 먹는 것이라고 했다. 배추전은 경상도 북부지역에서 주로 해 먹던 것이라 경남 고성이 고향인 아내에게는 생소한 음식이었던 것이다. "배추가 무슨 맛이 있기에 저리 잘 먹어?" 하던 아내가 요즘은 수시로 상에 올릴 정도로 배추전을 좋아한다. 배추전을 한 번 먹어본 사람은 담백하면서 달작지근하고 고소한 맛에 반해 버리는 것이다.

노릇노릇 먹음직스럽게 구워진 배추전을 먹기 좋게 한입 크기로 잘라서 간장에 찍어 먹으면 비 오는 날 심심풀이 먹거리로 제격이다. 어제 설맞이 장터에서 사온 '홍곡주' 한 잔을 더하니 금상첨화다. "인생 뭐 별거 있나. 이렇게 살면 되지."

입춘대길(立春大吉)

요즘은 모두 경제가 어렵다고 이야기한다. 낭만농부가 보기에도 그런 것 같다. 포항시청에서 한 설맞이 우수농산물 판매 행사장에서도 많은 사람들이 지갑을 잘 열지 않는 것 같았다. 아마 실질적인 불황보다는 체감하는 경제 때문에 더 움츠리는 것 같다.

경제가 어렵지만 계절의 변화는 어김없이 이어진다. 아직 불어오는 바람은 차갑지만 봄으로 가는 첫 이정표인 입춘이 되었다. 입춘은 24절기 중 첫째로 새로운 해의 시작을 의미한다. 옛날부터 입춘 절기가 되면 농가에서는 농사 준비를 하였다. 여자들은 집안 곳곳에 쌓인 먼지를 털어내고 남자들은 겨우내 넣어둔 농기구들을 꺼내 손질하며 한 해 농사를 대비했다. 일 년 농사의 시작이 이제부터이기 때문이다.

사람들은 또 입춘이 되면 새해 행복과 건강을 비는 문구를 대문이나

문설주에 붙여 한 해의 무사태평과 농사의 풍년을 기원하였다. 이를 흔히 입춘첩(立春帖)이라고 한다. 사람들이 이렇게 하는 것은 어둡고 긴 겨울이 끝나고 봄이 시작되었다는 것을 자축하기 위함도 있을 것이다. 입춘첩에는 여러 가지 문구가 있지만 보통 '입춘대길 건양다경(立春大吉 建陽多慶)'이라는 글을 많이 사용한다. '봄이 오니 운이 크게 따르고 경사스러운 일이 많다'는 뜻이다. 그런데 입춘의 첫 글자를 '들 입 (入)'이 아니고 '설 립(立)'으로 쓴 것은 '곧' 이라는 뜻이 있기 때문이다. 그러니 입춘은 현재 봄이 되었다는 것보다는 곧 봄이 올 것이라는 의미가 있는 것이다.

봄을 기다리는 마음은 낭만농부와 장아지매 뿐 아니라 많은 사람들이 간절할 것이다. 힘들더라도 절망하거나 포기하지 않으면 '대길'하고 '다경'할 날은 반드시 올 것이다. 다산 정약용 선생은 입춘 날에 '인생의 봄은 노력하는 사람에게 가장 먼저 온다'고 하며 새로운 의지를 다지면서 입춘첩을 붙였다고 한다. 낭만농부도 각오를 다지며 장아지매와 함께 오가향 대문에 입춘첩을 붙였다. 그런데 센 바람이 방해를 한다. 누군가 '춘래불사춘(春來不似春)'이라고 하더니 아직 따뜻한 봄은 멀었나 보다. 그래도 이 바람이 지나간 자리에는 봄이 성큼 들어설 것임을 알기에 떨어지지 않게 단단히 붙였다.

곶감을 먹으며

설날이 되면 고향에 계신 엄마는 자식들에게 줄 여러 가지 먹거리를 챙겨 주신다. 떡국거리, 시래기 삶은 것, 곶감 등을 봉지에 담아서 네 형제에게 똑같이 나누어 주신다. 아내는 설날에 엄마가 챙겨준 곶감이 맛있다며 저녁 간식으로 가져왔다. 뽀얀 분이 핀 곶감을 입에 넣으니 말랑말랑하면서도 쫀득쫀득한 것이 입안에 착 감긴다.

곶감은 '곶'과 '감'이 합쳐진 말로 꼬챙이를 꽂아서 말린 것을 일컫는다. 어린 시절부터 매년 엄마가 만들어 주시던 것이다. 고향을 생각하면 먼저 떠오르는 것이 뒤쪽에서 병풍처럼 집을 감싸 안고 있는 세 그루의 감나무이다. 감나무는 우리집뿐만 아니라 보통 집집마다 한 그루 이상은 있었다. 사람들이 감나무를 집 가까이에 심어 놓은 것은 다른 유실수에 비해 장점이 많아서일 것이다.

감나무는 일곱 가지의 뛰어난 점이 있다고 한다. 새가 집을 짓지 않고, 벌레도 생기지 않는다. 그리고 봄에는 꽃이 피고 여름에는 그늘을 만들어 준다. 또한 가을에는 단풍이 아름다울 뿐만 아니라 맛있는 열매도 맺게 해준다. 이뿐만 아니라 겨울에 떨어진 낙엽은 거름에 좋고 수명이 길다. 먹을 것이 없던 시절에는 이보다 좋은 나무도 없었을 것 같다. 이렇게 좋은 역할을 하던 고향집 감나무들은 세월을 이기지 못하는 듯 이젠 열매를 많이 맺지 못한다. 이번에 가져온 곶감을 만든 감은 낭만농부가 고등학교 시절에 심은 대봉감이다. 매년 가을에 아버지 묘소 앞에 있는 대봉감이 붉게 익으면 첫째형과 둘째형이 엄마를 도와 딴다. 엄마는 그것을 한 알 한 알 모아 자식들 주려고 일일이 손으로 깎고 또 끈에 매달아, 바람 좋고 햇살 좋은 곳에 말린다. 엄마가 만든 곶감은 자연 그 자체이다. 그러다 보니 날씨가 좋지 않은 해에는 곶감이 제대로 안 될 때도 있다. 그런 해에는 엄마의 곶감이 인기가 없다. 그런데 올해는 날씨가 좋았는지, 아니면 더 정성을 기울였는지 씨알이 굵으면서 속살도 발갛고 분도 많이 나서 정말 맛나게 보였다. 그래서인지 엄마가 만들어 온 곶감이 형제들 사이에서 최고의 인기를 누렸다.

엄마는 구순이 가까워 오지만 아직도 명절이 되면 쌀, 참기름, 고춧가루, 떡국, 배추, 무, 대추, 곶감 등을 자식들에게 하나라도 더 주기 위해 바리바리 싸 오신다. 그중에 곶감은 늘 빠지지 않는 품목 중의 하나다. 홍시가 열리면 엄마가 생각난다는 '홍시'라는 노래도 있지만 낭만농부는 곶감을 보면 고향이 생각난다. 엄마가 만든 곶감에는 아버지와의 추억이 있고, 또 고향의 자연 향기가 있고, 엄마의 마음이 담겨 있기 때문이다. 아내는 너무 맛있다며 연신 입에 넣는다. 저러다가 변비에 걸리지 않을까 걱정 된다.

작년에는 오가향에도 둥시 감나무를 몇 그루 심어 놓았다. 언젠가는 감이 주렁주렁 열릴 것이다. 그때에는 낭만농부가 엄마에게 곶감을 만들어 드려야겠다.

시골병원

오가향을 찾는 손님들은 공기 좋은 곳에 살아서 참 좋겠다고 부러워한다. 낭만농부가 시골에 살아 보니 공기 좋은 것도 있지만 계절의 변화를 실감나게 느낄 수 있다는 것이 더 좋다. 거기에 따르는 일상과 감정의 변화도 크기에 삶의 의미를 매 순간 되새길 수 있어서 좋다. 봄이면 만물이 소생하는 것을 눈으로 볼 수 있고. 여름이 되면 온 산의 푸르른 녹음이 가슴을 맑게 해준다. 또한 온갖 꽃들이 서로 자태를 자랑할 때면 시골에 오기를 잘 했다는 생각이 든다. 가을이면 알록달록 변해가는 단풍을 보며 콩이며 고추 등을 수확하는 기쁨도 만끽한다. 겨울이 되면 매년 몇 번은 하얀 눈을 보며 낭만을 즐길 수 있는 여유도 있다.

하지만 세상에는 공짜가 없나 보다. 시골살이가 좋은 것만 주지는 않는 것이다. 몸이 아프면 도시에 있는 병원에 가야 하는데 차로 1시간 정도 나가야 하기 때문에 불편함이 이만저만 아니다. 도시에서 귀농하는 사람들이 가장 불편하다고 하는 것이 의료 시설이라고 한다. 낭만농부는 감기나 소화불량 등으로 간단한 약이 필요할 때는 마을에 있는 보건지소를 가고, 허리나 팔, 어깨가 아프면 면소재지에 있는 의원을 이용한다. 그리고 치과 같은 전문적인 진료가 필요하면 할 수 없이 시내에 있는 병원에 간다.

한동안은 병원에 갈 일이 없었는데 오늘 아침에는 허리가 아프고 불편한 것이 제대로 일어날 수가 없다. 어제 청국장을 하려고 무거운 콩자루를 들었더니 무리가 간 것 같다. 겨울에 센 일을 하지 않다가 갑자기 힘을 써서 근육이 놀란 것이다. 이것은 보건소에서 약을 타 먹을 일이 아니다. 면에 있는 의원에 가서 물리 치료라도 받아야 좋아질 것 같아 아침을 먹자마자 도평으로 갔다. 겨울철이라 그런지 병원에는 손님이 별로 없었다. 접수를 하자마자 진료를 받을 수 있었다. 시골 병원은 시설이 근사하지는 않아도 기다림이 없는 것은 좋은 점이다.

"어디가 아파서 왔어요?"

"어제 무거운 것을 들어서 그런지 허리가 아파요."

"며칠 치 약을 드릴까요?"

"물리 치료를 좀 받아야 할 것 같아요."

"주사 맞고 물리 치료실로 가세요."

낭만농부와 의사가 진료실에서 나눈 대화이다. 솔직히 동네 의원에서 할 수 있는 것은 진통제 주사와 약 처방을 하는 것이 진료의 대부분이다. 그나마 이곳에는 물리 치료실이 있어 허리, 팔, 무릎, 어깨 등이 아파서 오는 할아버지, 할머니들에게 잘 이용되는 것 같다. 물리 치료를 1시간 받고 나오니 한결 허리가 나아진 느낌이다. 치료를 받았다는 느낌 때문인지 약기운 때문인지는 확실하지 않다.

시골 지역은 전국 어디를 막론하고 의료 시설이 열악하다. 그나마 이런 의원이라도 있으니 할아버지, 할머니들이 쉽게 이용할 수가 있다. 하지만 원장님도 이제 연세가 많아서 언제까지 병원을 유지할지는 모르겠다. 얼마 전에 하나뿐인 약국의 약사가 몸이 좋지 않아 문을 닫았다고 한다. 세월이 흐를수록 의료 복지는 더 열악해질 것 같아 걱정이다. 그나저나 허리가 아프니 아무 일도 할 수가 없다. 장아지매는 "푹 쉬어야 낫는데이." 하면서도, "콩밭에 석회도 뿌려야 하고, 매실나무 전지도 해야 하고, 복분자 가지치기도 하고 거름도 줘야 할 낀데……." 하면서 말이 많다. 할 일이 태산 같이 기다리고 있으니 장아지매의 마음이 타들어 가는가 보다.

연

연날리기는 설날과 대보름 사이에 윷놀이와 함께 마을마다 널리 행해졌던 민속놀이다. 어린 시절 형들과 연을 만들어 날리던 기억이 떠올라 직접 만들어 보기로 하였다. 연을 만들려면 한지와 댓살, 실, 풀이 있어야 한다. 그때에는 한지가 없어서 대신 달력을 사용하였고, 밥풀을 이용해서 살을 붙였다. 그런데 댓살은 만들기가 쉽지가 않았다. 이웃집 대나무밭에서 대나무 하나를 베어 와 사용하였는데, 칼로 얇게 깎는 것이 기술이었다. 연에는 방패연과 가오리연이 있다. 방패연은 만들기가 힘들어 대부분 가오리연을 만들어서 날렸다. 그때의 기억을 살려 연 만들기에 도전을 하였다.

먼저 방패연의 살을 만들기 위해 대통밥을 하고 남은 대나무를 칼로 깎아 보았다. 그런데 생각처럼 되지가 않았다. 댓살의 두께가 일정해야 하는데 두꺼워서 깎아 내면 너무 가늘어져 버리고 울퉁불퉁한 부분도 생겼다. 할 수 없이 문구점에 가서 연 재료를 사왔다. 그 중에서 댓살만 사용하고 종이는 집에 있는 한지로 하였다. 방패연 크기로 한지를 잘라 중앙에 방구를 뚫고 붓으로 '밤이 끝나는 자리에 새벽이 열리고 해가 뜬다'라는 글귀를 썼다. 그리고 해가 떠오르는 모습의 그림도 그렸다. 그런 후에 아내가 쑤어준 풀로 댓살을 붙였다. 머릿살, 중살, 허릿살, 장살의 순서로 붙이고 환벌잇줄을 묶은 다음 머릿살로 양쪽 잔살이 똑같이 휘게 하였다. 만들어 놓으니 그런대로 멋진 방패연이 되었다. 처음 만들

었으니 기념으로 남겨 놓아야겠다. 실제 날린 연은 방패연과 함께 덤으로 온 가오리연이다. 가오리연은 사각비닐에 곧은살, 둥근살, 그리고 꼬리를 테이프로 차례로 붙이고 실로 묶으면 되었다. 작은아들이 도와주니 가오리연은 쉽게 만들어졌다.

우리 가족은 함께 밖으로 나가 연을 날려 보았다. 연이 제대로 날려면 바람이 알맞게 불고 연줄도 적당하게 팽팽해야 한다. 너무 느슨하면 연은 아래로 처져서 땅에 닿고, 너무 팽팽하면 땅으로 곤두박질친다. 사람과 사람 사이의 관계도 그런 것 같다. 너무 느슨하면 멀어지고 너무 가까워지면 분란이 일어나기도 한다. 서로 조화롭지 않으면 관계를 유지하기 힘든 것이다. 아내가 연을 잡고 올려 주면 낭만농부는 연줄을 들고 달렸다. 연은 조금 오르는 척 하더니 금세 한쪽으로 뱅그르르 돈다. 그러다가 이내 곤두박질친다. 아내는 옛날에 오빠가 만들어준 연을 잘 날렸다며 해본다고 했다. 아내가 연을 날리니 바람이 도와주어서인지 하늘 높이 잘 난다. 아내는 소리를 지르며 우쭐댄다. "잘난 척 하다가는 나무에 걸린데이." 연은 멀리 날릴수록 위험 부담이 커진다. 줄이 길어지면 길어질수록 연을 조절하기 힘들기 때문이다. 아니나다를까 연이 내려오더니 정원의 나무에 걸려 버렸다. "봐라, 맞지?"

옛날 사람들이 대보름 즈음에 연날리기를 한 것은 그해의 액운을 날려 버리고 새해의 소망을 빌기 위해서이다. 낭만농부도 몇 번의 시행착오 끝에 연이 하늘 높이 날아오르는 기분을 맛보았다. 연의 실을 조금 풀어 주니 떨어지는 듯이 하다가 연줄을 당기니 다시 하늘 높이 치솟는다. 연을 날리면 딱 한 가지 소원은 들어준다고 한다. 2019년에는 오가향이 많이 알려지기를 기원해 본다.

소나무

연어는 강에서 태어나 바다에서 살다가 어미가 되어 산란기가 되면 강으로 되돌아오려는 귀소본능이 있다. 바다에서 수백 수천 킬로미터를 헤엄쳐 강으로 올라온다. 올라오는 길은 거센 물살도 있고, 높은 바위도 있지만 기필코 목적지에 도착하겠다는 일념으로 몸을 비틀며 헤엄을 친다. 태어난 곳으로 돌아오려는 마음은 연어뿐이 아니다. 모든 생물들은 이러한 귀소본능을 가지고 있다. 사람들도 일 때문에 도시에서 살지만 늘 고향을 생각한다. 그래서인지 요즘 베이비붐 세대들은 퇴직 후에 귀농, 귀촌하려는 사람들이 많다.

그런 사람들은 예쁜 집도 짓고, 아름다운 정원도 꾸미고 싶어 한다. 그리고 정원에는 한 그루쯤 소나무를 심어 운치 있는 집을 가지는 꿈을 꾼다. 낭만농부도 멋진 소나무가 있는 정원을 가지고 싶었다. 그러나 가격이 너무 비싸서 꿈에만 머물러 있다. '꿩 대신 닭'이라고 오가향 진입로와 장독대 앞에 어린 반송 여러 그루를 심어 놓았는데 몇 년이 지나니 무럭무럭 자라서 제법 몫을 하고 있다. 그동안 전지를 하지 않아서인지 들쑥날쑥 커서 보기가 좋지 않았다. 아내는 빈둥거리는 낭만농부가 보기 싫어서인지 "오늘 반송 전지나 하자." 하며 기어코 일을 시킨다. 날씨가 따뜻해져서 전지가위를 가지고 반송 다듬기를 하였다. "자기는 전지도 잘하네. 조경사 해도 되겠다." 낭만농부가 생각해도 예쁘게 다듬은 것 같다. 진작 재능을 알았다면 조경사나 미용사가 되어 성공할 수 있었을 텐데, 괜히 다른 공부한답시고 헛수고만 했다.

반송은 흔한 소나무이지만 추운 겨울, 휑한 장독대 주변에 푸른 잎을 품고 있어 을씨년스런 풍경을 산뜻하게 해주고 있다. 집에서 키우려고 해서 귀해 보이지만 전국의 산에 흔한 것이 소나무이기도 하다. 그런데도 사람들은 집에서 키우고 싶어 한다. 그것은 아마 늘 푸른 잎을 가지고 있으면서도 강인한 기상과 굳은 절개를 상징하기 때문에 곁에 두고 보고 싶은 것이다.

추사체로 유명한 김정희가 그린 세한도에는 소나무가 등장하는데, '세한연후 지송백지후조(歲寒然後 知松栢之後凋)'라는 의미가 담겨 있다. 날씨가 추워진 후에야 소나무와 잣나무의 푸름은 알 수 있다는 뜻이다. 이 말의 속뜻은 사람이 시련에 처했거나 겪은 후에야 그 사람의 진실된 참 모습을 볼 수 있다는 것이다.

낭만농부도 갑자기 회사를 그만두고 나서 경제적인 어려움을 겪은 때가 있었다. 그런데 평소 잘 알지 못했던 사람들이나 연락이 끊어졌던 친구들이 오가향 제품을 구매해주어서 지금의 안정을 찾을 수 있었다. 힘이 되어 준 사람들에게 항상 고마운 마음을 간직하고 있다.

그런데 사람의 욕심은 끝이 없는 것 같다. 개구리 올챙이 시절 모른다고 낭만농부는 언젠가 오래 되고 멋진 소나무 한 그루를 심어 정원의 가치를 높이고 싶은 것을 보면 말이다. '세한송백(歲寒松栢)'이라는 글귀를 써서 가슴에 담아 본다.

약밥

며칠 전 시내에 있는 떡집을 지나가는데 약밥이 먹음직스럽게 보였다. "약밥 참 맛있게 보이네."라고 했더니 아내는 "내가 해 줄 테니 그냥가."라고 했다. 그리고 잊고 있었는데 오늘따라 아내가 부엌과 창고를 부지런히 왔다갔다한다. 뭘 하나 궁금해서 부엌에 가보니 약밥을 하려고 준비하고 있었다. 시내에 살 때에는 가끔 아내가 해 주었는데 시골로 들어오고는 처음으로 하는 것이다. 그동안 그만큼 정신없이 살아온 것이다. 약밥은 찹쌀에 대추, 밤, 잣. 건포도 등을 섞어 밥으로 찐 다음, 참기름, 꿀, 간장, 계핏가루를 넣고 버무려 만드는 전통음식이다. 약밥을 약반이라고도 하며 명절에 주로 해 먹었는데 특히 정월대보름에 많이

해 먹었다.

정월대보름날에 약밥을 먹기 시작한 것은 신라 때부터라고 삼국유사에 전한다. 기록에 따르면 신라 소지왕이 정월대보름에 달구경을 나왔다가 자신의 머리 위를 맴도는 까마귀를 이상하게 여겨 따라갔다고 한다. 그곳은 연못이었는데 한 신령이 나타나 왕에게 편지를 주었다. 편지 겉봉에는 '편지를 열면 두 사람이 죽고 열지 않으면 한 사람이 죽을 것이다'라고 적혀 있었다. 왕은 두 사람이 죽는다 하여 열지 않으려고 했다. 그런데 한 신하가 죽을 한 명이 폐하가 될 수 있다는 말에 편지를 뜯어 보았다. 왕은 편지 내용을 보고 왕비의 침전에 있는 거문고갑을 활로 쏘았다. 그런데 그곳에서 왕비와 신하가 정을 통하고 있었다. 이들은 왕을 독살할 계획까지 하고 있었는데 이로 인해 모두 처형되었다. 그 후 왕에게 글이 적힌 봉투를 전해준 연못은 서출지라고 불리어졌다고 한다. 그리고 소지왕은 자신의 목숨을 구해준 까마귀의 은혜를 잊지 않기 위해 매년 정월대보름이 되면 까마귀 몸 색과 비슷한 약밥을 만들어 고마움을 표하는 제사를 지냈다고 한다. 즉 약밥은 까마귀가 액운을 막아준다고 믿기 시작하면서 유래된 음식인 것이다.

약밥을 만들기 위해서는 일단 찹쌀을 두 시간 정도 불려 놓는 것부터 시작한다. 그리고 대추, 밤, 잣, 건포도 등은 오가향표 재료를 사용하면 된다. 알밤도 까고, 대추는 씨와 분리해서 대추씨로 약물 만들 준비를 한다. 대추씨에 물을 부어 한소끔 끓여서 간장과 꿀을 섞으면 약물이 된다. 불린 찹쌀이 물기가 빠지면 전기밥솥에 넣고 준비한 재료를 모두 올려놓는다. 그리고 재료가 찰박찰박 하도록 약물을 부어 주면 된다. 약밥은 물 조절이 중요한데 너무 질지 않도록 해야 한다. 백미 취사로 해서 30분 정도 지나면 밥이 완성 되어 있다. 여기에 참기름과 계핏가루를 넣어 살살 버무려준다. 사각 틀에 참기름을 살짝 발라 주고 다 된 밥을 골고루 펴준다. 그리고 30분 정도 식혀서 적당한 크기로 잘라 주면 먹기 좋은 크기의 약밥이 된다.

집에서 아내와 함께 직접 약밥을 만들어 먹으니 떡집에서 사 먹는 것보다 훨씬 맛이 좋은 것 같다. 아마 아내의 사랑이 듬뿍 담겨 있기 때문이겠지.

새소리를 들으며

시골에 살다 보면 '깍깍, 꿩꿩'거리는 까치와 꿩 우는 소리가 아침잠을 설치게 한다. 떠지지 않는 눈을 비비며 밖으로 나가면 상쾌한 아침 공기를 가르는 뻐꾸기 소리가 먼 산에서 들려오고, 가까이에서는 산비둘기 노랫소리가 들려온다. 오가향의 아침은 여러 새소리를 들으면서 시작된다. 아침밥을 먹고 나서 커피를 한 잔 들고 테라스에 앉아 있으면 높고 낮은 나뭇가지 사이로 이름 모를 새들이 날갯짓하며 돌아다닌다. 낭만농부는 알아들을 수 없지만 자기들만의 언어로 수다를 떨고 있다. 고요하고 평화로운 풍경은 도시에서는 맛볼 수 없는 것이라 작은 행복에 빠져들기도 한다.

새소리는 듣는 사람의 마음과 시간에 따라 다르게 들릴 수 있다. 마음이 즐겁거나 아침에 들으면 노래를 하는 것 같고, 마음이 우울하거나 저녁에는 우는 것처럼 들린다. 아마도 아침에는 새들이 먹이를 찾을 수 있기 때문에 즐거워서 노래하고, 저녁에는 잘 수 있는 잠자리를 찾아야 하는 걱정이 앞서서 우는 것이 아닌가 싶다. 오가향에 어둠이 걷히고 날이 밝으면 까치와 작은 새들이 지저귄다. 어미 까치는 깍깍거리고, 새끼 까치는 까까 어미 새를 따라 노래하려고 한다. 까치가 울면 귀한 손님이 온다고 반가워한다는 이야기도 있지만 실제로는 그런 것만도 아니다. 사과농사를 짓는 농민들은 까치가 사과를 쪼아 먹어 많은 피해를 주기 때문에 쫓아낼 궁리를 한다. 까치가 울면 비둘기도 지지 않으려고 구구 소리를 내는데 소리가 맑지도 않고 음흉스럽기까지 하다. 비둘기는 평화의 상징이라고 하지만 낭만농부와 장아지매에게는 반갑지 않다. 이 놈들은 매년 콩 씨를 파종해서 싹이 나오면 어떻게 알았는지 날아와서 싹둑싹둑 잘라먹는다. 혼자 와서 살짝 몇 포기만 먹고 가면 좋으련만 온 가족을 데리고 와서 모조리 잘라먹어 콩 농사를 망치게 한다.

나른한 오후가 되면 참새 떼와 멧새들이 섞여 저마다의 날갯짓을 하며 이리저리 몰려다닌다. 참새들이 낮은 수풀 더미에서 노래하면, 멧새들은 높은 나뭇가지에서 지저귄다. 그리고 먹이를 찾아 어미 새가 하늘 높이 날면 아기 새는 놓칠세라 뒤따라가며 지저귄다. 가끔은 오가향 주변에 둥지를 틀기도 한다.

조용한 시골 마을 구석구석에 있는 가로등에 불이 하나 둘 들어오고, 밤이 되려고 하면 어디에선가 '소쩍 소쩍!' 하는 소쩍새 우는 소리가 구슬프게 들려온다. 봄밤 홀로 우는 소쩍새는 물소리, 바람소리와 함께 화음을 잘도 맞춘다. 아침부터 저녁까지 들려오는 새들의 노랫소리는 어떤 소리보다 깨끗하고 아름답다. 겨울의 산이 적막한 것은 추위 때문이 아니다. 생동하는 자연의 새소리가 들리지 않기 때문이다. 온갖 새들이 아침, 저녁으로 오가향에 찾아와 지저귀는 것을 보면 봄은 이미 낭만농부와 장아지매의 곁에 와 있는 것 같다.

강정

　오가향에는 음력 정월이 되면 메주를 구매하려고 오는 손님들이 종종 있다. 며칠 전에도 작년에 메주를 사 간 사람이 잊지 않고 찾아왔다. 일 년 만에 보았지만 어제 만난 것 같이 반가워 이야기꽃을 피웠다. 헤어지기 전에 먹어보라며 쌀강정과 보리강정 한 봉지씩을 주고 갔다. 아마 설날이 얼마 지나지 않아 고향에서 가져온 것 같았다. 맛을 보니 옛날 엄마가 해 주셨던 쌀강정 맛이다. 요즘은 연세가 많아서 하지 않지만 예전에는 설날이 다가오면 엄마는 으레껏 쌀강정을 만드셨다. 경상도 사투리인지 모르겠지만 우리는 '옥고시'라고 불렀다.

　쌀강정은 쌀을 뻥튀기한 일명 '튀밥'을, 끓인 조청에 잘 버무려 만든 한국식 과자이다. 주로 설 무렵에 많이 하였는데 추위가 아직 남아 있어 눅눅해지지 않고 바삭바삭하여 먹기에 좋았다. 그리고 새해에 찾아오는 손님에게 마땅히 내놓을 것이 없던 시절이었기에 무엇보다도 차와 함께 곁들이기에 강정만큼 좋은 게 없었을 것이다. 엄마가 만드셨던 쌀강정은 바스락거리는 느낌과 달콤한 맛이 일품이었다. 요즘은 설날이 되어도 강정을 직접 만들어 세찬으로 내어놓는 시절이 아니다. 집집마다 세배를 다니는 풍습이 사라졌기 때문이다. 강정은 손이 많이 가고 정성이 들어가는 음식이다. 그러다 보니 설탕이 몸에 좋지 않다고 말을 하면서도 대기업에서 만든 과자를 많이 사먹는다. 낭만농부도 조청으로 만든 한과가 몸에 좋다는 것은 알지만 가격이 비싸기에 쉽게 사 먹지 못한다.

한과라는 이름은 보통 한국식 과자의 줄인 말로 알고 있지만, 사실은 중국 한나라 때부터 유래되었다고 해서 한과(漢菓)라고 불리어 왔다. 지금은 서양과자와 구별하기 위해 한과(韓菓)라는 말로 정착되었다. 한과는 조선시대에도 200여 종류가 있었다고 한다. 이걸 보면 우리 조상들은 다양한 종류의 과자를 즐겨 만들어 먹은 것 같다.

낭만농부도 올해에는 강정을 만들어 먹고 싶었다. 어떤 것을 해볼까 고민하다가 창고에서 뒹굴고 있는 흑임자를 발견했다. 농사는 지어 놓고 마땅히 해 먹을 방법이 없었는데 잘 되었다. 흑임자를 가져와 깨끗하게 씻어서 돌이 나오지 않게 일었다. 팬을 달구어 흑임자를 볶고 까 놓은 땅콩도 볶았다. 냉동실에 잠자고 있던 해바라기씨도 살짝 볶아서 세 가지를 골고루 섞어 주었다. 팬에 조청을 넣고 뽀글뽀글 끓을 때 섞어 놓은 재료를 넣고 저어 주면 된다. 적당하게 조청과 어우러져 덩어리지고 조청이 실처럼 늘어나기 시작하면 다 된 것이다. 납작한 쟁반에 종이 호일을 깔고 잽싸게 퍼서 밀대로 밀어 주면 흑임자강정이 된다. 빨리 굳기 때문에 먹기 좋은 크기로 신속하게 잘라 주어야 가루가 덜 생긴다. 하나를 집어 먹어 보니 부드럽고 자연스러운 단맛이 어우러져 제법 맛있다. 모양은 좀 떨어지지만 직접 재배한 흑임자로 강정을 만드니 더 귀하게 보인다. '손이 가요. 손이 가. 자꾸만 손이 가요.'라는 광고처럼 자꾸만 손이 간다.

멀리서 손님이 찾아왔을 때 언제나 전통차와 흑임자강정을 곁들인 다과를 내어 놓으면 좋으련만, 먹고살기 바쁜 낭만농부와 장아지매에겐 그럴만한 여유가 아직은 없다. 지금은 한 번 해 먹은 것으로 만족할 수

밖에 없다.

정월대보름

매년 음력 1월 15일은 정월대보름으로 금년도에는 양력 2월 19일이다. 요즘 사람들은 정월대보름이라고 하여 큰 의미를 부여하지는 않는다. 하지만 농촌마을에서는 아직까지 주민들이 마을회관에 모여 윷놀이도 하고 노래자랑도 하며 한 해 농사의 풍년을 기원한다. 올해 정월대보름은 마을 대보름 행사 준비에 참여할 수 있었기에 조금은 특별한 날이었다.

낭만농부의 어린 시절 정월대보름은 오곡밥과 아홉 가지 나물을 먹는 것으로 시작되었다. 그리고 어둑어둑해져오는 저녁 무렵이면 온동네 사람들이 뒷동산에 모여 달이 떠오르기를 기다렸다. 맨 먼저 달을 보는 사람은 그해에 행운을 가져간다고 해서 서로 먼저 보려고 눈을 크게 뜨고 먼 산을 바라보았다. 그러다가 누군가 처음으로 달을 보면 "달 봐라!"하고 소리를 질렀다. 매년 정월대보름이 있었지만 낭만농부는 한 번도 맨 처음으로 달을 보지 못했다. 그 때문이었는지 짧다고 하면 짧고 길다고 하면 긴 인생에서 큰 행운은 없었던 것 같다.

정월대보름에 떠오르는 달은 유난히 밝고 크다. 소원을 빌면 꼭 들어 줄 것만 같은 느낌이지만 들어준 적은 한 번도 없었다. 아마 그만큼 간절하지 않았기 때문일 것이다. 보름달이 하늘 높이 떠오르면 친구들과 들로 나가 깡통에 숯불을 채우고는 빙빙 돌렸는데, 깡통에 있는 불이 휘휘 돌면서 둥글달 같이 밝게 춤을 추었다. 그러다가 누군가 하늘 높이 던져 올리면 너도나도 하늘을 향해 던졌다. 그러면 하늘에서는 별똥별 같은 불가루가 흘러내렸다. 옛날 생각도 나고 해서 쥐불놀이할 깡통

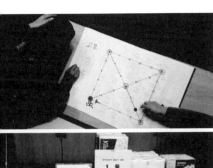

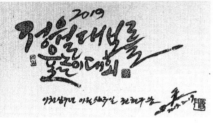

을 만들고 있으니 아내가 불호령을 내렸다. "이 사람아, 산골에서 불나면 우짤라고 이 난리고, 고마 하소." 옛날에는 밤새도록 쥐불놀이를 해도 괜찮았는데 요즘은 조그마한 불씨로도 산불이 날 수 있으니 세상이 바뀌고 자연환경도 많이 달라졌다.

낭만농부가 도시로 나가고부터는 이런 쥐불놀이를 할 터도 없고 그럴 여유도 없어서 정월대보름이라고 특별한 일은 없었다. 단지 아내가 그날만큼은 오곡밥과 몇 가지 나물로 아침상을 차렸다. 그리고 아이들과 낭만농부에게 부름을 주었고, 이날만큼은 귀밝이술이라고 해서 술을 한 잔씩 따라주었다. 부름을 깨어서 먹는 것은 치아를 튼튼하게 하고, 일 년간 부스럼이 나지 않게 해달라는 의미가 있다고 한다. 그리고 귀밝이술은 혈액순환이 잘 되어 눈과 귀를 밝게 해준다고 해서 먹었다고 한다. 아내가 정월대보름에 대해 설명을 해 주면서 주었지만 아이들은 아마 영문도 모르고 오곡밥을 먹고 부름을 깨고 귀밝이술을 마시지 않았나 싶다.

상사리에서도 세월이 흘러 옛날처럼 달집을 만들어 태우고 달을 보며 소원을 빌지는 않는다. 하지만 아직까지는 대보름의 풍습이 남아 있어 주민 전부가 모여 윷놀이도하고 지신밟기도 한다. 윷판을 놓으며 '이게 옳다, 저게 옳다.' 다투기도 하지만 모두 흥겨운 모습이라 보기가 좋다. 아쉽게도 올해 정월대보름에는 비가 와서 달을 볼 수가 없었다. 아직 소원을 빌 것이 남아 있는데 내년을 기약해야 할 것 같다.

우수 단상

어저께는 24절기 중 두 번째인 우수였다. 우수라는 말은 '눈이 녹아서 비가 된다'는 뜻이다. 이제는 추운 겨울이 끝나고 따뜻한 봄이 왔다는 말일 게다. 음력으로 정월은 계절상으로는 겨울에서 봄으로 가는 길목에 해당된다. 그래서 가끔은 꽃샘추위를 보이기도 한다. 하지만 우수와 경칩이 지나면 아무리 춥던 날씨도 봄기운이 돌고 만물이 싹을 틔우기 시작한다. 올해 우수에는 전국적으로 비가 내렸다. 겨울비인지 봄비인지는 모르겠지만 소리 없이 대지를 촉촉이 적셔주었다. 이제 내달 초면 개구리가 긴 겨울잠에서 깨어난다는 경칩이다. 이렇듯 계절은 어김없이 겨울에서 봄으로 가고, 여기저기서 벌써 생명이 기지개를 켜고 있다.

그런데 오늘은 아침부터 찬바람이 분다. 이런 걸 두고 흔히 '춘래불사춘'이라고 한다. 춘래불사춘은 중국의 4대 미인 중 하나인 왕소군의 이야기에서 나온 말이다. 중국의 4대 미인은 춘추전국시대의 서시, 삼국시대의 초선, 당나라의 양귀비와 더불어 한나라의 왕소군을 일컫는다.

왕소군은 중국 한나라 원제 때의 궁녀로 절세미인이었다. 원제는 궁녀들이 많아 후궁을 뽑을 때 화공 모연수가 그린 초상화를 보았다. 궁녀들은 후궁으로 뽑히기 위해 모연수에게 뇌물을 주어 잘 그려 달라고 부탁을 하였다. 그러나 왕소군은 뇌물을 주지 않았고, 모연수는 뇌물을 바치지 않은 왕소군을 못난이로 그렸다. 그렇기에 왕소군은 당연히 후궁으로 뽑히지 않았다. 그러던 중 원제는 흉노와 화해를 하기 위해 흉노왕 호한야에게 공주와 궁녀 중 한 사람을 시집보내기로 합의를 보았다. 그러고는 궁녀 중에 가장 못생긴 왕소군을 시집보내기로 결정하였다. 왕소군이 떠나는 날 처음으로 보게 되었는데 그녀의 얼굴이 화공이 그려 준 모습과 달리 절세미인이었다. 원제는 아쉬워하며 모연수를 죽여 버렸다. 왕소군이 눈물을 흘리며 말도 통하지 않는 흉노의 땅으로 떠나면서 지은 시의 첫 구절이 '춘래불사춘'이다. '봄은 봄이로되 봄이 아니구나!'라는 뜻인데 늘 새봄만 되면 사람들은 이 시구를 사용하기도 한다.

앞으로도 잠시 꽃샘추위가 몇 차례 더 있겠지만 이제 우수가 지났으니 봄은 한층 빨리 다가올 것 같다. 당나라 시인 두보는 '춘야희우'라는 시에서 '좋은 비는 시절을 안다(好雨知時節)'고 했다. 우수에 내린 비는 농부들에게는 풍년을 기약하는 반가운 비였을 것이다. 흉노왕에게 시집가는 왕소군을 생각하니 봄이 왔어도 봄을 못 느끼는 것은 마음이 아직 겨울이기 때문이었을 것 같다. 계절을 느끼는 모든 것은 사람의 마음에 달렸으니까. '세상만사 모든 일이 뜻대로야 되겠소만 그런 대로 한 세상 이러구러 살아가오.' 1980년대 인기그룹 송골매의 '세상만사'라는 노래가 생각나는 절기다.

자연의 선물, 고로쇠

죽장 상사리의 봄은 고로쇠나무에서부터 온다. 봄기운이 감돌기 시작하는 2월 즈음 산길을 산책하다 보면 새하얀 관을 길게 늘어뜨리고 있는 고로쇠나무를 심심찮게 만날 수 있다. 봄을 부르는 전령으로는 매화나 산수유 등의 꽃이 있지만 상사리에서는 고로쇠 수액을 채취하는 사람들이라고 볼 수 있다. 처음 상사리에 왔을 때 주민이 고로쇠 수액을 마셔 보라고 주었다. 그때에는 '맛있네.' 하면서 별 생각 없이 먹었는데 직접 채취를 하러 가보니 한 모금의 물이 쉽게 얻어지는 것이 아니었다. 자생하는 고로쇠나무는 마을 가까이에 있는 것이 아니라 산속 깊이 들어가서 있기에 들고 오는 것이 이만저만한 일이 아니었다. 그것도 대부분 비탈진 곳에 위치해 있어 뚫는 것도 힘들었다.

고로쇠 수액은 시골에 산다고 누구나 채취할 수는 없다. 먼저 해발이 높은 곳에서 고로쇠나무를 만날 수 있다. 또한 관습적으로 동네 사람들끼리 내려오는 저마다의 영역이 있기 때문이다. 낭만농부는 기존에 채취하는 사람이 몇 그루를 배려해 주었기 때문에 해마다 고로쇠 수액을 맛볼 수 있게 되었다.

고로쇠나무는 처음 보아서는 구별하기가 쉽지 않다. 단풍나무 과에 속하지만 단풍나무하고는 다르다. 쉽게 구별하는 방법은 단풍나무는 손

모양의 잎이 5~7개로 갈라져 있고 가장자리에 톱니가 있지만, 고로쇠나무는 5개로 갈라져 있고 톱니가 없다고 한다. 하지만 낭만농부는 아무리 보아도 헷갈린다.

고로쇠 수액을 처음 먹게 된 것은 고려시대 도선국사 때부터라고 한다. 스님이 오랫동안 좌선을 하다가 도를 깨우치고 일어나려는 순간 무릎이 펴지지 않았다. 그래서 엉겁결에 옆에 있던 나뭇가지를 잡고 일어서려다 가지가 찢어지고 말았다. 그런데 찢어진 나뭇가지에서 물방울이 맺혔다. 한 방울씩 떨어지는 물을 마시니 무릎이 쫙 펴졌다고 한다. 이후 이 물은 뼈를 이롭게 한다고 하여 골리수라고 하였다. 그리고 세월이 지나면서 고로쇠로 불리어졌다고 한다.

낭만농부는 새봄이 오면 매년 고로쇠 수액을 채취하러 산속으로 간다. 고로쇠나무는 산길을 한참 들어가서 비탈진 곳으로 힘들게 올라가야만 만날 수 있다. 구름이 끼거나 바람이 불면 수액이 잘 나오지 않는다. 그래서 가끔은 헛걸음을 할 때도 있다. 한 방울 한 방울이 수없이 모여야 한 잔의 물이 된다. 며칠 모아야 먹을 수 있기 때문에 더 귀한 물인 것 같다. 된장, 간장 등이 기다림의 음식이라면 고로쇠는 기다림의 음료이다. 수액은 마시면 달달하고 시원하며 몸에도 좋기 때문에 건강을 생각하는 사람들이 많이 찾는다. 사람은 공기와 물이 없으면 살아갈 수가 없다. 낭만농부는 많은 수고로움을 거쳐 얻어지는 고로쇠 수액이지만 매년 맛볼 수 있는 자연에 늘 감사한 마음을 가지고 있다. 오가향에서는 고로쇠 수액으로 된장, 간장도 담그고 있다. 기다림의 음식과 기다림의 음료가 만나면, 아마 기다림의 미학이 되지 않을까 싶어서이다.

영화관 나들이

오랜만에 시내에 있는 영화관에 가서 오늘 개봉하는 영화를 보았다. 개봉 영화를 보는 것은 참으로 오랜만인 것 같다. 설레기도 하고 신선함도 있다. 올해는 3.1 운동 100주년이 되는 해이기도 하고 상해임시정부 수립 100주년이 되는 해이기도 하다. 그래서 정부에서나 각 지방자치단체에서도 기념식 행사를 대대적으로 하고 있다. 보통 3.1절이 다가오면 매년 일제 강점기를 배경으로 하는 영화가 개봉되기도 한다. 올해에는 '항거, 유관순 이야기'와 '자전차왕 엄복동'이란 영화가 개봉되었다. 우리가 본 영화는 '자전차왕 엄복동'이었다. 예전에 개봉한 영화 '밀정', '동주', '암살' 등을 재미있게 보았기에 기대를 가지고 있었다.

영화는 1910년대를 배경으로 일제와 조선의 자전거 대결을 주요 소재로 삼았다. 엄복동은 자전거 밖에 모르는 순수한 조선 청년으로 자전거 대회에서 연거푸 우승하며 국민적 자긍심을 고취시키는 인물로 그려진다. 실제로 당시 영웅적 인물이기도 하다. 그러나 한편으로는 여러 번 자전거를 훔친 절도범이기도 하였다고 한다. 그런데 영화에서는 역사적인 사실과 다르게 묘사되었다. 독립운동과 무리하게 연결시켜 '국뽕'영화의 전형적인 모습을 보여주어 무척 실망스러웠다. 아무리 3.1절 특수를 노리고 개봉한 영화일지라도 무리하게 일본 만행을 드러내는데 초점이 맞추어진 것 같아 사실감이 많이 떨어졌다. 일본의 만행도 개연성 있는 스토리가 뒷받침되어야 관객으로부터 호응을 받을 수 있다. 역사를 잊은 민족에게는 미래가 없지만 그렇다고 역사를 왜곡해서도 안 되는 일이다.

자전거는 서민들과 밀접한 관련이 있는 물건이다. 1970년대 학교를 다닌 세대들은 보통 자전거를 타고 비포장도로를 달려 등하교를 했다. 그런데 낭만농부는 겁이 많아서 학교 다닐 때는 타지 못했다. 뒤늦게 시골에 와서 자전거를 배워 가끔 마실 나갈 때 타고 나가기도 한다. 영화는 억지로 독립운동과 연계하기보다는 엄복동의 자전거 사랑에 중점을 두고 전개 했으면 더 좋지 않았을까 생각한다.

솔직히 개봉 영화는 검증되지 않은 영화이기에 조금의 모험이 필요한 면이 있다. 오랜만에 아내와 영화관 나들이를 하였는데 아쉬움이 남았다. 그래도 모처럼 바깥에서 식사도 하고 여유롭고 한가하게 영화를 본 것으로 만족했다. 특히 아내가 시내에 나온 것만으로도 즐거웠다고 하니 그보다 더 좋을 수 없다. 요즘은 집에서도 영화를 볼 수 있지만 영화관에서 보아야만 감동과 스릴을 느낄 수 있는 부분도 무시할 수 없다. 바쁜 농사철이 아닐 때는 가끔 영화관 나들이를 해야겠다.

냉이 캐는 아지매

산등성이 넘어 오가향에 봄이 찾아왔다. 아직은 찬바람이 간간히 불어오지만 장아지매는 호미와 봉지를 들고 냉이를 찾아 들로 나간다. 봄바람 살랑이고 새들이 노래하는 들에 나와 자연의 소리를 들으며 냉이를 캐는 시간은 시골에서만 즐길 수 있는 소소한 행복이다. 냉이는 낭만농부에게 가장 먼저 봄을 알리는 전령사다. 질퍽해 있는 땅에 대충 보면 눈에 잘 띄지 않는다. 하지만 고개를 숙이고 가만가만 내려다보면 수줍게 고개를 뾰족이 내민 모습을 볼 수 있다. 검붉은 색을 띤 냉이는 양지

바른 곳에서 봄 처녀를 기다리며 옹기종기 모여 있다. 아내의 손에 들린 호미는 신들린 것처럼 냉이를 찾아 춤을 춘다. 봄 아지매가 봄바람을 친구 삼아 냉이를 캐는 모습은 봄 처녀 못지않게 아름답다.

불어오는 바람은 아직 차가워도 납작하게 깔린 냉이를 캐는 마음은 이미 훈풍을 타고 있다. 긴 겨울 그리웠던 흙냄새와 냉이 향에서 봄을 느낀다. 가져간 봉지가 금방 채워진다. 봄을 담은 냉이를 개울물에 가서 씻었다. 뿌리에 묻은 흙을 털어내고 여러 번 씻었다. 밭가에는 이미 봄이 왔지만 얼음이 녹아내리는 개울물은 아직 차서 손이 얼얼하다. 집으로 돌아와 다듬어서 다시 깨끗이 씻었다. 봄을 머금은 냉이에 콩가루를 묻히고 된장을 풀어 국을 끓였다. 나머지는 바삭바삭하게 기름에 튀겨서 봄을 맛보았다. 고소한 냉이 튀김은 풋풋한 향기와 쌉싸름한 맛에 고소함을 더하여 잃었던 입맛을 당기게 한다. 콩가루 사이로 파릇해진 냉이가 된장국의 풍미를 더한다.

봄이면 어느 집이나 한두 번은 냉이가 밥상에 올라온다. 따뜻한 봄바람 맞으며 직접 캐서 식탁에 올리는 냉이 반찬이 어느 진수성찬에 비할까. "봄 아지매, 제 오시네. 새 풀 옷을 입으셨네." 어느새 낭만농부의 마음은 봄의 한가운데에 서 있다.

추억의 음료, 감주

아내가 모처럼 감주를 만들었다. 갑자기 웬 감주냐고 하니 "아들이 좋아하는데 좀 해보려고."한다. 저온창고에 고추장을 담그고 남은 엿기름이 있었나보다. 감주는 고두밥과 엿기름 그리고 설탕만 있으면 할 수가 있다. 감주가 맛이 있으려면 엿기름이 좋아야 한다. 좋은 엿기름은 가루 속에 푸릇한 싹이 많이 보이는 것이다.

감주를 만들려면 먼저 그릇에 엿기름과 물을 부어 전분이 나올 때까지 조물조물 주물러 준 후에 체에 걸러 주면 된다. 그리고 1시간가량 전분이 가라앉도록 두었다가 윗물만 전기밥솥에 부어 고두밥을 잘 풀어 준다. 그런 다음에는 보온으로 설정하여 8시간 동안 삭혀 주면 된다. 쌀알이 동동 뜨면 거의 되었다는 뜻인데 밥이 잘 삭았는지 알아보려면 손가락으로 문질러 보면 된다. 덜 삭으면 미끈거리는 느낌이 있고 잘 삭은 것은 까슬까슬하다. 밥알이 잘 삭았으면 설탕을 취향대로 넣어 팔팔 끓이면 달콤한 감주가 완성된다. 따끈할 때 먹어도 좋고, 시원하게 먹어도 맛있다.

감주는 어릴 때 잔칫집에 가면 꼭 먹을 수 있는 음료였다. 잔칫집에서 먹었던 국수와 감주는 잊을 수 없는 추억의 음식인데, 특히 가마솥에서 만든 그때의 감주는 노랗다 못해 붉은 빛이 돌았다. 그 달콤하고 구수한 맛이 참 좋았다. 옛날에는 지금처럼 음료수가 대중화 되어 있지 않아, 명절이나 잔칫날에 감주를 많이 만들었다. 갑자기 기름진 음식을 먹으면 위에 부담이 가기 때문에 소화를 도와주는 감주를 했던 것 같다. 또한 술에 취하는 것을 경계하기 위해 술에 취하지 않으면서 술 마시는 기분을 내라고 했다는 이야기도 있다. 감주는 단술이라고도 하고 식혜라고도 하여 헷갈리지만 크게 보아서는 같은 뜻이다.

우리가 옛날 음식을 해 먹는 것은 그 시절의 추억이 있기 때문이다.

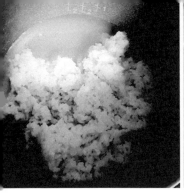  

아내가 음식을 장만하려면 힘들기도 하겠지만 그 음식을 좋아하는 가족을 위해서라면 가끔은 즐거운 마음으로 해도 되지 않을까 싶다. 아무리 맛난 음료가 넘쳐나도 어릴 적 추운 겨울에 살짝 살얼음이 낀 감주를 후루룩 마셨던 달콤한 그 기억은 넘볼 수 없다.

매화 향기에 취하다

봄이 되면 산과 들에는 꽃이 피기 시작한다. 농촌에서 일 년을 지내다 보면 사계절의 변화를 뚜렷하게 느낄 수 있는데, 이런 변화를 몸과 마음으로 느낄 수 있어서 행복하고 신난다. 낭만농부는 계절 중에서 겨울에서 봄으로 넘어가는 이 시기가 가장 좋다. 오가향에서 가장 먼저 봄이 왔음을 전해주는 꽃이 매화꽃이다. 매화는 난초, 국화, 대나무와 더불어 사군자로 많이 알려져 있다. 그래서 옛날 선비들의 글이나 그림에는 빠지지 않는 꽃이다. 왜 선비들은 매화를 그렇게 좋아했을까. 그것은 아마 매화나무가 얼어붙은 땅속에 뿌리를 뻗고 눈 속에서도 맑은 향기를 뿜어내기 때문일 것이다. 옛날 선비들은 대부분 가난하였다. '매화는 가난하여도 일생동안 그 향기를 돈과 바꾸지 않는다.'는 말처럼 진정한 선비는 불의에 굴하지 않는다는 신념이 컸던 모양이다. 매화꽃은 눈보라 속에서도 고고하게 피어나 그 고결한 기품을 유지한다. 그래서 소나무, 대나무와 더불어 세한삼우로 불리며 선비들의 사랑을 받아 왔다. 그래서 낭만농부도 꽃도 보고 매실차도 해 먹을 겸 '생명들'이라고 이름 지은 곳에 가로수로 십여 그루를 심었다.

오가향은 추운 곳이라 다른 지역보다 모든 꽃이 조금씩 늦게 핀다. 매화도 늦게 꽃망울을 터뜨리는데, 올해는 예년보다 빨리 봄이 찾아왔는지 볕바른 나무에서는 하얀 꽃을 활짝 피웠다. 매화는 다섯 장의 순결한 백색 꽃잎을 가진 아름다운 꽃이다. 하지만 꽃자루가 없고 잔가지에 바로 달려 있어서 꽃을 오래 볼 수 없다. 그래서인지 잠시 머무르는 꽃을 찾아온 벌들의 날갯짓이 분주하다. 쉬이 가는 아쉬움에 옛 선비들은 매화나무를 분재로 만들어 서재에 두고 매일 보며 즐겼다고 한다. 오죽 좋아했으면 퇴계 이황 선생의 마지막 말이 '매화나무에 물을 주라'는 것이었겠는가. 매화는 줄기가 구불구불 틀리고 가지가 성글고 야윈 것, 늙은 가지가 괴기하게 생긴 것을 진품으로 간주 했다고 한다. 오가향에 심겨져 있는 매화나무가 진품이 되려면 오랜 마음 수양이 있어야 할 것 같다.

매화나무에 꽃망울을 터뜨리는 것을 보니 다산 정약용 선생의 '죽란시사'란 시모임이 생각난다. 정약용 선생은 친구들과 봄에는 매화가 꽃망울 터뜨릴 때 한 번 모이고. 살구꽃이 필 때 또 모이고. 복숭아꽃이 막 피면 또 모였다. 그리고 참외가 익을 무렵에 여름을 즐기기 위해 모였다. 날씨가 서늘해지는 가을에는 연꽃 구경을 하기 위해 모였고, 또 국화가 서리를 먹고 그윽한 향기를 피울 때 또 한 번 모였다. 그러다가 큰 눈이 내

리는 겨울날에도 또 모였다고 한다. 이렇게 일 년에 일곱 번을 모여 술을 마시고 붓과 벼루로 시를 지으며 우정을 쌓았다고 한다. 정말 여유롭고 멋진 삶인 것 같다. 낭만농부는 먹고 살기 바쁘다는 핑계로 이런 시간들을 만들지 못했다. 이제 와서 후회해도 소용없으니 지금부터라도 바쁜 일손을 잠시 내려 놓고, 친구들을 만나서 술잔도 기울이고 아내와는 특별한 시간도 가지며 살아야겠다. 살면 얼마를 산다고 돈만 쫓아가야겠는가.

새로운 도전

세상을 살아간다는 것은 늘 새로운 도전의 연속인 것 같다. 얼마 전에 사과농사를 해 보지 않겠냐는 이웃 사람의 이야기에 얼떨결에 사과밭 조성을 갑자기 하게 되었다. 사실 귀농하여 여러 작물을 해 보았지만 힘들게 일한 만큼 수익을 올리는 작물이 없었다. 지금 생각해보니 아로니아 농사로 낙심하던 시기였기에 겁도 없이 사과농사를 해보기로 한 것 같다. 죽장지역은 일교차와 연교차가 커서 사과 재배를 하기에 좋은 기후 조건을 가지고 있다. 그래서인지 맛도 좋아 대부분의 농가에서는 사과를 주 작목으로 하고 있다. 그나마 다른 작물에 비해 여러 가지로 여건이 좋은 편이라 작은 평수지만 해보기로 하였다.

네덜란드의 철학자 스피노자는 "내일 지구가 멸망해도 나는 오늘 한 그루의 사과나무를 심겠다."고 했다. 나라고 못할 것 있겠는가. 그런데 실제로 사과나무를 심으려고 하니 심기 전에 해야 할 일이 너무나 많았다. 먼저 배수가 잘 되게 유공관 설치작업을 해야 하고, 쇠파이프로 지주를 세우고 기둥이 넘어지지 않게 와이어로 고정도 해 주어야 하였다. 그리고 나무 위로 물을 줄 수 있는 관수시설도 하였다. 또한 좋은 묘목을 구하기 위해 저녁과 새벽에 돌아다녔다. 다행히 이웃이 모두 같이 해 주고 챙겨 주어서 사과나무를 무사히 심을 수 있게 되었다. 이 모든 과정 하나하나가 쉽지 않았다. 이렇게 힘든 과정을 거쳐야만 사과농사를 지을 수 있는 줄을 예전에는 몰랐다. 그저 땅에 나무만 꽂으면 되는 줄 알았다. 사과농사 짓는 분들이 참으로 존경스러울 뿐이다.

낭만농부와 장아지매는 3일에 걸쳐 사과나무를 심었다. 처음 하는 일이라 시행착오도 있었고, 실수하지 않으려고 원칙대로 꼼꼼하게 하려고 했다. 그래서인지 많은 시간이 걸렸고 힘도 들었다. 앞으로는 돌도 주워 내야 하고 가지 유인과 전지도 해야 한다. 열심히 배우면서 해야 할 일들이다. 아무것도 모르고 시작한 일이기에 조금은 두렵기도 하고 설레기도 한다. 사과나무가 우리 밭에 서기까지 그동안 고되고 힘들었지만 사과가 주렁주렁 열릴 것을 상상하며 낭만농부와 장아지매는 최선을 다하였다. 앞으로도 큰 난관이 닥쳐오겠지만 과감히 부딪치며 자신감을 가지고 할 것이다. 아름다운 미래는 꿈꾸는 자의 것이니까.

추억의 디딜방아

　지난달에 오가향 한 쪽에 모셔둔 디딜방아가 자꾸만 눈에 들어온다. 오랜 세월의 흔적이 지저분하게 쌓여 깨끗하게 다듬어야겠다는 생각을 했지만 마음 같이 시간이 나지 않았다. 오늘에야 나무 깎는 기계를 손에 들었다. 회색빛으로 바래 버린 겉 부분을 살살 벗겨 내니, 그런대로 보아줄 만하다. 세월의 흔적을 그대로 두는 것도 의미가 있겠지만 박물관에 전시할 것이 아니기 때문에 고민 끝에 다듬기로 한 것이다.

　디딜방아는 발로 디뎌서 곡식을 찧는 기구였다. 곡물을 주식으로 하는 우리 민족에게는 연자방아와 절구 같은 기구와 함께 필수적으로 있어야 했다. 그래서 1960년대만 해도 시골 마을에는 한두 개의 디딜방아가 있었다. 디딜방아가 있는 집은 그래도 마을에서 밥술이나 먹는 집이었다. '디딜방앗간'이란 별도의 공간이 있어야 할 만큼 제법 큰 시설이 필요했기에 부잣집이 아니면 둘 수가 없었다. 낭만농부가 어릴 적 곡식을 빻는 것을 본 것은 작은집에서였다. 아마 작은집이 우리집보다 조금 더 잘 살았던 것 같다.

디딜방아로 곡식을 찧으려면 세 명의 사람이 필요했다. 방아다리 양쪽에 한 명씩 서서 천정에 매달린 줄을 잡아 몸의 균형을 유지해가며, 한쪽 발로 눌렀다가 놓고를 반복하였다. 그리고 방앗공이 옆에는 한 명이 쪼그리고 앉아 있었다. 움푹 파인 방아확 속의 곡식이 잘 빻아지도록 방앗공이가 올라갔을 때 곡물을 재빠르게 손으로 고루 저어주는 일을 하기 위해서였다. 그리고 방아확 밖으로 튄 곡식은 몽당빗자루로 쓸어 담았다. 이 같은 작업을 반복하다보면 알곡의 모습이 서서히 드러나기 시작했다. 디딜방아 찧는 일은 작업하는 사람끼리의 협동이 무엇보다도 중요하였다. 옛날에는 함께 하는 일들이 많아서 이웃 간에 정이 많았던 것 같기도 하다. '쿵덕쿵덕' 소리를 내며 쌀을 찧는 것은 물론이고 콩, 고추, 깨 같은 것도 빻았다. 추억의 디딜방아는 정미소라는 기계식 방앗간이 생겨나면서 경쟁력이 떨어졌다. 언제부터인가 사라져 버리고 이웃 간의 왕래도 뜸해지게 되었다. 생각해보면 길지도 않는 세월인데 살아가는 방식이 참 많이도 변했다.

지금 낭만농부가 다듬고 있는 디딜방아의 역사를 생각해본다. 누군가 디딜방아가 필요해 산에서 나무를 베어 왔을 것이다. 그리고 나무를 다듬어 방앗공이를 넣을 구멍을 뚫고, 방아 받침대도 정성을 들여 만들었을 것이다. 디딜방아를 만들었던 날에 어느 촌부는 그동안의 수고로움과 곡식을 찧을 생각에 잠을 이루지 못했을 것이다. 그리고 집안과 그 주변 이웃의 방아를 찧는다고 밤낮을 가리지 않고 쉼 없이 쿵덕거렸을 것이다. 세월이 흘러 그 속에 무수한 여인들의 애환과 눈물, 수많은 이야기를 담은 채 기계식 방아에게 밀려났을 것이다. 그리고 낡은 창고에서 잊혀졌을 것이다. 쓸모없게 된 디딜방아가 오가향에 자리잡은 것은 큰 행운이다. 물 따라 흘러가는 것이 세월이고, 바람처럼 지나가는 것이 청춘이라고 한다. 세월이 쏜살같이 흘러가는 것은 누구도 막을 수 없다. 사람이 바뀌고 삶의 방식이 바뀌어도, 봄은 매년 어김없이 꽃냄새를 몰고 온다. 꽃향기 그윽한 봄밤에 '쿵덕쿵덕' 디딜방아 소리 아련하게 들리는 듯하다.

소여물통에 마음을 빼앗기다

언제부터인가 어릴 때 우리들이 사용했던 생활용품들이 주변에서 사라지기 시작했다. 그중에는 소여물통도 있다. 다른 이름으로는 구유라고 하는데 우리는 주로 여물통이라고 했다. 시골에서 자라 그런지 왠지 정감이 가고, 아련한 추억도 떠오르게 하는 물건이다. 얼마 전에 오가향에 온 여물통을 깨끗하게 손질하였다. 우선 밖에 있는 부분만 다듬었는데, 오랜 세월이 흘러서인지 먼지가 이만저만이 아니다. 날리는 먼지를 모두 뒤집어쓰면서 팔이 아프도록 야무지게 다듬었다. 거칠고 투박했던 표면이 깨끗해진 느낌이 들지만, 처음 혼을 다하여 만드셨던 분의 정성을 깎아낸 것 같아 괜히 마음이 쓰이기도 한다.

소여물통을 다듬다 보니 어릴 적 고향에서의 추억이 떠오른다. 소는 옛날부터 사람과 함께 사는 동물이었다. 낭만농부가 자라던 1970년대만 해도 한 집에 소 한 마리씩은 대부분 길렀다. 그리고 농가의 반 살림이라고 할 정도로 소중하게 여겼다. 사람을 대신하여 논과 밭을 갈고 짐까지 운반해 주었으니 얼마나 든든하였겠는가. 경운기는커녕 리어카도 없었던 시절에 농촌에서는 일 잘하는 소 한마리가 커다란 몫을 하였다. 그뿐만 아니라, 송아지라도 낳으면 자식들 학교도 보내고 그 시절 유행하던 흑백텔레비전도 살 수 있었다. 이렇게 소중한 가축이었기에 소를 먹이는 일은 큰 일 중 하나가 되었다. 사람이 음식을 먹을 때 식기가 필요하듯이 소를 기르려면 꼭 여물통이 있어야 했다. 보통 아름드리 소나무를 베어와 톱, 도끼, 자귀를 사용하여 여러 날을 파내었다. 그렇게 큰 나무를 구하는 것도 쉽지 않았겠지만 통나무를 파내는 일은 더 힘이 들었을 것이다.

낭만농부의 집에서도 소를 키웠는데, 보통 때는 한 마리였고 송아지를 낳으면 두 마리가 되었다. 여름방학이면 앞산으로 소 풀을 먹이러 가는 것이 동네 아이들의 일이었다. 그리고 일요일에는 아침 일찍 풀을 베어 와야 했고, 여물로 쓸 볏짚을 작두로 썰어야 했다. 낭만농부는 시골에서 자랐지만 부모님이 농사일은 시키지 않아 많이 하지 않았다. 밤늦게 밭에서 돌아오시는 부모님께 죄송하여 소죽을 끓여 놓곤 하였다. 가마솥에 썰어 놓은 볏짚과 콩을 수확하고 남은 콩깍지를 넣고 등겨도 한 바가지 부어 불을 지폈다. 가마솥이 눈물을 흘리면 뚜껑을 열어 기역자처럼 생긴 소죽 갈쿠리로 뒤집었다. 그러면 여물 냄새가 폴폴 나는 김이 올라왔다. 한 번 더 불을 지펴주면 푹 익었다. 구수한 소죽을 바가지로 퍼서 여물통에 한가득 담아 주면 처음에는 조금씩 입맛을 보다가 나중에는 덥석덥석 먹었다. 그런 소의 모습이 지금도 눈에 선하다. 그때에는 소가 얼마나 소중했던지 소죽을 먼저 주고 나서야 사람들이 식사를 하였다.

요즘에는 영양가 높은 사료로 소먹이를 주니 풀을 베러 가는 사람도, 소죽을 끓이는 풍경도 찾아보기 힘들다. 그러니 옛날의 소여물통도 귀한 시대에 살고 있는 것이다. 손질한 여물통을 낭만농부의 추억과 함께 집 앞에 놓으니 운치가 남다르게 다가온다. 만든 이의 피와 땀, 그리고 소죽을 먹으며 행복해 하였을 수많은 소들을 추억해 본다.

자연의 선물, 두릅

처음 시골에 왔을 때 이웃에 사는 어르신이 산벚꽃이 피면 두릅이 핀다고 했다. 절기상으로 곡우가 지나니 앞산에는 연둣빛 나뭇잎 사이로 산벚꽃이 꽃대궐을 만들어 놓았다. 아침을 먹고 작은 자루 하나를 들고 집을 나섰다. 봄이면 낭만농부와 장아지매는 자연이 주는 선물인 두릅을 따러 산에 간다. 따사로운 햇살, 살랑거리는 바람과 함께 이런저런 이야기를 하며 천천히 산에 올랐다. 조금 가니 가시나무 끝에 햇불을 치켜든 것처럼 뾰족하게 나온 것들이 군데군데 보인다. 외줄기 나무 끝에 연한 새순이 돋는 것이 신기하다. 두릅은 간벌한 산에 많이 자생하는데 숲이 우거지면 찾기가 쉽지 않다. 그리고 찾는다 해도 높아서 따기가 힘들다. 어떤 놈은 키가 3미터를 넘어 낫으로 당겨서 따지 않으면 안 된다. 두릅나무는 가시를 품고 자란다. 자신을 지키려고 온 몸에 잔가시를 촘촘히 박아 놓았다. 특히 새로 나온 나무는 가시가 더 사납다. 쉽게 생각하고 따다가는 찔려 뜨거운 맛을 보아야 한다. 많이 있는 군락을 발견하면 기분이 좋은 나머지 정신없이 딴다고 손을 찔리기도 한다. 이렇게 힘들게 딸 때는 다시는 오지 않아야겠다는 생각을 하기도 한다. 하지만 통통한 첫 순을 딸 때의 손맛을 잊을 수가 없어 매년 이맘때가 되면 산으로 가게 된다. 그리고 연한 두릅을 데쳐 먹으면 그 맛이 일품이다. 아삭아삭 향긋한 봄 냄새 가득한 두릅이 밥상에 올라오면 나도 모르게 자꾸만 손이 가게 된다. 이런 귀한 자연산 두릅을 자연과 더불어 살아가는 산골이 아니면 어디서 맛보겠는가.

이맘때 나오는 두릅은 나른한 봄날에 우리 몸에 활력을 넣어 줄 뿐만 아니라 피로를 풀어 주며 또한 춘곤증에 아주 좋은 최고의 산나물이다. 그리고 옛날부터 '산채의 제왕'이라고 불릴 만큼 산나물 중에는 최고로 알아준다. 봄이 되면 부지런히 발품만 팔아도 먹을 만큼의 두릅을 채취할 수가 있다. 이런 것이 산골에 사는 쏠쏠한 재미이다. 모처럼 여유로운 마음에 편안하고 자유롭게 산을 헤집고 돌아다녔다. 인생살이가 아무리 힘들어도 모진 바람 이겨내고 단단한 목질을 밀고 올라오는 두릅처럼 희망을 안고 오늘도 묵묵히 살아간다.

고향의 봄

봄비가 촉촉이 대지를 적신다. 활짝 핀 복사꽃과 살구꽃이 떨어질까 걱정이 된다. 복숭아꽃과 살구꽃이 필 때면 '고향의 봄' 노래가 생각이 난다.

나의 살던 고향은 꽃 피는 산골
복숭아꽃 살구꽃 아기진달래

울긋불긋 꽃대궐 차린 동네
그 속에서 놀던 때가 그립습니다

　노래만 떠올려도 마음은 벌써 고향집 문 앞에 가있는 듯하다. 봄은 꽃으로 시작해서 꽃으로 끝난다 해도 과언이 아니다. 그렇다고 해서 다 같은 꽃은 아니다. 저마다의 특징과 의미를 가지고 있다. 봄에 가장 먼저 피는 매화는 맏형으로 추앙을 받는다. 그리고 가장 늦게 꽃을 피우는 대추나무는 양반나무라는 별명을 가지고 있다. 매화 다음으로 봄에 일찍 꽃을 피우는 목련, 개나리, 황매화는 저마다 봄소식을 알리는 꽃이라고 자처해서 영춘화라고 불린다.

　복숭아꽃과 살구꽃은 조선 전기에 봄을 노래한 우리나라 최초의 가사인 정극인의 상춘곡에 나온다. '도화행화'라는 말로 봄이 왔음을 알려주는 꽃이라는 뜻이다. 오가향 밭 가장자리에 몇 년 전 심어 놓은 복숭아나무가 꽃망울을 터뜨리고 부드러운 분홍 빛깔을 뽐내고 있다. 그 옆을 지나면 은은한 향기까지 내뿜어준다. 복숭아꽃은 우리 선조들이 가장 좋아했던 꽃 중의 하나다. 복숭아나무는 유실수이기 때문에 살구꽃과 함께 집 주위에 많이 심었다. 그래서 '고향의 봄' 노래에도 등장하게 된 것 같고, 다른 꽃에 비해 더 친근감 있게 다가온다. 그런데 복숭아꽃은 너무 화려한 색채와 은은한 향기가 있어 과년한 딸이나 갓 시집온 며느리의 마음을 흔들어 놓는다고 해서 집 울타리 안에는 심지 않았다고 한다. 복숭아꽃은 복사꽃이라고 하는데, 연분홍빛의 꽃이 피면 농부는 밭에 씨앗을 심어야 할 때라고 한다. 아내도 땡땡이치는 낭만농부 때문에 감자와 강낭콩을 혼자서 부지런히 심어야 했다.

복사꽃이 피면 살구꽃도 이에 뒤질세라 따라 핀다. 살구꽃은 매화꽃과 비슷하지만 매화꽃은 드문드문 피고, 살구꽃은 다닥다닥 모여서 피는 것을 보고 구분한다. 작년까지는 살구나무를 심어 놓은 지 오래되었지만 열매를 맺지 못했는데, 올해에는 맛있는 살구가 얼마나 열리려고 아름다운 꽃을 서로 앞다투어 피우는지 모르겠다. 살구꽃이 필 때면 돌아온다던 순이는 어디서 무얼 하는지 아직도 소식이 없다. 낭만농부와 장아지매가 기다리는 무지갯빛 파랑새도 오지 않는다. 꽃이라도 피고 지고 하니 그나마 위안거리가 되는 것 같다. 누구나 꽃 피는 봄이 되면 마음이 흔들리기도 한다. 꽃 중에서 예쁘지 않은 꽃이 어디 있으랴마는 분홍색의 고운 복사꽃도 참 곱다. 언제나 엷은 미소를 머금은 듯 방긋 웃는 복사꽃의 꽃말은 '사랑의 노예'라고 한다. 이 봄이 다 가기 전, 연분홍 복사꽃에 한 번쯤 흔들려도 괜찮지 않을까 싶다.

콩밭 만들기

오늘은 눈부신 봄 햇살과 달콤한 봄바람이 불어와 일하기 딱 좋은 날이다. 올해 콩을 심을 밭을 만들어야 하는데 날을 잡다가 오늘에야 하게 되었다. 날씨가 너무 좋다. 콩과 고추 등 우리의 밭농사는 밭을 갈고 비

닐 멀칭을 하는 것부터 시작된다. 이 일이 한 해 농사 중에 제일 중요하고 힘이 든다. 밭을 갈고 비닐로 멀칭을 하는 것은 병해충을 예방하는 것도 있고, 비닐 안에 적당한 습기를 모아두기 위한 것도 있다. 상사리에는 콩을 6월 초에 심지만 5월에는 대체로 가물기 때문에 미리 비닐을 덮어 놓지 않으면 낭패를 보기 쉽다. 얼마 전에 비도 내려서 작업하기 딱 좋은 때다.

　낭만농부가 처음 농사를 지을 때는 삽으로 이랑을 만들고 비닐을 일일이 덮었다. 아내는 힘들게 일하는 모습이 안쓰러웠는지 관리기를 구입하자고 하였다. 기계에는 워낙 두려움이 많아 힘은 들지만 손으로 하는 것이 마음은 편했다. 그래서 차일피일 미루다가 몇 해 전에야 구입을 하여 사용하게 되었다. 그런데 매년 이맘때가 되면 걱정이 앞선다. 관리기는 초보를 알아보는지 말을 잘 듣지 않는다. 힘은 잔뜩 들어가지만 두둑이 삐뚤삐뚤해지고 고랑 간격은 제멋대로가 된다. 손으로 할 때보다 힘이 더 드는 것 같고 작업도 뜻대로 되지 않는다. 그것보다 더 큰 문제는 관리기가 항상 말썽을 일으켜 마음고생을 시킨다. 올해는 어떨지 걱정부터 앞선다.

비닐 멀칭 하기 전에 로터리 작업을 해야 한다. 미리 트랙터를 가진 동네 어른께 오늘 해 달라고 부탁을 드려 놓았더니 아침에 깨끗하게 갈아놓았다. 풀로 가득했던 밭이 마치 폭신폭신한 카스텔라 같았다. 이제는 낭만농부가 관리기로 비닐 멀칭 작업을 해야 한다. 그런데 아니나다를까 관리기 시동이 걸리지 않는다. 며칠 전에 사전 점검을 해 놓았는데 시동이 안 걸리니 낭패가 아닐 수 없다. 고민하고 있을 때 양봉하는 이웃이 찾아와 같이 차를 한 잔 마셨다. 시간이 좀 흐르고 나서 다시 시동을 걸어보았는데 경쾌한 소리가 났다. 기계가 고장이 난 것이 아니라 조작 방법이 틀린 것이었다. 막힐 때에는 쉬어 가는 여유로움이 도움이 될 때도 있다.

관리기는 두둑을 만들고 비닐 멀칭을 쉽게 할 수 있지만 기계 조작이 서툰 낭만농부가 능숙하게 사용하려면 몇 년은 더 걸려야 할 것 같다. 일 년에 한 번 사용하는 게 전부이니 아직도 어설프고 낯설다. 언제쯤 베테랑 농사꾼이 되려는지……. 아직도 갈 길이 멀다.

시동도 걸렸으니 이제는 작업만 하면 된다. 아내가 비닐이 당겨가지 않게 흙을 올리면 낭만농부는 관리기를 운전한다. 관리기는 부지런히 흙을 모아서 자동으로 비닐을 덮어 준다. 아내는 홉바를 들고 뒤따라오며 군데군데 잘 덮이지 않는 비닐에 흙을 올려준다. 끝이 보이지 않던 밭도 한 골 한 골 반듯하게 덮여져 간다. 관리기 다루는 것이 익숙하지 않았지만 순조롭게 진행이 되어 언제 다 하나 싶던 일을 해질 무렵에 끝마칠 수 있었다. 골의 모양이 재작년보다는 작년에, 작년보다는 올해 조금씩 나아진 것 같다. 서당개 삼 년이면 풍월을 읊는다고 하듯이 점차 숙달이 되나보다.

농사는 몸으로 부딪치며 해야 하기에 힘이 든다. 고생스럽기는 해도 깔끔하게 정리된 밭을 보니 기분이 좋다. 고된 하루였지만 우리 부부가 직접 농사를 지어 된장, 고추장, 청국장을 만든다는 신념이 있기에 보람

된 하루였다. 오늘도 낭만농부와 장아지매는 깜깜한 밤하늘에 반짝이는 별을 보며 희망을 이야기한다.

아카시아꿀 따기

아카시아꽃이 은은하게 향기를 내뿜는 5월은 양봉하는 사람들이 기다리는 달이다. 상사리에는 아직 아카시아꽃 소식이 없지만 따뜻한 지역에서는 꽃이 만발하여 벌들이 부지런히 꿀을 따기 시작했다. 양봉하는 사람들은 그곳으로 이동하여 바쁘게 움직이고 있다. 상사리에서 양봉을 하는 이웃도 울진에 가서 양봉장을 설치하였다. 그리고 낭만농부에게 벌꿀을 채밀하는 작업을 도와 달라고 하여 다녀왔다.

얼마 전에 상사리에서 벚꽃꿀과 사과꿀 채밀하는 것을 도와주었는데 울진 현지에서 일하는 사람을 구하지 못했나 보다. 벌꿀을 채밀하려면 최소한 4명은 있어야 원활한 작업을 할 수가 있다. 벌집을 꺼내고 채밀한 벌집을 넣는 사람과 탈봉기에 벌을 털어서 리어카로 옮기는 사람, 그리고 밀도 작업하는 사람과 채밀기를 돌리는 사람이 필요하다.

꿀 뜨는 작업은 주로 해뜨기 전에 해야 하기 때문에 낭만농부는 새벽 2시에 출발하여 울진으로 향했다. 아무도 다니지 않는 도로, 오직 별들만 춤을 추는 밤하늘을 보며 2시간여를 달려 이동 양봉장에 도착했다. 깜깜한 어둠속이지만 신선한 아카시아 향기가 진동을 한다. 채밀기를 내리고 꿀 뜨는 준비를 하는 중에 어둠이 걷히고 낮은 산 주변에 아카시아꽃이 눈송이처럼 주렁주렁 달려 있는 모습이 눈에 들어온다. 낭만농부의 가슴도 이렇게 설레는데 양봉하는 사람은 얼마나 두근거릴까. 기다리고 기다리던 꽃이 피고 애지중지 키운 벌들이 일을 시작한다. 이번엔 얼마나 많은 꿀이 들어왔을까. 먼저 작업 전에 방충옷을 챙겨 입고 벌들이 침투하지 못하게 완전무장을 하였다. 채밀하는 동안은 간식은커녕 물도 마시지 못한다. 더더구나 휴식은 마음대로 가질 수 없다. 방충옷을 벗는 순간 벌들이 달려들 수가 있고, 채밀하는 시간을 줄이는 것이 무엇보다 중요하기 때문이다.

주인장이 훈연기로 연기를 뿜으면서 시작된 채밀 작업은 순조롭게 이루어졌다. 단상과 2층계상이 각각 90통인 벌집을 모두 빼고, 빈 벌집을 다시 넣어주는 일은 시간도 필요하고 힘도 드는 작업이다. 무엇보다도 같이 하는 사람끼리 손발이 맞지 않으면 더 힘들고 시간도 많이 걸린다. 주인장이 벌통을 열어 벌을 털어서 낭만농부에게 주면, 낭만농부는 탈봉기에 넣어 다시 벌을 털어내고 리어카에 실어 장아지매에게 준다. 그러면 장아지매는 작은 빗자루로 남은 벌을 털어내고 채밀기에 넣어 빙빙 돌린다. 향긋한 꿀은 벽면을 타고 흘러내려 통에 담긴다. 안주인은 펄펄 끓는 뜨거운 물에 담긴 밀도로 벌집에 덮여진 뚜껑을 아주 얇게 벗겨 내거나 왕대나 수벌 집을 제거해준다. 그러면 낭만농부는 빈 벌집을 리어카로 옮겨 주인장에게 주고, 주인장은 벌통에 다시 넣어주는 반복된 작업이다.

탈봉기는 쉴 새 없이 벌을 털어내고 리어카가 왔다갔다한다. 묵직한 벌집을 채밀기에 넣으면 달콤한 꿀이 줄줄 흘러내린다. 밀도로 정리된 빈 벌집은 다시 벌통으로 들어가서 벌들이 일할 수 있게 해준다. 네 명이 바쁘게 움직이다 보니 어느새 해는 중천에 떠오르고 벌들이 자유로이 비행을 하며 낭만농부에게도 달려든다. 기세가 사나운 벌들을 볼 때면 겁도 났지만 몇 방 쏘이기도 하고 벌과 함께 하는 시간이 늘어나다보니 대수롭지 않게 느껴졌다. 다행히 손발이 잘 맞았는지 오후 2시쯤 작업을 끝마칠 수 있었다.

눈을 돌릴 여유도 없었는데 작업을 마친 후에 주변을 둘러보니 산허리로 아카시아꽃이 흐드러지게 피어 있다. 눈이 부시게 새하얀 꽃 세상이다. 달콤한 향기가 콧속으로 밀려들어 깊게 들이마시니 그동안의 피로가 싹 가신다. 그리고 부드럽고 평화로운 기운이 가슴속에 가득 차인다.

옹이로 만든 새

얼마 전에 오가향을 방문한 손님이 소나무 옹이로 만든 새를 부자가 되라고 하며 주고 갔다. 옹이는 나무의 잔가지가 부러진 자리에 상처가 아물면서 굳은살처럼 남은 것이다. 그 상처가 얼마나 깊었으면 도끼로도 잘 쪼개지지 않을 정도로 단단할까. 나무든 사람이든 상처를 받게 되면 그만큼 옹어리가 깊다는 이야기일 것이다.

이런 소나무 옹이에 새로운 생명을 불어넣은 것이 옹이새이다. 잘 다듬은 가지는 머리와 꼬리가 되었고, 거친 질감이 살아 있는 옹이는 몸통이 되어 있다. 숲속에서는 쓸모없는 혹이었지만 참새, 종달새, 오리 등의 각종 새로 다시 태어나서 고운 자태를 뽐내고 있다. 뾰족한 부리, 기다란 목선, 힘이 넘쳐나는 꼬리를 보면 마치 금방이라도 푸드덕 날아오를 것 같다. 누구든 긴 인생을 살다 보면 소나무 옹이 같은 상처를 안고 있다. 어떤 사람들은 옹이를 달고 사는 소나무처럼 평생 혹을 붙여 사는 경우도 있고, 상처받은 아픔을 극복하고 새로운 희망을 가지고 살아가는 이들도 있다. 옹이새를 만든 분은 아마 옹이를 깎고 다듬으며 상처를 이겨내고 자유롭게 비행하는 새가 되는 꿈을 꾸었을 것 같다. 낭만농부는 오가향에 오시는 분들이 상처를 치유하고 하늘을 자유롭게 나는 새들처럼 희망을 가졌으면 하는 바람을 가지고 테라스 난간에 올려놓았다.

파고라의 등나무

몇 년 전, '향원'이라 이름 붙인 정원에 어렵게 파고라를 만들었다. 그리고 그늘을 만들 방법을 고민하였다. 먼저 등나무를 생각했다. 등나무는 줄기를 꼬면서 올라가 집안일도 꼬인다는 속설이 있다. 그래서 집에 심지 않는다고 한다. 그 다음에 생각한 것이 포도, 머루, 다래 같은 유실수였다. 그런데 유실수는 혹시나 벌레들이 생길 것이 염려되기도 하였다. 고민하다가 속설보다는 현실적인 것을 택하기로 하고 등나무를 심기로 결정하였다. 그리고 굵고 튼실한 등나무 두 그루를 묘목상에서 비싼 가격을 주고 사서 정성스럽게 심었다. 그런데 봄이 지나고 여름이 지나도 싹이 나오지 않았다. 마른 묘목을 판 것이었다. 할 수 없이 평소 용등밭에 오르내리며 보았던 교회 앞쪽의 작은 등나무 뿌리를 캐어 심어

놓았다. 올해는 이 녀석들이 무럭무럭 자라 파고라 꼭대기까지 타고 올라갔다. 제법 그늘을 만들려고 하고 있어 기특하고 감사한 마음뿐이다.

그런데 옛 선비들은 등나무를 별로 좋아하지 않았다고 한다. 등나무는 칡과 같이 다른 나무에 의지해서 타고 올라가는 특성이 있는데 이런 모습은 소인배나 할 짓이라 보았기 때문이다. 등나무덩굴은 오른쪽으로 감아 올라가고 칡덩굴은 왼쪽으로 올라간다. 그러다 보면 서로 좋은 자리를 차지하려고 생존 경쟁을 하게 되는데 이런 모습을 옛날 사람들은 갈등이라고 하였다고 한다. 요즘은 안타깝게도 지역 간, 노사 간, 세대 간, 빈부 간, 보혁 간 그리고 국가 간에도 매일 갈등을 안고 살아간다. 하루 빨리 서로 도와 가며 사는 삶이 되기를 바라 보지만 이해관계가 있으니 쉽게 풀리지 않는다. 이것이 세상살이인가 보다.

얼마 전에 청송에 나갔는데 휴게소의 등나무가 눈에 들어왔다. 포도송이 같은 보랏빛 꽃이 부처님 오신 날 연등처럼 주렁주렁 달려있는 모습이 너무 아름다웠다. 거기다가 원숙한 여인의 아름다움을 느끼게 하는 향기까지 있는 게 아닌가. 가볍지 않으면서 깊이를 간직한 세련된 향이었다. 아름답게 핀 꽃을 보니 우리도 등나무를 잘 심었다는 생각이 들었다. 꽃이 만개한 오월, 향긋한 꽃향기를 맡으며 등나무 그늘 아래 앉아 얼키설키 꼬인 삶을 풀어보는 것은 어떨까. 휴게소의 등나무는 푸른 잎으로 그늘을 만들고 보랏빛 꽃으로 사람의 마음을 앗아가는데 오가향의 등나무는 언제쯤 꽃을 피우려나.

콩 심기

　아침부터 가뭄을 해소해 주는 단비가 내리고 있다. 그동안 기다리고 기다리던 비라서 더욱더 반갑다. 한동안 가뭄이 계속되어 은근히 걱정이 되었는데 다행이다. 오가향에는 메주콩이 가장 중요하기 때문에 이맘때쯤에는 항상 날씨가 신경이 쓰인다. 모든 농사에는 때가 있듯이 콩도 제 시기에 맞게 심어야 좋은 품질의 수확물을 얻을 수 있다. 옛날 어른들은 콩은 심기만 하면 반농사는 지었다고 하였다. 콩 농사가 쉽다는 의미였는지는 모르지만, 낭만농부는 콩을 그만큼 잘 심어야 한다는 뜻으로 받아들인다. 콩 농사를 몇 년 해 보니 그 뜻이 맞는 것 같기도 하다. 어떤 해에는 콩 씨를 직접 심었는데 새들이 와서 몽땅 먹어 치운 적도 있었다. 비둘기가 알을 낳으러 갈 때 심으면 괜찮다는 이웃 주민의 말을 듣고 그 시기가 되었다고 하여 심었는데 그해에 유독 비둘기 떼가 많이 찾아왔다. 또 어떤 해에는 포트에 모종을 키워 심어보려고 하였는데 재배방법이 서툴렀는지 싹이 나지 않아 다시 심기도 하였다. 아내는 매일 새벽에 일어나 깡통을 두드리며 새들과의 전쟁을 벌이기도 하였다. 또 어떤 해에는 싹은 잘 올라왔는데 고라니 녀석들이 싹둑싹둑 잘라 먹어 낭만농부를 곤혹스럽게 하기도 하였다. 이제는 또 어떤 시련이 다가올지 내심 걱정이 되기도 한다.

한낮의 땡볕을 피하기 위해 평소보다 빨리 일어났다. 올해는 수동식 파종기를 사용해 보기로 하였다. 낭만농부가 참치 주둥이 같이 생긴 부분으로 일정한 간격에 비닐을 뚫고 콩 씨가 들어갈 자리를 만들면 장아지매가 예쁜 구슬 같은 메주콩을 두 알씩 넣었다. 낭만농부가 주둥이를 들면 흙이 덮어 한 구멍의 콩 심기가 완료된다. 아내와 2인 1조가 되어 도구를 사용하니 호미로 파고 심는 것보다 훨씬 쉽고 빠르게 작업이 진행되었다. 새벽부터 일을 하였는데 해가 나오니 금세 땀범벅이 된다. 워낙 가뭄이 심해 흙에 수분이 전혀 보이지 않았다. 심으면서도 싹이 잘 날지 걱정이 되었다. 또 싹이 잘 난다고 해도 비둘기가 애를 먹일지, 고라니 녀석들이 찾아올지 걱정이 된다. 하나의 걱정이 사라지면 또 다른 걱정이 다가오는 것이 우리네 인생살이이다.

아내와 함께 이틀에 걸쳐 콩을 심었다. 메주콩과 함께 검은콩과 쥐눈이콩도 조금씩 심었다. 비료나 토양 살충제를 전혀 사용하지 않았는데 얼마나 수확을 할 수 있을지 모르겠다. 그래도 이 비가 내리고 나면 귀여운 새싹이 머리를 내밀고 나오리라 기대를 한다. 콩이 나오기까지 여러 가지로 힘들지만 메주를 띄워 맛있는 장을 만들 생각에 온갖 시름을 잊어가는 것을 보면 우리 부부는 천상 장을 만들어 팔아서 먹고 사는 농부인가 보다.

단오

　음력으로 5월 5일은 단옷날이다. 단오라는 말은 초하루부터 헤아려 다섯 째 되는 날이라는 의미이다. 옛날부터 양의 수가 겹치는 날은 좋은 날이라고 하였다. 음양사상에서는 오늘날의 양력과 달리 홀수를 양의 수로 보았다. 그래서 3월 3일은 삼짇날이라 하고, 7월 7일은 칠석, 9월 9일은 중양절이라 하여 모두 길일로 여겼다. 우리 조상들은 이런 날에는 어떤 일을 해도 탈이 생기지 않는다고 믿었다. 그중에서 단오는 일 년 중에 사람이 태양과 가장 가깝게 접할 수 있을 정도로 양기가 가장 왕성한 날로 여겼다. 단옷날 여자들이 그네를 타는 것은 넘쳐나는 양기를 억누르기 위해서였다.

　단오는 설날, 추석, 한식과 더불어 4대 명절 중의 하나였다. 농부들이 모내기를 끝내고 본격적인 더위와 함께 시작되는 농사철 전에 잠시 쉬어 가는 날로 맛있는 음식과 놀이를 즐겼다. 요즘은 농업이 중심이 아닌 사회이니 이런 세시풍속이 없어지는 것이 당연한 일인지도 모른다. 상사리 마을에서도 옛날처럼 그네를 매고, 창포물에 머리를 감는 것은 하지 않는다. 다만 우리의 세시풍속을 잊지 않으려고 포항문화원에서 단오절 민속축제를 매년 해 오고 있다. 낭만농부와 장아지매는 잠시 바쁜 일손을 멈추고 옛날 추억도 되새길 겸 해서 축제에 다녀왔다.

포항시 29개 읍, 면, 동의 주민이 모여 포항시민취타대의 행진을 시작으로 저마다의 개성 있고 다양한 퍼포먼스를 펼쳤다. 그리고 여성 한복 맵시대회, 노래자랑대회, 윷놀이, 굴렁쇠 달리기 등이 있었다. 그리고 단오놀이를 대표하는 그네뛰기도 하였다. 예쁜 한복을 입은 여인들이 하늘 높이 그네를 뛰면 구경하는 사람들이 탄성을 질렀다. 그런데 그네 타는 분들이 모두 아주머니들이다. 이몽룡이 단옷날 그네 타는 처녀 성춘향의 모습에 반했는데 지금은 젊은 여인의 모습이 보이지 않아 왠지 아쉬웠다. 낭만농부는 아주머니들의 그네 타는 모습을 뒤로하고 아내와 함께 단오부채 만들기 체험을 해보았다. 부채는 여름 더위를 피하기 위해 단옷날 만들어 서로 선물로 주었다고 한다. 낭만농부는 모란꽃이 그려진 부채에 정성스럽게 색칠을 하고 아내에게 주었다. 장아지매는 나리꽃이 그려진 그림을 나에게 주었다.

요즘은 많은 사람들이 어렵다고 한다. 하지만 옛날 농경사회가 주를 이루던 시절에 비하면 풍족하게 살아가고 있다. 다만 이웃 간의 정이 메말라가고 있다. 오랜만에 세시풍속을 즐기며 정을 느낀 하루였다.

내가 어렸을 때 고향에서는 동네 청년들이 마을을 돌며 짚을 모아 굵은 새끼를 꼬고 그네를 만들었다. 동네 뒷동산의 커다란 소나무에 그네를 매달던 모습이 눈앞에 선하다. 그네를 매었던 소나무는 그대로 있는데 창포물에 머리감고 치맛자락 휘날리던 누님들은 그 어디에서 나처럼 늙어가고 있을 것이다.

아롱이 다롱이 우리집 식구 되다

2019년 6월 19일, 오가향에 새 가족이 생겼다. 이웃집에서 키우는 고양이가 출산을 하였는데 아기 고양이 두 마리가 우리집으로 오게 된 것이다. 사실 낭만농부는 동물을 별로 좋아하지 않았다. 무섭기도 하고 정도 느껴지지 않아서이다. 더군다나 함께 산다는 것은 생각도 하지 않았다. 동물도 생명을 가졌기에 생명 하나를 책임진다는 것이 결코 쉬운 일이 아니라는 생각도 있어서였다. 아내도 비슷한 생각을 하고 있었기에 우리집에서 반려동물을 키우리라고는 상상도 하지 않았다. 그런데 가끔 이웃 농가에 가서 본 귀여운 고양이가 마음에 들었는지 아내가 "우리도 한 번 키워 볼까?" 하고 물어보고 이웃 농가에서도 권하였다. 낭만농부는 여러 날을 고민한 끝에 키우기로 결정을 하였다.

우리가 데려온 고양이는 호랑이 무늬 수컷과 검은 무늬가 아주 조금 있는 하얀 암컷이다. 수컷 한 마리만 키울까 하다가 혼자만 있으면 너무 외로울 것 같아 부담은 되지만 두 마리를 키우기로 하였다. 아내는 활발한 놈을 원했지만 낭만농부는 눈이 선한 녀석들을 골랐다. 사람이든 동물이든 착한 것이 좋다. "외유내강이라는 말도 있잖아. 착해 보이는 애들로 하자." 낭만농부의 말에 아내도 그냥 웃으며 동의해 주었다.

집으로 와서 고양이가 살 집도 뚝딱 만들고 밥통, 물통을 밥과 함께 넣어주었다. 한 쪽에 모래 담은 화장실도 만들어 주었다. 아기 고양이는 첫날에는 낯설고 불안해서인지 하루 종일 밥도 물도 먹지 않고 화장실도 가지 않았다. 둘이 붙어서 구석에 쪼그리고 앉아 꼼짝도 하지 않았다. 혹시 낯선 환경에 익숙하지 않아서 스트레스를 받을까 봐 그냥 못 본 척 가만히 두었다. 다음날 아침에는 금세 적응이 되었는지 밥도 잘 먹고 마치 오래 살았던 집인 양 나왔다 들어갔다 한다. 서로 엉켜 뒹굴기도 하고 발로 장난을 치기도 한다. 그러고는 세상 편한 자세로 잠을 자기도 한다.

내 식구가 되어서 그런지 하는 짓 하나하나가 너무 예쁘고 귀엽다. 먹는 것도 눕는 것도 깨물어 주고 싶을 만큼 사랑스럽다. 쓰다듬어 보면 털이 얼마나 부드러운지 그 매력에 안 빠져들 수가 없다. 이러니 사람들이 반려동물을 키우는 것 같다. 아직은 우리에게 쉽게 다가오지는 않지만 사랑을 주다 보면 안아 달라고 조르겠지.

아내가 이름을 무엇으로 지을까 고민을 한다. 문득 '아롱다롱'이라는 말이 떠올랐다. 무지갯빛처럼 아롱다롱 살았으면 하는 바람으로 암컷은 '아롱이' 수컷은 '다롱이'가 어떻겠냐고 하니 아내도 좋다고 한다. 고양이는 수명이 15년 정도 된다고 한다. 우리 집으로 왔으니 아롱이 다롱이가 건강하고 행복하게 오래 오래 같이 살았으면 좋겠다. 오늘은 산딸기 따는 일도 없이 쉬는 날이다. 모처럼 부담 없고 평화로운 날에 귀엽게 재롱부리는 아롱이 다롱이를 보며 행복에 젖어 본다.

휴가

무더운 더위가 절정으로 치닫는 요즘에는 많은 이들이 더위를 피해

휴가를 떠난다. '열심히 일한 당신 떠나라.'라는 말처럼, 일도 중요하지만 새로운 활력과 충전을 위해서는 휴식도 필요하기 때문이다. 하지만 농사짓는 농부에게는 따로 휴가가 없다. 농촌의 일은 해도 해도 끝이 없어 비가 오지 않으면 쉴 틈을 주지 않는다. 아내는 브레이크 없는 기차처럼 일거리를 두고는 그냥 있지 못하는 성격이다. 그래서 보다 못한 낭만농부가 바람도 쏘일 겸 도시 나들이를 하자고 했다. 그동안

복분자 수확을 도와준 이웃에게 점심 한번 사주기로 한 약속도 있고 해서 아내도 어쩔 수 없이 따라 나섰다.

　시골에서 살다보면 탁 트인 하늘과 푸른 들판이 주는 여유로움이 있지만 불편한 점도 있다. 그중에 외식문화가 없어 삼시 세끼를 해 먹어야 하는 번거로움이 있다. 가끔은 가까운 면소재지에 나가서 식사를 하기도 하지만 식당이 한정되어 있어 다양한 음식을 즐기기엔 부족함이 있다. 오늘은 모처럼 산골에서는 맛볼 수 없는 초밥 뷔페에서 점심을 먹고 영화도 한 편 보고 오기로 했다. 한 시간 넘게 운전하여 도착한 식당에는 다양한 종류의 신선한 초밥이 우리를 기다리고 있었다. 평소에는 먹기 힘든 다양한 먹거리를 원 없이 먹으니 포만감과 함께 기분이 좋았다. 한 끼의 넉넉한 식사로도 이렇게 기쁨이 있는 것을 보면 행복이란 먼 곳에 있지 않다는 것을 새삼 느낄 수 있었다.

　식사를 하고, 미리 예약해 놓은 영화관에서 오늘 개봉하는 재난 영화 '엑시트'를 보았다. 그동안 재난 영화로는 쓰나미를 다룬 '해운대', 좀비

습격을 다룬 '부산행'과 터널 붕괴를 다룬 '터널' 등 많은 영화가 있었지만, 가스 유출을 다룬 영화는 처음인 것 같다. 이 영화는 기존의 재난 영화와는 다른 관점에서 접근해서인지 긴장감을 가지기 보다는 편안하게 보았다. 영화는 몇 년째 취업 실패로 눈칫밥을 먹는 주인공이 어머니의 칠순잔칫날에 겪는 이야기를 다루었다. 그 날 가스테러가 발생하고, 그곳에서 대학시절 짝사랑했던 후배를 만나 위험지역을 탈출하는 과정을 그렸다.

영화를 보고 나서 기분이 착잡했다. 우연히 만난 재난보다는 주인공이 가지고 있는 능력을 발휘하지 못하고 백수로 살고 있는 현실이 안타깝다는 생각이 들었다. 요즘은 젊은이들이 취업하기가 하늘의 별따기보다 어렵다고 한다. 영화의 주인공처럼 당장은 누구에게 인정받지 못할지라도 누구나 세상에 쓸모 있는 사람이라는 메시지에 위안을 가졌다. 오늘은 비록 힘들지라도 언젠가는 사회에 쓸모 있는 일꾼이 되기 위해 무더운 여름에도 열심히 취업 준비를 하는 젊은이들에게 응원의 박수를 보낸다. '따따따 따따 따 따따따'

풀쐐기

오늘은 아로니아를 주문하는 고객이 있어 수확을 하였다. 뜨겁게 내리쬐는 햇볕도 힘들게 하지만 그것보다 풀쐐기에 항상 긴장을 하게 된다. 매년 아로니아 수확을 할 때면 한두 번은 풀쐐기에 쏘인다. 항상 조심한다고 해도 나뭇잎 뒤편에 숨어 살기에 조금만 방심하면 공격을 받는다. 올해도 세심하게 확인하며 조심스럽게 나무 앞에 섰지만 팔꿈치와 손가락을 쏘였다. 쏘여본 사람은 그 고통을 알 것이다. 바늘로 찌르는 듯한 통증과 함께 불에 덴 것 같은 화끈거림이 몰려온다. 풀쐐기는 제 딴에는 자기 방어의 한 방편으로 침을 내뻗었을 것이다. 하지만 쏘인 사람은 무엇을 그렇게 잘못했기에 이런 고통을 당해야 하는지 원망스럽다. 그런데 풀쐐기도 잘못하다가는 함부로 공격을 한 대가를 톡톡히 치러야 할지도 모른다. 쏘인 고통을 줄이려면 풀쐐기를 잡아 내장을 상처에 바르면 낫는다는 속설도 있기 때문이다. 처음에는 낭만농부도 괘씸한 생각에 이 방법을 써볼까 하다가 그만두었다. 풀쐐기를 다시 만진다는 것이 겁도 났고, 자기를 지키기 위해 본능적으로 한 행동이라고 생각해서 고이 살려 주었다.

어린 시절에 감나무에서 감을 따먹을 때 가끔씩 쏘여 보았지만 그 생김새는 자세히 볼 수 없었다. 그래서 어떤 모습일까 사진을 찍어 확대해 보았다. 온몸에 거친 털이 촘촘히 박혀 무시무시한 모습을 하고 있다. 이러니 살갗에 스치기만 해도 엄청난 고통을 주는 것 같다. 집으로 돌아와 아픈 부위를 물에 씻으니 참을 수 없는 통증과 함께 손가락이 마비되는 듯한 느낌이다. 물파스를 발라도 가렵고 콕콕 찌르는 듯한 아픔이 가라앉지 않는다. 쏘인 곳이 신경이 쓰여 잠도 오지 않았다. 테라스에 앉아 통증을 참고 있는데 외등에 화려한 불나방들이 미친듯이 달려든다. 그러고 보니 불나방의 이전 모습이 풀쐐기인데, 혹여 오늘 살려준 풀쐐기가 요놈들의 자식들인지도 모르겠다. 불나방은 불을 좋아해서 불꽃을 보면 바로 뛰어드는 습성이 있다. 그래서 자기가 죽는 줄도 모르고 불속에 뛰어들어 일생을 마감한다. 누군가 '불나방이 되지 말고 불꽃이 되라'고 했는데 낭만농부도 불나방처럼 산 것 같다. 몇 년 전에 주위에서 아로니아를 심으면 괜찮다고 하고, 너도나도 심기에 앞뒤 가리지 않고 심어놓았다가 작년에 낭패를 보았으니 말이다. 오늘 낭만농부를 쏜 풀쐐기는 이런 낭만농부를 꾸짖고 싶었던 것이 아닐까.

어둑어둑한 밤하늘에는 초승달이 빙그르르 웃고 있고 외등 주위에는 불나방들이 미친듯이 날아들어 퍼덕이고 있다. 아롱이 다롱이는 이런 불나방들이 신기한지 잡으려고 깡충깡충 뛰어오르며 재주를 부리는 뜨거운 밤이다.

곰취

창고 뒤쪽에서 칡넝쿨과 잡초들을 제거하다가 색다른 노란 꽃이 피어서 아내에게 물어보니 곰취라고 한다. 곰취는 많이 들어보았고 몸에 좋다는 것도 알지만 꽃을 보기는 처음이다. 그러고 보니 오래전에 몸에 좋은 나물이라는 이야기를 듣고 낭만농부가 두마리에서 구해 준 것이다. 모종만 구해 주고 잊고 있었는데 아내는 그동안 애지중지 키워서 늘린 모양이다. 아내는 매년 곰취 꽃이 피었다고 이야기를 했는데 새삼스럽게 무슨 호들갑이냐고 한다. 그동안 낭만농부가 한 귀로 듣고 한 귀로 흘렸다고 한다. 사실 오가향에는 여러 가지 채소와 나물이 나오는 나무를 키우고 있지만 낭만농부는 잘 먹지 않는다. 그저 이것들이 자라는 모습이 보기에 좋아서 키우는 것도 많다. 그래서 먹는 것은 본의 아니게 아내의 차지가 되고 만다.

곰취는 잎도 크고, 줄기도 굵고 꽃도 크다. 보통 산야초 중에 '취'자가 붙으면 사람이 먹을 수 있다고 하는데 곰취는 그중에서 몸에 가장 좋다고 '산야초의 제왕'이라고 한다. 잎사귀가 곰의 발바닥을 닮았다고 하여 곰취라고 한단다. 곰취 잎은 꽃보다 향과 맛이 뛰어나고 봄철 입맛을 돋우게 하기 때문에 분명 우리집 식탁에 올라왔을 것이다. 먹기도 했을 텐데 기억이 나지 않는다. 어떤 맛일까 궁금하지만 지금은 잎이 억세고 쓴맛이 나서 먹지를 못한다. 그런데 꽃은 어쩜 이렇게 예쁜지 모르겠다. 사실 평소에도 곰취가 자라는 곳을 자주 지나다니지만 눈길 한 번 준 적이 없었다. 오늘따라 낭만농부의 마음에 들어온 것은 특이한 꽃 모양 때문이다. 곰취는 꽃이 피는 과정이 좀 특이하다. 줄기를 따라 아래쪽부터 차례로 피는데 모양이 매우 복잡하다. 겹겹이 감싸고 있는 작은 잎 속에서 꽃봉오리가 밀고 나와 특별한 방법으로 어렵게 피는 것이다. 한참 동안 바라보니 황금색 꽃이 참 매혹적이다. 장미나 국화처럼 요염하거나 화사하지는 않지만 개성이 있으면서 세련된 모습이다. 낭만농부는 가끔 식물들이 부러울 때가 있다. 싹이 나고 잎이 나고 열매를 맺고 사라졌다가 또 다음해가 되면 이 같은 과정을 반복한다. 그런데 동물이나 사람은 나이가 들면 아프면서 영원히 사라진다는 것이다. 낭만농부도 나이가 드니 곰취처럼 어린 시절부터 시작하여 졌다가 다시 태어나는 상상을 해본다.

누에고치의 추억

서포항농협에서 캄보디아 씨앰립으로 가는 대의원 연수가 있다고 연락이 왔다. 분명 낭만농부에게는 좋은 소식인데 가야할지 고민거리 하

나를 던져 주었다. 캄보디아는 10년 전에 아이들과 함께 갔다 온 적이 있어서 같은 곳을 가는 것이 크게 내키지 않았기 때문이다. 그런데 이런 낭만농부의 고민과는 달리 아내는 다른 고민이 있었다. "자기는 어디 가려면 마땅한 옷이 있어야 하잖아. 이 기회에 당신 옷 좀 사자."라고 한다. '옷이 날개'라는 말이 있지만 옷에 별로 신경을 쓰지 않는 편이어서 아내는 항상 불만이다. "별 걸 다 신경 쓰노. 그냥 입던 옷 입고 가면 된다. 내면이 아름다워야지 옷만 번지르르 하다고 인격이 올라가나." 하고 일축하고 말았다. 아내는 못내 못마땅해 했다. 낭만농부는 편한 옷 한 벌 있으면 된다고 생각한다. 가끔 고급 옷 매장을 지날 때 가격표를 보면 낭만농부가 사서 입기로는 부담스럽게 느껴졌다. 그리고 솔직히 비싼 옷은 대부분 세탁하는 것도 까다로워 우리에게는 어울리지 않는다. 하지만 옛날이나 지금이나 부자들은 서민들의 애환으로 만들어진 옷들을 잘도 입고 다닌다.

학교 다닐 때에 '실크로드'가 어떠니 해도 누에를 왜 키우는지 모르고 자랐다. 마침 이번 연수 프로그램 중에 누에고치를 키우고 실크로 옷을 만드는 실크팜을 방문하는 여정이 있었다. 연수에 참가하여 어린 시절

보았던 누에고치를 볼 수 있었다. 누에가 뽕잎을 먹는 것부터 고치를 만드는 모습, 말린 고치에서 비단실을 뽑는 것과 비단 제품을 제작하는 것까지 사실적으로 보여 주고 있었다. 이런 모습들을 보니 누에고치와 함께 살았던 어린 시절이 조각조각 떠올랐다. 내 고향 마을에서는 누에를 기르지 않는 집이 없었다. 누에 키우는 일이 농사일만큼이나 중요하였다. 그래서 매년 한철은 누에들과 함께 생활해야 했다. 안방의 좋은 자리는 누에들이 차지하고 우리집 식구들은 구석에서 쪽잠을 잤다. 사각사각 소리를 내며 뽕잎을 먹는 소리가 얼마나 큰지 조용한 여름밤에 풀벌레소리도 들리지 않았다. 층층이 쌓인 누에들은 꼼지락거리며 뽕잎을 먹는데 그 녀석들이 무척이나 귀여웠다. 쪽잠을 자다가 보면 누에가 얼굴에 떨어져 있을 때도 있었다. 경남이 고향인 아내는 말만 들어도 기겁을 한다. 요즘 애완동물들과 생활하는 것이 자연스러운 것처럼 그때에는 누에와 함께 생활하는 것이 당연하였다.

누에는 알에서 나와 애벌레-번데기-나방으로 완전 탈바꿈하면서 약 49일의 짧은 삶을 산다. 일생 동안 네 번의 잠을 자는데 한 번 잠을 잘 때마다 한 살씩 나이를 먹는다. 다 자란 다섯 살의 누에는 뽕잎 먹기를 멈추고 머리를 이리저리 흔들며 열심히 실을 토해내 하얀 궁전을 둥그스레하게 짓는다. 이것이 누에고치이다. 곱고 하얀 눈사람처럼 생긴 것이 참 예뻤다. 다 지은 누에고치 중에는 한 집에 두 마리가 들어 있는 것도 있고, 자다가 실례를 하여 얼룩이 진 것도 있었다. 이런 것들은 상품가치가 떨어져서 따로 골라내었다.

누에는 49일의 짧은 삶을 살며 우리에게 많은 것을 주고 간다. 완성된 누에고치는 뜨거운 물에 삶아 물레로 감아서 가늘고 고운 명주실을 뽑았다. 누에고치 한 개로 뽑을 수 있는 길이가 1,500미터 정도가 되었으니 이 녀석들이 얼마나 많은 일을 하였는지 알 수 있다. 그리고 마지막 몸뚱어리는 번데기라는 이름으로 맛있는 간식이 되어 주었다.

그런데 실크팜에 있는 누에고치는 노란색인 것도 있다. 신기하여 물어보니 노란색이 나올 수 있는 사료를 먹인 것이라고 한다. 옛말에 "송충이는 솔잎을 먹고 누에는 뽕잎을 먹고 산다"는 말이 있듯이 누에는 오로지 뽕잎만을 먹고 산다고 알고 있는 낭만농부는 적잖이 놀랐다.

얼마 있지 않으면 아버지 기일이다. 아버지는 평생을 누에가 뽕잎만 먹고 살듯이 다른 곳에 한 눈 팔지 않고 욕심을 부리지 않으셨다. 그냥 농부의 분수에 맞는 삶을 사셨다. 그래서 어린 시절에는 왜 저렇게 사실까 답답하기도 하였다. 그런데 나이가 들어 보니 아버지의 그런 삶이 이해가 된다. 아버지를 보고 자라서인지 낭만농부도 부자는 아니지만 남에게 큰 죄 짓지 않고 열심히 잘 살고 있는 것 같아 다행이라는 생각이 든다.

풀과의 전쟁

며칠간 집을 비웠더니 밭은 풀들의 천국이다. 이놈의 풀들은 누가 비료를 주는지 자고 나면 쑥쑥 자란다. 여름 한 철은 풀과의 전쟁인데, 장수가 집을 비웠으니 오죽 하겠는가. 여름풀은 베고 나면 또 자란다는 말이 있듯이 돌아서면 무성해진다. 풀이 너무 길면 깎기도 힘들다. 예취기를 들고 풀밭으로 나갔다. 시골살이를 하려면 몇 가지의 필수품들이 있다. 그중 하나가 예취기이다. 풀들은 밭에만 자라는 것이 아니다. 집주변에도, 꽃밭에도 빛의 속도로 자란다. 봄에 작물을 심고 나면 그때부터 풀들은 뽑아도 또 뽑아도 뒤돌아보면 그만큼 자라나 있다. 그러다가 뽑기가 힘들어질 때면 낫이나 예취기로 베어내어야 되는데, 아무리 베어도 끝이 없는 것은 마찬가지다.

낭만농부가 처음 시골살이를 할 때에는 어설펐지만 모든 풀들을 낫으

로 베었다. 워낙 기계치인데다가 굉음을 내고 돌아가는 예취기의 날이 무서워 낮으로 꾸역꾸역 제초 작업을 하였다. 그렇게 하니 팔도 아프고 시간도 많이 소요되었다. 혹여 지나가는 이웃이 낮으로 풀을 베고 있는 낭만농부를 볼 때면 "아직 젊네. 늙으면 골병 든데이." 하며 한마디했다. 이런 낭만농부의 모습이 답답했는지 아내는 자기가 사용할 테니 예취기를 사 달라고 하였다. 모르면 용감하다더니 아내가 그랬다.

무슨 일이든 해본 사람은 쉽게 말하지만 해보지 않은 사람에게는 두려움이 앞서는 게 사실이다. 하지만 이런 낭만농부도 농사 면적이 늘어나면서 예취기를 사용하지 않으면 안 되는 상황이 되어 버렸다. 그래서 용기를 내어 예취기를 구입하였다. 그리고 안전한 작업을 하기 위해 쇠로 된 날을 사용하지 않고 줄로만 하기로 하였다. 처음 예취기를 사용한 날의 그 두려움을 잊을 수 없다. 먼저 신선한 휘발유를 채운 다음, 고무로 된 시동 주유펌프를 세 번 꾹꾹 눌러주고 줄을 세게 잡아당겼다. '웽!' 하고 시동이 걸렸다. 힘찬 소리와 함께 밀려오는 두려움에 가슴이 쿵쿵거렸다. 간신히 마음을 가라앉히고 장갑, 장화, 안전 모자를 착용한 다음 풀을 벨 장소로 갔다. 줄과 가위, 그리고 연료통도 작업반경 내의 적절한 위치에 두고 풀을 베기 시작하였다.

이렇게 두려움과 기대감으로 시작한 초보농부의 예취기 풀베기도 벌써 서너 해가 되었다. 이제는 조금 익숙해졌지만 처음 할 때에는 팔에 힘이 다 빠져 숟가락을 들기도 힘들었다. 하지만 순식간에 깨끗해진 밭을 보니 진작 사용할 걸 그랬다며 후회가 되었다. 지금 생각하면 슬며시 웃음이 나온다. 새삼 기계의 위대함도 느껴진다. 요즘도 오랫동안 제초 작업을 하고 나면 몸이 녹초가 되고 구석구석 안 쑤시는 데가 없지만 털 깎인 양처럼 깨끗해진 밭을 보면 기분이 좋다. 그리고 깔끔하게 이발한 작물들과의 만남이 있어 시골 생활이 즐겁다. 또한 이렇게 소소한 행복을 알아가는 농부의 한사람으로 살 수 있게 된 것에 감사한다. 제초 작업을 한 오늘도 낭만농부에게는 행복한 하루였다.

반딧불이의 추억

　　한낮의 대지를 뜨겁게 달구던 해가 지고 산과 들에 어둠이 내려오면, 병보천길 따라 가로등 불빛이 하나둘 켜지기 시작한다. 도시의 휘황찬란한 불빛에 익숙해져 있다가 처음 시골의 낯선 풍경을 대했을 때에는

낭만적이라기보다 무서움이 앞섰다. 하지만 시간이 지나고 주위의 풍경들이 익숙해지니 그렇게 정겹고 아름다울 수가 없다. 아내와 함께 테라스에 나와 저물어 가는 여름밤의 운치를 즐기고 있는데 어디선가 날아온 반딧불이 한 마리가 눈앞에서 반짝인다. 어둠을 밝히며 자신의 존재를 나타내는 반딧불이는 아주 오랜만에 보는 것이다. 아내는 "반딧불이네. 야, 얼마만이야?" 하며 반가워한다. 반딧불이는 옛날에는 아주 흔했지만 요즘은 시골에서도 아주 가끔씩 운이 좋아야 볼 수가 있는 귀한 존재가 되었다. 어둠 속에서 꽁무니의 불을 켰다 껐다 하며 아련한 어린 시절의 추억 속으로 데리고 간다.

여름밤이 되면 마당 한쪽에 모닥불을 피워놓고 온 식구가 깔아 놓은 멍석 위에 앉아 감자와 옥수수를 먹었다. 그때 반딧불이가 꽁무니에 불을 켜고 여기저기서 날아오르며 찬란한 수를 놓았다. 반딧불이 따라 하늘을 올려다보다가 어두운 밤하늘의 북두칠성, 오리온, 북극성, 전갈자리 별들을 찾아보며 무더운 여름밤을 보냈다. 그러다가 창공을 가로지르는 별똥별이라도 떨어지면 그 순간에 소원을 빌지 못한 것을 아쉬워했다. 개똥벌레라고도 하는데 그렇게 부르면 왠지 토속적인 느낌이 들고, 반딧불이라고 하면 어쩐지 고상하게 느껴진다. 낭만농부는 개똥벌레보다 반딧불이로 부르는 것이 더 좋다. "자기는 행복한 줄 알아야 된데이." 하고 뜬금없이 아내에게 행복을 주입시켜 본다.

"왜?"

"반딧불이는 1급수에만 사는 다슬기를 먹고 사니까 그만큼 우리집 주변이 청정지역이라는 뜻이지."

"그거하고 행복하고 무슨 상관인데?"

"나를 만나지 않았으면 언감생심 반딧불이 구경이나 하겠나, 그르이, 결혼을 잘 한 거지."

시골에 들어와 고생하는 아내에게 미안함을 이렇게 표현해 본다.

반딧불이를 양손으로 가만히 잡았다. 의외로 쉽게 손안에 들어왔다. 손바닥을 펴니 꼼짝 않고 죽은 체 한다. 우습기도 하고 안쓰럽기도 하여 사진만 찍고 놓아주었다. 잠시 주춤하더니 깜빡깜빡 신비스런 불빛을 내며 어둠 속으로 날아간다. 조용한 하늘에 반딧불이가 춤을 추는 아름다운 밤이다.

숯불구이

언제 더웠냐는 듯 뜨거운 여름이 지나가고 어느덧 가을을 맞이하는 처서다. 헤르만 헤세는 『정원에서 보내는 시간』에서 '무더운 마지막 밤들이 이어지고 과꽃이 피어나는 이 시기에 나는 내 몸의 모든 숨구멍을 통해 자연을 빨아들인다'고 말하며 가을로 접어드는 바로 이 계절을 예찬했다. 이렇게 좋은 계절이 가기 전에 고마운 이웃과 함께 오가향 정원에서 숯불구이를 해 먹기로 했다. 그동안 식사 초대에 대한 답례도 해야 하고 지난여름 산딸기, 복분자 수확을 할 때에 도와준 것에 대한 감사함도 전하기 위해서이다.

흔히 도시 아파트 생활에서는 할 수 없고 시골정원에서만 즐길 수 있는 숯불구이는 시골생활의 낭만이라고 생각한다. 하지만 실제 농촌에서 살다 보면 일이 바빠 그런 낭만을 즐기기가 쉽지 않다. 그래서 특별한 날이 아니면 잘 해 먹지 않게 된다. 오늘은 잠시 시간을 내어 정육점에서 목살과 삼겹살을 사고, 소주, 음료수, 숯 등은 마트에 들러 구입하였다. 그리고 집으로 돌아와 아내는 상추, 깻잎, 장아찌 등 찬거리를 준비하고 낭만농부는 시간에 맞추어 숯불을 피웠다.

숯불구이에는 목살과 삼겹살이 최고라지만, 삼겹살은 기름이 많아서 숯에 불이 붙고 그을음이 생겨서 굽기가 까다롭다. 그나마 목살은 삼겹살에 비해 굽기가 편한 편이다. 먼저 목살을 가지고 초벌구이를 했다. 그다음, 익기 시작하면 가위로 알맞은 크기로 잘라주었다. 목살은 두툼하니까 식감이 살아 있는 크기로 육즙이 도망가지 않게 자르는 게 중요하다. 육즙이 있어 어느 정도 촉촉해야 맛이 좋기 때문이다. 삼겹살은 노릇노릇할 때 먹으면 되는데 살코기와 비계가 적당한 비율인 것이 맛이 좋다고 한다. 기름이 숯불에 떨어지면 연기가 피어올라 훈연하는 맛도 베이고 숯불향도 나서 좋다. 하지만 뒤집기 타임을 놓치면 불꽃쇼를 볼 수도 있다. 이럴 때면 삼겹살 구하기 작전에 재빨리 돌입하여 마구마구 뒤집어 주어야 한다. 이렇게 해서 구워지면 상추에 깻잎을 올리고 고기, 마늘, 쌈장, 그리고 샐러드까지 싸서 한입에 넣는다. 그러면 그 어떤 유명 음식점의 요리 못지않은 맛을 느낄 수 있다. 아마 쌈을 싸 먹는 이유는 맛의 조화로움을 한껏 느낄 수 있기 때문일 것이다. 이렇게 오랜만에 이웃과 자연에서 먹는 고기는 맛이 두 배로 좋을 수밖에 없다.

이웃은 살면서 정을 나눌 수 있는 가장 가까운 사이라고 한다. 그래서 이웃사촌이라는 말도 생겨났을 것이다. 낭만농부는 마을 사람 모두가 이웃사촌이 되어 서로가 서로를 위해 주는 사이가 되었으면 좋겠다. 술 한잔 마시며 살아온 이야기도 하고, 미래에 대한 꿈과 걱정을 나누다 보니 시간가는 줄 모른다. 모두 살아온 인생만큼이나 할 얘기들이 많다. 자연이 들려주는 바람소리, 물소리, 풀벌레 소리가 있고 쏟아질 듯 반짝이는 밤하늘의 별이 있는 아름다운 밤이다. 그리고 이야기 나눌 수 있는 정다운 이웃사촌이 곁에 있어 더 정감이 가는 늦여름 밤이다.

자급자족 시골 생활

봄에 씨앗을 뿌렸던 당근을 수확했다. 며칠 전부터 아내가 당근을 캐야 한다고 이야기했는데 이런저런 일 때문에 늦어졌다. 솔직히 언제 캐야 하는지 몰라서 망설이기도 했다. 그동안 퇴비도 하지 않고 씨만 뿌려 놓아서 먹을 게 있을까 걱정도 되었다. 조심스럽게 캐 보니 손가락만한 것도 있고 제법 큰 것도 있다. 특별히 해 준 것이 없는데 이만큼 커 준 것만 해도 감사한 일이다.

사실 자잘해서 마트에서 사는 것보다 못하지만 달큰한 맛은 이보다 좋을 수 없다. 아내는 오늘 캔 당근으로 주스도 하고, 각종 요리에 요긴하게 쓸 것이다. 시골에 살면서 도시와 다른 점은 매일 풍성한 야채들이 상에 올라오는 것이다. 아내는 오이, 오크라, 가지, 상추, 고추, 파 등 밭에서 막 수확한 채소들로 상을 차린다. 솔직히 낭만농부는 채소들을 많이 먹지 않지만 아내는 여러 가지 작물들을 심고 수확하는 것을 좋아한다. 그리고 음식을 만든다. 봄에는 각종 야채들로 샐러드를 다양하게 만들고 여름에는 가지, 호박, 토마토, 옥수수를 수시로 딴다. 가을에는 고구마를 비롯해 콩과 팥, 토란, 당근, 들깨, 땅콩 등을 수확하고 농사지은 배추와 무, 쪽파 등으로 김장을 한다. 가을에 심은 양파와 마늘은 다음해에 거두기도 한다. 수확한 농산물은 제철 채소로 먹기도 하지만 일부는 오랫동안 먹기 위해 냉장, 냉동시켜 살뜰하게 보관한다. 고구마, 감자는 잘 보관하면 해를 넘겨도 먹을 수 있다. 깻잎, 마늘쫑 등은 장아찌를 만들어 일 년 내내 먹는다.

도시에서는 대형마트에서 모든 식재료를 구입하지만 시골에서는 밭이 마트인 것이다. 물론 고기나 생선, 가공품들은 도시에 갈 때 마트에서 구입하지만 많은 부분에서 자급자족한다. 철따라 먹을거리들을 심다 보면 한 해에 사십여 가지를 수확하기도 한다. 이러다보니 어떤 때는 힘에 부치기도 한다. 그럼에도 불구하고 아내가 이렇게 하는 것은 아마 흙을 만지고 작물을 돌보고 수확하는 일들이 기쁘기 때문일 것이다.

당근을 캐고 모처럼 치킨을 사 먹기 위해 들린 가게에 자이언트 호박이 전시되어 있다. 신기하기도 하고 부럽기도 하였다. 내년에는 씨앗을 구입해서 심어 보아야겠다. 어이쿠, 작물이 하나 더 늘어나겠네.

포도

무더웠던 여름이 지나고, 이제는 선선한 가을바람이 불어온다. 가을은 먹을거리들이 많은 계절이다. 그중에도 맛있는 과일들이 입맛을 당기게 한다. 낭만농부와 장아지매는 오가향에 여러 종류의 유실수들을 심었다. 그런데 올해 초까지도 포도나무는 없었다. 추운 지역이라 늦게 심기도 했지만 결정적인 것은 재작년과 작년에 심었던 묘목이 말라버려 두 번이나 실패했기 때문이다. 주변 농가에는 포도가 주렁주렁 달려 있는데, 왜 우리집에만 살지 않을까. 고민을 하다가 직접 묘목을 키우는 곳에서 구입하기로 하였다. 이곳저곳 수소문 끝에 흥해에 있는 포도나무집에서 청포도와 흑포도를 바로 캐와 심었다.

늘 '첫'이라는 것은 설렘과 호기심, 두려움이 있기 마련이다. 낭만농부는 포도나무를 심어 놓고 싹이 올라오기만을 기다렸다. 가슴 졸이며 기다린 끝에 싹이 나오고 줄기가 뻗어 나갔다. 기쁜 마음에 양쪽에 지지대를 세우고 줄을 쳐주었다. 초여름이 되니 줄기와 이파리가 울창해지면서 꽃을 피우더니 금세 완두콩만한 열매가 열렸다.

처음 열린 포도 열매가 신기하고 귀여웠다. 그리고 칠월이 되자, 이육

사가 포항에 와서 '내 고장 칠월은 청포도가 익어가는 시절'이라고 읊었던 것처럼 포도는 탐스럽게 익어갔다. 하나는 청색 그대로, 다른 하나는 짙은 자줏빛으로……. 그리고 오늘 포도 맛을 한번 볼까 하고 나무를 살펴보니 청포도는 몇 송이 남겨져 있는데 흑포도는 감쪽같이 사라졌다. 한동안 새떼들이 포도나무 주위에서 놀더니 그들의 짓인 것 같다. 처음으로 포도나무를 가꾸다 보니 새들의 침범을 생각하지 못한 것이다. 알맹이는 따먹고 송이의 줄기만 앙상하게 남아 있다. 새들은 잎에 숨겨져 있는 포도를 어떻게 알았을까. 하루 이틀도 아니고 매일 찾아와 맛있게 시식을 했단 말인가. 새들은 포도가 익었다는 것을 어떻게 알고 왔을까. 포도 향기를 맡고 왔는지 궁금하기까지 하다. 청포도 한 알을 따서 먹어 보니 새콤하다. 아직 덜 익은 모양이다. 사람들은 새를 보고 '새대가리'라고 비하하면서 머리가 나쁠 것이라고 생각하는데 요즘 새들은 그렇지도 않은 것 같다. 잘 익은 포도를 귀신 같이 알고 사람보다 먼저 따먹어 버리는 것을 보면……. 청포도는 잘 지키면 맛을 볼 수 있지만, 흑포도는 내년을 기약해야겠다.

아쉬운 마음에 '꿩 대신 닭'이라고 아내와 와인 한잔을 했다. 쌉싸름하면서도 달콤한 포도향이 입안을 감싸고 돈다. 무슨 일이든 처음 하는 것은 쉽지가 않다. 그래도 올해는 포도나무를 살렸으니 얼마나 다행인가. '실패는 성공의 어머니'라는 말이 있다. 내년에는 새를 이길 수 있는 방법을 꼭 찾아내어 달콤한 흑포도도 먹어 보아야겠다.

물

며칠 전에 아내가 세수를 하다가 갑자기 물이 나오지 않는다고 했다. 그동안 탈없이 잘 나왔는데 웬일인가 싶었다. 손전등을 들고 야밤에 지하수 뚜껑을 열어 보니 모터가 돌아가지 않는다. 도시에서는 수자원공사에서 물을 공급해주니까 세상이 뒤집히지 않는 한 수돗물 걱정은 하지 않아도 된다. 하지만 시골에서는 사정이 다르다. 물이나 전기, 보일러가 고장이 나면 큰 고초를 겪게 된다. 우리 동네에서도 마을 공동으로 지하수를 쓰지만 우리집은 외딴집이다 보니 단독으로 사용한다. 그래서 직접 수리하거나 교체하지 않으면 안 된다. 일단 기존 지하수 시공업자에 전화를 하니 올 시간이 없다고 한다. 기계에 대해 잘 아는 사람은 본인이 직접 수리를 하지만 기계치인 낭만농부는 기술자를 불러서 고치거나 교체해야 하니 여간 힘든 게 아니다. 기술자를 부르게 되면 출장비에 수리비, 부품비 등이 눈덩이처럼 불어나 가난한 낭만농부에게는 큰 부담이 된다. '시골에 산다는 것이 이런 거구나.' 하는 생각이 들고, 뭐 하나 내 손으로 할 수 없으니 엄청난 스트레스가 밀려왔다 시골 생활 5년 만에 전기도 고장이 나서 수리하는 사람을 불렀고, 보일러도 바꾸었다. 수도는 두 군데나 터졌는데 새로 사서 인터넷을 검색하며 직접 교체하기도 했다. 이제 지하수까지 말썽을 일으키니 공중전은 아직 모르지만 산전수전은 겪었다고 봐야 할 것 같다.

걱정이 되어 이곳저곳에 다시 전화를 해 보았지만 연결되는 곳이 없다. '머피의 법칙'인지 이상하게도 꼭 문제가 생길 때는 해결이 어려운 휴일이다. 낭만농부가 할 수 있는 일이라고는 인터넷으로 원인을 찾아보는 것밖에 없었다. 인터넷 서핑으로 지하수 모터 고장의 원인과 이전에 겪었던 선배들의 이야기를 볼 수 있었다. 컨트롤함, 질소탱크, 압력 개폐기 등의 용어와 기능은 알 수 있었지만 세부적인 수리 경험이 없으니 해결할 방법을 찾지 못했다. 그렇게 이틀이 지나고 나서야 수리업자가 왔다. 하지만 부품이 없다는 이유로 바로는 안 되고 하루가 더 지나갔다. 그동안 물이 나오지 않자 별 생각 없이 쓰던 물이 얼마나 소중한 것인지 새삼 느낄 수 있었다. 설거지, 화장실 사용, 세면 등 물 쓰는 데가 한두 군데가 아니어서 이루 말할 수 없는 불편함을 겪게 되었다. 그나마 다행인 것은 농사용 지하수가 밭 끝에 있었다. 호스를 연결하여 집으로 끌어왔다. 그리고 큰 물통을 세 개나 가지고 와서 물을 받았다. 만약 농사용 지하수라도 없었다면 생활 자체가 엉망진창이 될 뻔했다.

이번 지하수 고장이 낭만농부를 더 힘들게 한 것은 주말인 것에 이어 하필이면 추석맞이 우수농산물 직거래 장터가 열릴 때 발생하여 포항과 죽장을 몇 번씩이나 오가야 하는 것이었다. 물 문제가 해결되지 않으니 장터에 나와 있어도 가슴이 꽉 막힌 것 같았다. 그렇게 4일이 지나서야 수리 기사가 모든 부품을 교체했다. 집으로 들어와 수도꼭지를 돌리니 물이 '쫙!' 하고 나온다. 그동안 꽉 막혔던 가슴이 한 번에 확 뚫리는 느낌이다. 하지만 기계에 대해 잘 몰라서 부품 값에, 수리비, 출장비 등 많은 돈이 들어갔고, 생활의 불편함과 함께 스트레스를 겪었다. 이번 지하수 고장으로 비싼 대가를 지불한 것이다. 그리고 스스로 해결하지 못하면 시골 생활이 만만치 않다는 것을 또 한 번 느꼈다. 그래도 후회는 하지 않는다. 차츰차츰 적응하고 있고 나아진다는 희망이 있기에. 샤워기의 물을 틀었다. '쫙!' 하는 소리와 함께 시원스럽게 물이 쏟아진다.

장사

올해도 어김없이 추석이 한 발자국 앞으로 다가왔다. 날씨가 바뀌어 한낮은 여름이지만 밤에는 제법 쌀쌀하다. 계절답게 재래시장에는 한 해의 결실들이 쏟아져 나오고 있다. 명절이 다가오면 주부들은 음식 장만을 하기 위해 장보기를 미리 해 둔다. 요즘은 점점 핵가족화가 되면서 명절의 의미가 많이 퇴색되어가는 추세지만 그래도 부모, 형제, 자매들이 모처럼 한 곳에 모이는 기회이니 조금씩의 음식은 해야 하기 때문이다.

낭만농부와 장아지매는 포항시청 광장에서 열리는 '추석맞이 우수 농특산물 직거래장터'에 참가하였다. 그런데 경기 침체의 영향인지 작년보다 손님이 많지가 않다. 물론 인터넷이 발달했고 대형마트에서 장보는 것이 편한 것도 원인일 수 있지만 장기간의 경기 침체로 소비심리가 위축된 것이 큰 영향인 것 같다. 그렇다고 해서 그냥 앉아 있을 수도 없는 것이 현실이다. 상품을 진열하고 손님을 기다리지만 좀처럼 찾아오는 이가 없다. 가끔씩 들른 고객들도 얇아진 지갑 때문인지 단가가 낮고, 작은 것들을 구매해서 간다. 가끔 오는 손님이라도 있으니 집에 있는 것보다는 나은 것 같아 아내와 함께 힘을 내어 손님을 맞이한다.

낭만농부와 장아지매는 그동안 장사와는 거리가 먼 삶을 살아왔다. 그러다 보니 그 쪽에는 숙맥이나 다를 바가 없다. 처음에는 손님이 와도 부끄러워 말 한마디 건네기가 쉽지 않았고 두렵기까지 했다. 그리고 몸은 어디에 두어야 할지 몰라 부자연스러웠다. 오죽하면 우리들 모습이 답답했는지 옆에 있는 분들이 나서서 판매를 해 주기도 하였다. 그때에는 마냥 고맙게만 느꼈는데 지금 생각해 보니 장사는 한 곳만 잘 된다고 좋은 것이 아니라 골고루 잘 되어야만 시장이 활성화가 되기 때문인 것 같기도 하다. 그래서 장사하는 분들은 물건을 한 곳에서만 사지 않는다고 한다. 여러 곳의 물건을 팔아 줄 때 모두가 잘 사는 세상이 오는 것을 아는 것이다.

이번 추석맞이 직거래장터에서는 낭만농부가 생각한 만큼의 매출을 올리지는 못했다. 그래도 성과가 없었던 것은 아니었다. 오가향을 방문한 고객 중에 우리 제품을 내년 설날 선물로 하고 싶다는 분이 있었다. 물론 한 분 한 분의 고객도 중요하지만 단체 주문을 하는 고객을 확보하는 것도 중요하다. 미래의 고객을 위해 잘 나온 것 같다. 중국 전국시대 말, 한나라의 장사꾼인 여불위는 조나라에 볼모로 잡혀와 있는 자초에게 베팅을 하여 훗날 재상이 되었고, 그의 아들인 진시황 때에는 온갖 부귀와 영화를 누렸다. 그래서 '기화가거'란 말을 남겼는데 다시 말하면 좋은 기회를 기다려 큰 이익을 얻는다는 뜻이다. 장사하는 사람은 좋은 기회를 놓치지 않아야 한다는 뜻일 것이다.

낭만농부가 이 일을 시작한 지 4년이 지났지만 아직까지는 상인의 마인드를 가지지 못했다. 그동안 공부한 어설픈 지식은 장사에 전혀 도움이 되지 않는 것 같다. 남이 잘 되는 모습을 보며 부러워만 했다. 세상에는 쉬운 것이 없다고 하지만 못할 것도 없다. 추석맞이 직거래장터를 마무리하며 들었던 생각은 우리도 부딪쳐 봐야 한다는 것이다. 좀 더 적극적으로 해봐야겠다.

장사를 떠나 명절은 북적거려야 분위기가 나는데 올해에는 시장이 썰렁하여 몹시 아쉬웠다. 내년에는 흥분과 설렘이 있고 정과 덤이 가득한 명절이 되기를 기대해 본다.

막걸리 담기

올해 3월부터 낭만농부는 포항농업대학 농식품가공반에서 발효이론과 발효식품의 효능 등을 배우고 직접 식초, 장아찌, 장류 등을 담그는 실습교육을 받고 있다. 이번 주에는 전통주 담그기를 했다. 전통주는 흔히 막걸리, 청주, 소주를 일컫는다. 막걸리는 발효한 지 2주 이내로 마시는 신선함을 추구하는 술이다. 청주는 막걸리 원액의 맑은 부분만 따로 떠내 숙성한 술이다. 소주는 청주를 증류해 만든 술이다. 결국 청주, 소주는 막걸리를 모체로 한다. 그러므로 전통주를 만드는 과정에 없어서는 안 되는 술이다. 막걸리는 말 그대로 '아무렇게나 걸러낸 술'이란 뜻이다. 그리고 술 빛깔이 흐리고 탁해서 탁배기 또는 탁주라고도 부른다.

우리 조상들의 지혜와 서민의 삶이 배어 있는 술이자 여유를 배울 수 있는 술이기도 하다. 서양의 포도주, 위스키 등이 섬세한 맛으로 감성을 자극한다면 막걸리는 시원 텁텁한 맛으로 흥취를 일으킨다.

막걸리 빚는 법은 이전에도 몇 번 교육을 받았지만 집에서 해먹을 시간이 없어 자꾸 잊어버린다. 사실 그렇게 어려운 것은 아닌데……. 쌀을 깨끗이 씻어 고슬고슬 지은 고두밥을 식히고 잘게 빻은 누룩과 물을 넣어 잘 섞어주기만 하면 된다. 항아리에 담고 2주 정도 잘 발효시키면 술이 된다. 찌꺼기를 걸러내고 숙성을 거치면 향긋하고 맛있는 막걸리를 맛볼 수 있다. 말은 쉬운데 실제로 행하는 것은 뜻대로 되지 않는 것이 현실이다.

막걸리를 담그다보니 처음 맛본 어린 시절의 기억이 슬며시 떠오른다. 어른들은 꿀떡꿀떡 마시며 "아, 시원하다."고 했다. 더운 날씨에 힘든 농사일을 하며 한잔 하는 그 맛이 오죽했겠는가. 낭만농부가 처음으로 막걸리를 마신 것은 초등학교도 들어가기 전이었다. 마을의 잔치였는지 어느 집에 상례가 있었는지는 기억이 나지 않는다. 술상을 들고 가던 어떤 형이 장난친다고 마셔 보라고 했다. 천지도 모르고 한잔 홀짝 마셨는데 머리가 빙빙 돌고 속은 어찌나 답답한지 그렇게 괴로울 수가 없었다. 그 뒤로는 술을 마시지 않았다. 가끔 엄마는 모내기를 할 때나 벼를 타작할 때에 우리 마을과 옆 마을 중간에 위치하고 있었던 술도가에 심부름을 시키셨다. 그러면 낭만농부는 양은 주전자를 들고 산길을 지나고 논두렁을 걸어서 할머니와 할아버지 두 분이 술을 파시는 술도가에 갔다. 지금은 가까운 거리지만 그때 꼬맹이의 눈에는 엄청나게 먼 거리였다. 그 길을 낑낑거리며 쉬다가 가기를 반복하며 사 오면 엄마는 광주리에 밥과 국, 반찬을 이고 논으로 가셨다. 낭만농부는 막걸리가 가득 담긴 양은주전자를 들고 쫄랑쫄랑 뒤따라갔다. 농부들은 점심을 먹고 나면 으레 막걸리를 마셨다. 그것은 고된 농사일을 이겨내기 위한 방

편이었을 것이다.

고등학교를 졸업하고 객지로 나갈 때 아버지는 "이제 어른이니 술도 마실 줄 알아야 한다."며 막걸리를 한 잔 주셨다. 어쩐지 달달하다는 생각이 들었다. 그런데 노루고기와 개고기는 먹지 말라고 당부를 하셨다. 그래서 지금도 그 두 가지는 먹지 않는다. 요즘에는 농촌에서도 소주나 맥주를 마시고 막걸리를 잘 마시지 않는다. 그래서 마을마다 조그맣게 운영되던 술도가는 사라진지 오래 되었다.

옛날에는 집에서 막걸리를 담가 먹기도 하였다. 밀주 단속을 하던 때도 있었는데 지금은 전통주라 하여 장려하기도 한다. 그런데도 만드는 사람이 드물고 마시는 사람도 줄어들었다. 우리나라 사람은 그래도 막사발에 시원스런 막걸리를 들이키는 모습이 어울리는데…… 오늘 따라 막걸리를 부어 마시며 이념을 논하고 철학을 이야기했던 젊은 시절, 그때가 너무 그립다.

열무김치

8월 중순경에 김장김치를 준비하기 위해 자투리땅에 배추 모종을 심고 무씨를 뿌렸는데 잘 자라 주었다. 아내는 무씨가 혹시나 나지 않을까 싶어 한 구멍에 5개씩을 넣었다. 발아조건이 맞았는지 모두 파랗게 싹이 돋았다. 무가 제대로 자라려면 한 포기만 남겨 두어야 하기에 나머지는 솎아주었다. '열무'라는 말은 '여린 무'라는 뜻에서 연유되었다고 한다. 말 그대로 연한 상태에서의 김치 맛이 최고임은 두말하면 잔소리다. 열무가 연한 것이 너무 좋다.

낭만농부는 평소에 열무김치를 잘 먹지는 않는다. 그래도 아내는 버리기가 아깝다며 김치를 담겠다고 한다. 오늘은 시원하여 김치 담그기

에 딱 좋은 날씨다. 주변의 코스모스가 가을바람에 흔들리고, 큰꿩의비름이 꽃을 피워 놓으니 이름 모를 나비들이 앉아 날개를 접었다 펴기를 반복한다. 그리고 파란 하늘에는 흰구름이 둥실둥실 떠서 바람 따라 산 너머로 흘러가고 있다. 아내는 작은 열무를 솎아서 다듬는다. 그리고 깨끗이 씻어서 소금에 절여둔다. 밭에서 딴 고추와 쪽파를 캐 와서 재료 준비에 한창이다. 낭만농부는 열무김치에 관심이 없어 그냥 옆에서 지켜보고 있으니 도와주지 않는다고 말이 많다. 할 수 없이 마늘을 까주니 큰일을 했다고 하며 아내는 금방 얼굴에 화색이 돈다. 감자로 죽을 쑤어서 고추, 생강, 새우젓, 고춧가루, 마늘, 매실발효액, 멸치액젓 등 갖은 재료를 넣어 양념장을 만든다. 그런 후에 절여 놓은 열무에 파와 양파를 송송 썰어 넣고 양념장을 부어 살살 버무렸다. 아내의 손놀림이 빨라지더니 금세 열무김치가 완성되었다.

아내는 옛날에 열무김치를 반찬으로 많이 먹었다고 한다. 낭만농부도 가끔 바글바글 끓인 된장찌개에 보리밥과 열무김치, 고추장을 넣어 맛있게 비벼 먹었던 기억만 떠오른다. 지금은 보리를 구하기가 쉽지 않은 시대이니 열무김치가 맛있게 익으면 쌀밥에라도 비벼 먹어보아야겠다.

　아내는 금방 담근 열무김치 한 조각을 낭만농부의 입에 넣어 주며 맛이 어떠냐고 묻는다. 말이라도 잘 해야지 그러지 않으면 다시는 하지 않을 것 같아 맛있다고 말해 주었다. 그러니 아이처럼 좋아한다. 아내는 남편이 무어라고 입이 짧은 낭만농부를 위해 부지런히 열무김치를 담갔다. 그것만으로도 최고의 선물이 아니겠는가. 금방 열무김치를 담갔는데 벌써부터 군침이 돈다.

비 오는 날의 추억

　굵은 빗방울이 아침부터 세상 가득 쏟아진다. 오늘처럼 비 오는 날은 잠시 휴식을 취하는 날이기도 하다. 며칠 전에 면사무소 2층에서 음악회를 한다는 현수막을 보았는데 비도 오니 아내와 함께 가보기로 했다.

시간에 맞추어 도착하니 우리 마을 주민들과 면내의 낯익은 얼굴들이 보였다. 먼저 소리여울연구소의 국악공연과 소리난타의 난타공연으로 분위기는 점점 달아올랐다. 그리고 이번 공연을 주최한 서포항색스폰연주단의 신나는 '진또배기' 연주는 농사에 지친 주민들의 흥을 끌어올리기에 부족함이 없었다. 이어진 그룹사운드 '좋은친구들'의 신나는 팝송과 7080 노래는 흥겨움과 신명을 안겨 주었고 어울림의 한마당이 되게 해주었다.

낭만농부와 장아지매는 운이 좋게 앞자리에 앉다 보니 연주하고 노래하는 이들의 모습을 자세히 볼 수 있었다. 연주자들끼리 시선을 주고받으며 호흡을 맞추는 모습, 그리고 연주자와 청중이 서로 교감하고 즐거움을 나누는 것을 가까이에서 볼 수 있었다. '현장에서 듣는 음악이 이런 것이구나!' 하고 느낄 수 있는 좋은 시간이었다. 출연자들이 유명인은 아니지만 바쁘게 돌아가는 인생에서 잠시 쉬어가기에 부족함이 없는 훌륭한 연주였다.

음악회를 마치고 산길을 넘어오는데 웬 작은 회색빛 생명체가 깡충깡충 길을 가로질러 가고 있었다. 빗길에 산책 나온 산토끼였다. 부딪칠 것 같아 천천히 운전하며 구경을 하였다. 동그란 눈, 쫑긋한 두 귀, 유난히 긴 뒷다리를 가진 토끼가 정말 귀여웠다. 차가 다가와도 천연덕스럽게 제 갈 길을 가다가 길가 한쪽 귀퉁이에 서서 물끄러미 우리를 보았다. 차를 세우고 내려 가까이서 보려고 했더니 홀연히 산속으로 사라졌다. 다가가면 멀어지고 멀어지면 다가오는 것이 세상살이의 이치인가 보다. 차 안에서 가만히 있어볼 걸 그랬다.

집으로 돌아와서 오늘 일들을 되짚어 보았다. 비가 촉촉이 내리는 가운데 들었던 음악과 돌아오는 길의 산토끼와의 만남은 낭만농부와 장아지매에게 아름다운 추억의 한 장면으로 남을 것 같다. 내일은 태풍이 온다고 하는데 오늘은 낭만적인 비가 온종일 내리는 하루였다.

풍선덩굴

오가향 정원과 장독대, 향원에는 풍선이 주렁주렁 매달렸다. 한여름에는 고운 연둣빛으로 덩굴을 뻗어서 보일 듯 말듯 작은 꽃을 피웠다. 그러다가 지금은 꽃이 진 자리마다 풍선을 대롱대롱 매달아 놓았다. 산바람이 불어오면 떨어질 듯하면서도 아슬아슬하게 달려서 주머니 속에 예쁜 사랑을 키우고 있다. 먹을 수는 없지만 꽈리 모양의 열매가 운치를 더해 주어서 보기에 좋다. 풍선덩굴은 이름 그대로 풍선 같이 공기가 가득 찬 열매를 맺고 꿈에 나올 법한 풍경을 연출해 놓는다. 그래서 아내는 오가향의 타고 올라갈 수 있는 곳에는 풍선덩굴을 심어 놓는다. 그러면 매년 싹이 올라와 예쁜 모습을 보여 준다. 풍선덩굴은 다른 덩굴들과는 달리 주위의 식물들에게 해를 끼치지 않아서 더 좋다.

한창 가을로 접어드는 요즘에는 가느다란 줄기 사이로 풍선덩굴의 열매들이 익어가고 있다. 보는 이의 마음을 풍성하게 해주어 더없이 행복하다. 잘 익은 갈색 풍선 안에는 무엇이 있을까 궁금하여 터뜨려 보니 '폭!' 하고 소리가 난다. 안에는 까만 씨앗이 하트를 마구 날리는데 너무 귀엽고 사랑스럽다. 조물주가 사람을 만든 것도 신기하지만 어떻게 풍선덩굴 안에 이렇게 예쁜 하트 모양의 씨앗을 넣을 생각을 했을까. 보기만 해도 풋풋한 사랑이 느껴지고 마음마저 설레게 한다. 점점 늙어가는 낭만농부의 가슴을 두근거리게 하는 풍선덩굴이 있어 마냥 즐거운 가을날이다.

운수 좋은 날, 송이 향에 취하다

첩첩산중인 상사리의 10월은 송이의 계절이라고 할 수 있다. 하지만 낭만농부는 송이를 채취할 수 있는 산을 가지고 있지 않으니 그림의 떡이다. 그런데 어제 마을 나들이를 갔다가 몇 명이 모여 있는 이웃집에서 갓 따온 송이를 맛볼 수 있었다. 마침 조그마한 송이 두 송이와 참을 먹으려고 하고 있었다. 소주 한잔 마시고, 생으로 쭉쭉 찢어 놓은 송이를 하나 집어 소금 친 참기름에 살짝 찍어 먹으니 입 안 가득 송이의 맛과 향이 전해져 왔다. 왜 사람들이 '일 송이, 이 능이, 삼 표고'라고 하는지를 알겠다. 낭만농부가 처음으로 송이버섯을 맛본 것은 이 마을에 처음 왔을 때였으니 10년 정도 된 것 같다. 송이버섯은 모양이 참 희한하다. 두툼하고 짜리몽땅한 것이 머리 부분만 뭉툭하게 생겼다. 활짝 피면 우산 모양이 되는데 덜 핀 송이를 최고로 친다. 처음 맛본 송이는 하얗게 쌓인 눈 위를 걸을 때 뽀드득거리는 것과 같은 느낌이었다. 그때에는 마을 주민들이 맛보라고 주기도 하고 직장 생활을 하고 있었으니 조금 비싼 송이였지만 사먹기도 하여 매년 맛을 볼 수 있었지만 지금은 가난한 농부이기에 사먹을 엄두가 나지 않는다. 그래서 오늘 먹은 송이의 향이 더 진하게 다가오는지도 모른다.

모처럼 송이 맛을 보아 기분 좋게 집으로 내려오는 길에 또 다른 이웃 주민을 만났다. 잠시 기다리라고 하더니 맛이나 보라며 등외품 송이를 몇 송이 준다. 이게 웬 떡이냐 싶어 감사한 마음을 전하고 돌아와 송이 밥을 해 보았다. 먼저 송이에 묻은 이물질을 칼로 살살 긁어낸 뒤에 흐르는 물에 씻어 결대로 잘게 찢었다. 앉혀 놓은 쌀 위에 송이를 올리고 취사 버튼을 눌렀다. 조금 있으니 밥이 되어 가는지 은은한 송이 향이 부엌 가득 퍼진다. 아내가 정성들여 차린 송이밥에 간장 양념 살짝 얹어 비벼 먹으니 입안에 가을의 향기가 쫙 퍼진다. 송이는 지금이 제철이지만 올해는 이상 기온으로 작황이 좋지 않다고 한다. 그런데도 올가을 두 번이나 맛을 볼 수 있었으니 낭만농부는 행운을 얻은 듯하다.

옛날 사람들은 가난했지만 가을에 적은 송이라도 나누어 먹었다고 한다. 그래야만 기나긴 겨울을 무사히 보낼 수 있다고 생각했던 것이다. 아마도 그만큼 영양가 높은 식품이라는 뜻일 게다. 송이버섯은 그윽한 솔향기, 달짝지근한 맛, 부드러우면서도 쫄깃한 식감을 가지고 있다. 낭만농부도 올해 송이 맛을 보았으니 겨울은 무탈하게 지낼 수 있을 것 같은 느낌이다. 오늘 낭만농부는 가을의 맛과 향을 제대로 본 운수 좋은 날이다.

벌집을 제거하며

포항농업기술센터에서 주관한 견학을 다녀온 날 저녁, 아내는 꽃밭에 벌집이 있다고 했다. 다음날 아침에 가 보니 큰 해바라기 꽃처럼 생긴 벌집이 낭만농부가 만들어 놓은 작은 지붕 모형 안쪽 중앙에 떡 하니 매달려 있다. 이놈들이 낭만농부가 바쁜 틈을 타서 허락도 없이 자기들의 왕국을 건축해 놓은 것이다. 벌집에는 수많은 벌들이 붙어서 무언가를 열심히 하고 지붕 위에는 경계병들인지 이리저리 날아다닌다. 이놈들에게 쏘이기라도 하면 엄청나게 아프고, 혹시 말벌이라면 큰일이기에 벌을 희생시키지 않을 수 없다. 몇 년 전에도 집 주변에 벌들이 집을 만들어 소탕한 적이 있는데, 그때의 경험을 떠올려 화학전으로 신속하게 처리하기로 하였다. 먼저 필요한 스프레이 살충제가 없어 도평에 나가서 사 왔다. 그리고 날이 어두워지기를 기다려 전격적으로 작전에 돌입하였다. 두툼한 옷과 장화, 그리고 고무장갑을 착용하고 전투에 나섰다. 그런데 아내는 아무런 장비도 갖추지 않은 채 스프레이 살충제

만 달랑 들고 나선다. 나이가 들면 여자들이 겁이 없다더니 용감하다. 잔뜩 긴장한 낭만농부는 먼 곳에서 분사하는데 아내는 가까이에서 살포해야 효과가 있다고 벌집 바로 밑에 대고 뿌린다. 강력한 살충제를 맞은 벌들은 힘을 잃어 떨어져 내리고 날갯짓을 하지 못한다. 낭만농부는 긴 막대기를 이용하여 벌집을 밀어서 떼어내었다. 거대한 왕국을 건설하려던 벌들의 꿈은 산산조각이 난 것이다. 나뒹굴어진 벌집을 보니 정말 정교하게도 지어 놓았다. 어떻게 하면 이렇게 똑같은 크기의 정육각형 모양을 일률적으로 만들었을까. 벌들이 왜 정육각형으로 집을 짓는지는 수천 년 동안 풀지 못한 수수께끼라고 한다. 그런데 1965년에 페어시토트라는 헝가리 수학자가 최소의 재료로 최대의 면적을 지닌 용기를 만들 때에 그 용기가 정육각형이라고 주장하였다. 생각해보니 그런 이유가 맞는 것 같기도 하다.

아무튼 이렇게 정교하게 오랜 기간 정성들여 지은 집이고, 오죽하면

이곳에 삶의 터전을 마련했나 싶어 미안하기도 하였다. 하지만 웬만하면 동거를 하겠는데 공격하면 큰일이니까 강제철거를 하지 않을 수 없었다. 벌집을 치우고 생각을 해 보았다. 이곳이 아니고 깊은 산속에 지었더라면 오늘 같은 일을 당하지 않았을 것인데, 하필이면 낭만농부가 사는 집 주변에 지어서 낭패를 본 것이다. 사람이나 벌들이나 설 곳과 피해야할 곳이 있다. 자신이 설자리가 아닌 곳에 서면 안 되는 것이다. 그런데 말이 쉽지 제자리를 찾는 일이 마음대로 되는가. 떼어진 벌집을 보며 제대로 자리매김하는 것이 얼마나 어렵고 소중한가를 생각해 본다.

와송

몇 년 전 화분용 고기와에 올린 와송이 바람과 이슬을 맞으며 잘 자라주었다. 언뜻 보면 다육식물 같기도 하지만 아니다. 와송은 오래된 한옥 지붕의 기와에서 소나무처럼 자라 바위솔이라고도 한다. 낭만농부와 장아지매는 오래전 고택을 답사할 때 기와집에서 이끼와 함께 자연스럽게 자라는 것을 한두 번 본 적이 있었다. 어떻게 오랫동안 흙먼지만 쌓인 기와 위에서 식물이 자랄까 신비로웠다. 그때에는 도시 아파트에서 살았기 때문에 키울 엄두도 못 내고 그냥 지나쳤다. 그런데 시골에 들어오면서 아내가 관상용으로 키우게 되었다. 아내는 기와지붕과 비슷한 조건을 맞추기 위해 좁다란 기와 위에 자연스럽게 심었다. 그리고 그동안 이슬과 햇살만 먹고 별 탈 없이 잘 자라주고 있다.

처음에는 한 포기였던 것이 점차 늘어나고 있다. 와송은 꽃대를 올려 꽃을 피우고 씨앗을 맺으면 잎과 줄기가 고사하게 된다. 하지만 자라는 꽃대를 잘라 주면 추운 겨울에도 살아남아 새봄이 되면 다시 싹을 틔운다. 결과적으로 그해에 종족을 번식시킬 씨앗을 토양에 뿌리지 못하면 책임감과 의무감으로 죽지 않는다고 한다. 흙이 없는 기와 위에서 한여름 불같은 땡볕과 추운 겨울의 칼바람을 이겨내고 강인한 생명력으로 종족 번식을 위해 살아가는 와송의 삶에서 나약하게 살아가는 낭만농부의 삶을 반성해 본다. 그래도 오가향의 가을은 예쁘다. 가느다란 꽃대를 앙증맞게 올린 와송이 가을 속으로 들어가는 오가향을 더 아름답게 하고 있다.

작살나무

작살나무 열매가 곱게 익어 가고 있다. 나무 옆 겨드랑이마다 한 송이씩 몽글몽글 곱게 익어 가는 열매가 탐스럽다. 사랑스러운 보석이 탐스럽게 맺혀 있는 모습이 장독대와 잘 어울린다. 실에 꿰어서 목걸이와 귀걸이를 만들어도 좋을 듯 곱게 익어 가는 작살나무 열매는 서리가 내리고 눈이 오는 겨울까지 색이 바래지 않고 그대로 남아 있다. 때로는 배고픈 산새들의 먹이가 되기도 하고 이듬해 봄이 될 때까지 가지에 매달

려 있기도 한다. 깊어가는 가을날 만난 작살나무 열매가 사랑스럽다.

보랏빛의 반짝이는 구슬 같은 열매는 가을에 자주색으로 익는다. 몇 년 전에 장독대에 한 그루 심어 두었는데 이식한지 3년 만에 대거 꽃을 피우더니 예쁜 보라 구슬을 주렁주렁 달았다. 꽃은 작아서 눈에 잘 띄지도 않았는데 가을이 되자 보라구슬 열매가 눈에 들어왔다. 이리도 아름다운 열매를 맺는 나무에 왜 작살나무라는 이름이 지어졌을까. 나무의 이름만 들어도 그 생김새를 짐작할 수 있는 것들이 있다. 잎이 5개씩 있어서 오갈피나무, 줄기에 버짐이 핀 듯 얼룩이 있어서 버즘나무, 꽃이 튤립 같다 하여 튤립나무 등이 그렇다. 작살나무도 이러한 이름을 가진 나무 중 하나다. 작살은 고기를 잡을 때 물고기를 찔러 잡는 기구를 말한다. 삼지창처럼 생겼다. 작살나무 어디가 작살처럼 생겼나 보니 원줄기를 가운데 두고 양쪽으로 가지가 두 개씩 정확히 마주 보며 갈라져 영락없이 작살 모양을 하고 있다. 그래도 아름다운 열매와는 어울리지 않는 이름이다. 보라색 보석이 주렁주렁 달린 나무는 자연의 경이로움이 이런 거구나 하고 느낄 수 있게 만드니까.

바람이 살랑대는 가을에 보석처럼 빛나는 보라색 열매를 보고 있자니 삶이란 무엇일까, 잠시 생각하게 된다. 정답은 없겠지만 행복하면 되지 않을까 싶다. 보라색은 고귀함을 나타내는 색이다. 낭만농부는 삶이 어려워질지라도 고귀함을 잃지 않으면서 행복하게 살고 싶다. 따사로운 햇살을 맞으며 작살나무 옆에서 가을의 정취를 만끽한다.

자연미인, 꽈리

청명한 가을 하늘 아래 꽈리 열매가 잘 영글어 가고 있다. 가을은 농부들에게 풍요로운 결실을 가져다주는 수확의 계절이다. 꽈리는 낭만 농부와 장아지매에게 경제적인 부를 안겨 주지 않지만 예쁘다는 이유로 향원의 한 자리를 차지하고 있다. 처음 꽈리를 본 것은 상사리에 와서 하숙 하던 집에서였다. 온통 회색빛 겨울에 주홍색 꽈리가 벽에 걸려 있어 집과 잘 어울리는 소품이라는 생각을 하였다. 그 후 장아지매도 매년 꽈리를 수확하여 인테리어 소품으로 활용하고 있다. 맑고 고운 색으로 물든 꽈리를 벽에 걸어 두면 이듬해까지 예쁘게 볼 수가 있다. 오가향의 정원 한쪽에는 올해도 어김없이 꽈리가 열려 지치고 힘들 때 마음을 위로해주는 역할을 톡톡히 해 준다.

얼마 전까지만 해도 향원 꽃밭에 가면 온통 초록빛 풀 냄새만 나고 잘 보이지 않던 것이, 요즘에는 따사로운 가을 햇살에 유독 선명하게 눈에 들어온다. 잘 여문 꽈리 열매는 정열적인 주홍색을 띠는데 이런 자연의 색은 유명한 화가라도 쉽게 낼 수 없을 것 같다. 주홍빛 붉은 꽃받침을 위로 부풀려 모아 조심스레 감싸고 있는 모습은 귀한 보석을 보관하기 위한 것으로 보인다. 실제로 그 속에는 공주 같이 고운 주홍색 구슬이 들어 있다. 진주 귀걸이만한 빛나는 붉은 구슬은 반질반질 신비롭기까지 하다. 붉게 물들어 있는 꽈리 가지를 잘라 왔다. 보기 좋게 묶어 거실에 거꾸로 매달아 보았다. 꾸미지 않아도 자연 그대로의 멋과 아름다움이 넘친다. 이 꽈리로 인해 낭만농부와 장아지매는 한동안 행복할 것 같다.

황홀한 가을의 향기

아내와 함께 산밤을 주우러 뒷산에 가는 길에는 보라색 꽃향유가 예쁘게 피어 있다. 그늘지고 약간 습한 곳에는 어김없이 피어나 산길을 걷는 낭만농부와 장아지매가 심심하지 않게 눈요깃거리를 제공해 준다. 꽃향유는 추어탕이나 장어국에 향신료로 넣는 방아풀잎처럼 생겼다. 가까이 다가가서 냄새를 맡아 보니 그윽한 향기가 난다. 가을은 꽃향유의 계절이라 할 만큼 많이 피는 꽃이다. 어떻게 보면 보잘 것 없는 풀에 지나지 않지만 이름만큼이나 눈에 띄는 예쁜 야생화이다. 다른 꽃들이 지칠 쯤에 아주 진한 보라색 꽃으로 피어나는 꽃향유는 그저 보통의 잡초처럼 그렇게 있다가 때론 뽑히기도 하지만 꽃이 피고 나면 대접을 받는다.

분홍빛이 나는 자주색 꽃송이들은 특이하게도 한쪽 방향에만 빽빽하게 이삭처럼 꽃이 피고 다른 면에서는 피지 않는다. 향기로운 열매를 가득 머금는다 하여 '꽃향유'란 예쁜 이름이 붙었다. 이름뿐만 아니라 꽃도 예쁘고 향기까지 진하게 전해준다. 그런데 낭만농부가 꽃향유를 좋아하는 것은 이런 것보다는 모든 꽃들이 시들어 가는 때에 피우는 대기만성의 꽃이기 때문이다. 깊어가는 가을의 모퉁이에서 아름다운 꽃잎과 향긋한 향기로 가을을 즐기는 꽃향유의 낭만과 여유가 우리에게도 필요한 듯하다.

꽃보다 더 아름다운, 설송 열매

얼마 전에 한 학교에서 주워온 계란 모양의 솔방울이 장미꽃처럼 화려하게 꽃을 피웠다. 어떤 열매이기에 이렇게 아름다울까 싶어서 식물 이름을 알려주는 곳에 물어보니 우리 이름으로는 '개잎갈나무'라고 하고, 다른 말로는 '히말라야시다'라고 한단다. 한자로는 '설송'이라고 하는데, 낭만농부는 이 이름이 마음에 든다.

가지치기를 한 나무 밑에서 우연히 발견한 열매가 이렇게 아름답게 변해가다니 그야말로 완전한 감동이었다. 꽃처럼 핀 솔방울이 너무 예뻐서 한 송이를 집으로 가져와 식탁 위에 올려놓고 식사할 때마다 보며 "고 녀석 참 신기한 열매네. 어떻게 이렇게 화려하게 꽃 모양을 피워 놓았지." 하며 보는 재미를 즐겼다. 그런데 며칠 지나고 나서 아내는 "당신이 좋아하는 꽃이 다 무너져 버렸네." 한다. 가서 보니 정말로 예쁜 꽃 모양은 어디로 갔는지 흔적이 없고 부스러기 잔해들과 무너지다 만 솔방울이 덩그러니 낭만농부를 쳐다보고 있었다. 한 조각을 들고 자세히 살펴보니 비단처럼 부드럽고 얇은 막이 만들어져 있고, 그 막 속에 씨앗이 들어 있었다. 이 씨앗을 위하여 층층이 쌓아올린 구조물이 한 치의 오차도 없이 치밀하게 이루어져 있었던 것이다. '아, 사람이 아무리 날고 긴다 해도 자연의 위대한 힘은 따라 갈 수 없어!'

처음 이 열매를 보았을 때에는 꼭 수류탄처럼 생겨서 단지 특이하게 생각되어 그냥 주워 왔다. 놓아둘 곳도 마땅찮아 증숙실 앞에 부어 놓았다. 그런데 따뜻한 가을 햇볕을 쬐면서 열매들이 차츰 벌어져 예쁜 꽃 모양으로 되었던 것이다. 지금 생각해 보니 나무 밑 음지에 있을 때에는 솔방울 모양 그대로 있다가 햇볕에 말라 물기가 빠지면서 층층으로 이루어진 열매가 점점 벌어져 생긴 현상이었다. 그리고 오늘 꽃모양이 무너진 것은 완전히 말라서 조각들이 하나씩 떨어진 것이다. 아무리 아름다워도 가는 세월은 어쩔 수 없는가 보다. 그것보다 씨앗을 날려 후손을 퍼뜨릴 위대한 작업이었을 것이다. 증숙실 앞에 있는 열매 중에는 아직 꽃을 피우지 않은 것도 있고 화려하게 만개한 것도 있다. 그리고 이미 무너진 열매들도 있다.

가끔 오가향을 방문하는 손님들도 예쁘다며 하나 주면 안 되냐고 한다. 아내는 "마음껏 골라 가세요." 한다. 처음에는 쓸데없는 것 주워 온다고 잔소리만 하더니 선심은 다 쓴다. '참나, 무엇이든 관심을 가지면 얻는 게 있다니까.' 덕분에 나무 이름 하나를 새롭게 알게 되었다.

싱싱사과대추 단상

하루 일과를 마치고 무료한 시간을 달래기 위해 사과대추를 가져와 먹었다. 한입 베어 먹으니 아삭아삭하고 달콤한 맛이 입안 가득하다. 사과 같은 모양으로 골프공만큼 굵으면서 씨앗은 작고 과육이 많아 먹을 것이 많다. 맛도 좋고 먹을 것도 많은데, 우리와 인연이 아닌지 올해 우리 부부의 속을 많이 상하게 하였다. 처음 심을 때부터 추운 지역이라 걱정을 했는데 우려가 현실이 되었다. 봄에 늦게 꽃을 피워 열매가 늦게 열리고 과실이 빨리 익지 않았다. 그리고 친환경적으로 재배하다 보니 곤충이 쪼아 먹고, 태풍까지 겹쳐서 끝까지 남은 사과대추는 많지 않았다. 엎친 데 덮친 격으로 비도 잦다 보니 열과가 난 것도 많아서 판매가 쉽지 않았다.

이것저것 빼내고 상품이 될 만한 것을 골랐지만 조금 수확한 사과대추마저 판매할 곳을 찾지 못했다. 참 한심한 노릇이다. 어쩔 수 없이 마음을 비우고, 오가향을 방문하는 고객들에게도 맛을 보이고 아는 분들에게도 조금씩 나누어 주었다. 처음부터 많은 수익을 얻기 위해 한 일은 아니었지만 조금은 실망을 하였다. 농사를 짓다 보면 세상 일이 참 마음먹은 것처럼 되지 않는다는 것을 자주 느끼게 된다. 지난해 아로니아 농사도 그렇고, 노력한 만큼 성과가 나지 않을 때에는 힘이 빠지는 게 사실이다. 사과대추나무를 보고 있으니 고민이 많이 된다. 어떻게 해야 할지 모르겠다. 실망한 낭만농부에게 아내는 "올해처럼 우리 먹고, 남으면 주변에 나눠주면 되지, 뭘 그렇게 고민을 해." 한다. 말이 쉽지 농촌에 살면 수익을 올리는 게 별로 없는데 그게 되는 일인가. 올해는 실패했지만 내년에는 나무도 좀 더 적응을 하여 나아지리라 기대하면서 한 해를 더 해 보기로 하고 마음을 다잡았다. 열심히 하다 보면 언젠가 쨍하고 해 뜰 날이 오겠지. 송대관이 부른 '해 뜰 날'이란 노래가 왜 이리도 가슴에 와 닿는지……

안 되는 일 없단다 노력하면은
쨍하고 해 뜰 날 돌아온단다

행운권 당첨

요즘 행사에서는 참여율을 높이기 위해 행운권을 추첨할 때가 있다. 그런데 당첨이 잘 되는 사람도 있고 아닌 사람도 있다. 낭만농부는 후자의 경우이다. 그런데 오래 살다 보니 별일도 다 있다. 회사 체육대회나 야유회, 그리고 각종 행사에서는 지질이도 운이 없어 한 번도 당첨되지 않던 행운권이 당첨이 된 것이다. 며칠 전에 포항시새마을문화제가 기계 새마을운동발상지 운동장에서 열렸다. 낭만농부는 평소에 행사에 가면 조용히 구경만 하다가 오거나 중간에 빠져나왔다. 그런데 그날은 이왕 갔으니 적극적으로 참여하기로 마음을 먹었다. 그래서 부녀회에서 준비한 음식을 점심으로 맛있게 먹고 시작한 낙하산 달리기, 지구 굴리기, 옷 엮기 등의 게임에도 적극 참여하였다. 이어진 노래자랑대회가 끝나고 모두가 기다리는 행운권 추점 시간이 되었다. 아내는 얼마 전에 열렸던 죽장면민체육대회 때 마을 주민이 자전거 경품을 타는 것을 보고 무척 부러워했다. 아침에 행사장으로 출발하면서 아내는 "오늘 자전거 경품 탔으면 좋겠다." 하며 내심 기대를 하는 눈치였다. "이 사람아 욕심 낼 것을 내야지. 평소에 당첨이 안 되던 것이 오늘이라고 되겠나." 하며 면박을 주었다.

  사회자가 추첨함을 들고 나오고 내빈들이 추첨을 시작하자, 모두 숨 죽인 채 자신의 이름이 불리기를 학수고대하고 있었다. 나도 이번에는 꼭 되었으면 하고 행운권을 보고 또 보았다. 그런데 낭만농부의 이름은 들리지 않고 다른 지역의 사람들만 당첨이 되는 것이었다. 당첨된 사람들은 환호성을 지르며 경품을 타러 나갔다. 한 자리에 있던 사람들은 박수를 치며 축하를 해주고, 그렇게 몇 번이나 박수와 환호성이 지나갔다. '그러면 그렇지. 될 리가 있나.' 하고 있는 순간, 낭만농부의 귀에 낯익은 이름이 들려왔다. 아내의 이름이 불린 것이다. 정말 순간이었지만 놀라고 당황했다. 여태껏 살아오면서 이런 경우가 한 번도 없었는데 우리 부부에게도 행운권 당첨이란 행운이 생기다니 꿈만 같았다. 아내는 좋아서 깡충깡충 뛰어가 자전거를 당당히 끌고 돌아왔다. 모여 선 사람들의 부러운 시선과 시샘어린 눈초리도 눈치채지 못하고 좋아서 어쩔 줄 몰랐다. 아내는 신줏단지 모시듯이 자전거에서 떨어지지 않았다. 그 모습이 너무 웃겨서 "누가 가져간다고 그래?" 하며 핀잔을 주어도 곁을 떠나지 않는다. 비록 큰 냉장고, 텔레비전에 당첨된 것은 아니지만 낭만농부도 기분이 좋았다.

행운권 추첨이 있는 행사에 갈 때마다 저 많은 경품 중에는 왜 내 것이 없을까 했다. 그런데 오늘은 끈질기게 기다린 끝에 당첨이 되었다. 그것도 원하던 자전거였다. '두드려라, 그러면 열릴 것이다.'라는 말이 있듯이 간절히 원하면 이루어지는 것 같다. 그러고 보니 어떤 목표를 세우면 끝까지 밀고 나가야지 미리 포기하고 끝나기 전에 돌아오면 올 행운도 사라지는 게 삶인 것 같다. 살아가면서 가끔은 이런 소소한 기쁨이 있어 행복하다. 오늘 행운권이 당첨된 것을 보니 행운은 거저 찾아오는 것이 아니라 열심히 뛰고 끝까지 기다리는 사람에게 주어지는 것 같다.

붉은, 그리고 달콤한 열매

하루 종일 콩 타작을 한 날이다. 지나가던 이웃사람이 밭가에 심어 놓은 꾸지뽕나무에 열매가 열려 있으니 필요하면 따가라고 한다. 오가향에도 있지만 심은 지가 얼마 되지 않아 올해에는 열매가 달리지 않았다. 우리 집 옆에 있는 밭에 가보니 빨갛게 익은 꾸지뽕 열매가 마치 새색시처럼 맞이한다. 따는 시기가 늦어서인지, 아니면 자연에 맡겨 놓아서인지 새들이 쪼아먹고 깨끗한 편도 아니었다. 상품성은 떨어지지만 농약을 치지 않은 것이니 몸에는 좋을 것이다. 따려고 하니 낮은 곳에 열린 열매는 이미 다른 사람이 다 따가고 높은 곳에만 남아 있다. 나무에 가시도 있고 손에 닿지 않는 것도 있어 따는 것이 쉬워 보이지는 않았다. 낮은 삼각 사다리를 펼치고 따 보았는데 나무가 비탈에 심겨져 있어 무척 힘들었다.

한동안은 꾸지뽕이 몸에 좋다고 너도나도 심었는데, 실제로 열매를 본 것은 오늘이 처음이다. 색깔은 빨갛고 모양이 울퉁불퉁한 것이 그렇게 호감이 가지는 않는다. 이름의 끝 자에 '뽕'이 들어가지만 뽕나무 열매인 '오디' 하고는 완전히 다르다. 잘 익은 것을 하나 따서 입속에 넣어 보니 맑은 가을 하늘 만큼이나 상큼하며 단맛이 난다. 산에서 불어오는 솔바람을 맞으며 시간 가는 줄 모르고 따다 보니 금세 작은 바구니가 채워졌다. 따기는 했는데 어떻게 먹을까 잠시 고민이 되었다. 술을 담가 볼까 말려서 먹어볼까, 여러 가지를 생각하다가 결국에는 발효액을 담그기로 하였다. 그리고 나머지는 얼려 놓았다가 갈아 마시기로 하였다.

꾸지뽕나무는 '천목'이라 해서 하늘이 인간에게 내린 나무로 나무 중에 가장 좋은 나무라고 한다. 그러면 발효액은 '천액'이라고 해야 할 것 같다. 설탕을 넣어 낭만농부의 마음까지 담았다. 이 가을이 지나면 잘 숙성되겠지. 그러면 체로 걸러 또 다시 추운 겨울 색까지 더하면 하늘이 인간에게 내린 가장 좋은 발효액이 되어 있을 것이다. 콩 타작을 끝내고 발효액까지 담그고 나니 오가향에는 산 그림자가 드리우고 있다.

노아시(애기감나무) 열매

우연히 상사교회 앞에 있는 노아시 열매를 만났다. 그동안 수도 없이 지나 다녔는데 보이지 않았다. 무심코 지나쳤는지, 아니면 주변에 관심

이 없어서였는지 이렇게 예쁜 열매가 달려 있는 줄 몰랐다. 그런데 오
늘 조롱조롱 달린 작은 감이 눈에 들어왔다. 그러고 보면 인연이란 이처
럼 우연히 만나는 것이지 억지로 만든다고 되는 것이 아닌가 보다. 매년
이맘때가 되면 이웃 사람이 곶감을 하라고 감을 따 가라고 한다. 올해는
감식초를 해볼까 싶어 갔다. 감을 따다가 우연히 교회 쪽을 바라보았는
데 건너편 밭가에 주홍빛 작은 열매가 주렁주렁 달려 있는 것이 눈에 들
어왔다. 처음에는 고욤나무라고 생각했는데 멀리서 보아도 조금 큰 것
같았다. 감을 따고 난 뒤에 궁금하여 가까이 가서 보았다. 아내는 조금
말랑해진 것을 하나 따서 "분명 씨가 많을 거야." 하며 눌러보았다. 예상
하고는 달리 씨가 없었다. 그러면 고욤나무는 아니다. 이만한 크기의 감
은 처음 본다. 나뭇가지마다 다닥다닥 수없이 붙어 있다. 서리를 맞은
잎은 다 떨어지고 열매가 어찌나 많이 달려 있는지 꽃보다 화려하고 환
상적이다. 그야말로 자연의 신비가 아닐 수 없다. 색감 또한 잡티 하나
없는 주홍빛을 띠고 있다. 어떻게 이리도 열매가 많이 달릴 수 있는지
참 신기하였다. 맛을 보았더니 아직 떫다. 그러니 새들도 먹지 않은 것
같다. 밭에서 콩을 두드리고 있는 감나무 주인에게 이름이 뭐냐고 물어
보니 경주에서 단감나무를 가지고 와서 심었는데, 재를 넘어와서 이렇

게 작은 감이 열렸단다. 설마 고개를 넘었다고 감의 성질이 바뀌었겠는
가. 집에 와서 이름을 찾아보니 '노아시나무'라고 한다. 다른 이름으로는
'애기감나무'로 불리기도 한단다. 노아시 열매는 삭막한 겨울에 설중홍
시로 남아 동박새의 먹이가 된다고 한다. 그래서 눈 내리는 한겨울에도
아름다움을 감상할 수 있다는 것이다.

오늘은 새로운 감나무도 보았고 감도 땄으니 보람된 하루였다. 오늘
딴 감으로 일부는 감식초를 담그고, 일부는 곶감을 만들기 위해 깎아서
처마 밑에 매달아 놓았다. 그리고 나머지는 감 말랭이도 하고, 홍시를
만들기 위해 조금 남겨 두었다. 떫었던 감은 햇살과 바람, 그리고 시간
을 품으며 단맛으로 무르익어 갈 것이다. 감의 여정도 어떻게 보면 우리
의 삶의 모습과도 닮은 듯하다. 싱싱하지만 아직은 떫은 젊은 날들이 있
고, 세월이 지나서 달고 부드러운 홍시 같은 때가 있는 것을 보면 말이
다. 낭만농부도 젊은 시절에는 한 성깔 있었는데 요즘은 다소 부드러워
진 느낌이다. 세월이 많이 흘렀다는 뜻일 게다. 테라스 난간에 올려놓은
감은 쌀쌀한 바람과 따뜻한 가을 햇살을 받으며 말랑말랑하고 맑은 선
홍색으로 변해 가고 있다.

장아찌

올해 3월부터 낭만농부는 포항농업기술센터 '농식품가공반'에서 장
류, 식초, 술, 장아찌 등에 대하여 공부를 하고 있다. 요즘에는 장아찌에
대한 이론과 실습을 하고 있다. 처음 시골에 와서 장류사업을 하고자 할
때, 장아찌도 하려고 자격증을 취득하였다. 그런데 아직까지도 앞으로
더 나아가지 못하고 있다.

장아찌는 옛 선조들의 지혜를 엿볼 수 있는 음식이다. 농경문화가 발

달된 우리나라에는 밥이 주식이었고, 부식으로 반찬을 해 먹었다. 그런데 추운 겨울철에는 반찬을 만들 수 있는 재료가 마땅치 않았다. 그래서된장, 고추장, 간장, 김치, 젓갈, 장아찌 같이 저장해서 먹을 수 있는 발효식품이 발달하게 되었다. 장아찌는 특별하지 않아도 하얀 쌀밥만 있으면 맛있게 먹을 수 있어서 좋다. 여기에다가 된장찌개라도 있으면 진수성찬이 된다. 그래서 장아찌는 밥상의 조연이면서도 없으면 서운한음식이기도 하다. 특히 밥맛이 없을 때에는 더욱 그 진가를 발휘한다.

아내는 매년 우리가 직접 재배한 채소나 과일로 장아찌를 담근다. 깻잎, 오이, 마늘, 매실, 양파, 명이나물, 두릅, 더덕, 곰취, 참외, 고추 등은쉽게 해 먹을 수 있는 장아찌 재료들이다. 물론 정갈하고 담백한 맛을내려면 귀찮은 작업과 시간이 필요하지만, 가족을 위해 즐겁게 하곤 한다. 낭만농부가 장아찌 사업을 하려고 생각했던 것은 제대로 만든 장아찌를 먹기 힘든 시대로 접어들었기 때문이다. 된장, 간장, 고추장을 직접 담가 먹는 사람이 줄어들면서 장아찌를 담가 먹는 사람도 줄어들게되었다. 장아찌의 필수품인 간장, 된장, 고추장을 담그지 않기 때문에당연한 일인지도 모른다. 물론 그때그때 맛있는 것을 만들어 먹는 것도나름대로의 가치를 가지고 있다. 그래도 조용한 기다림의 시간 끝에 얻어지는 감칠맛 나는 장아찌가 가끔은 그리운 때도 있다. 아내가 정성들여 만든 매실장아찌 한 조각을 먹으며 몸과 마음을 맑게 해본다.

　농촌에 들어와 땅을 가꾸고, 그 속에서 나는 재료로 음식을 만들어 먹으며 살아가는 삶은 참 단순하다. 그런 삶 속에서도 낭만농부와 장아지매는 오늘도 행복하게 하루를 보내려고 노력한다. 행복은 맞이할 준비가 되어 있는 사람에게는 반드시 찾아온다고 한다. 언젠가는 마음속에 간직한 꿈을 펼칠 날도 있을 것이다. 그 꿈을 위해 오늘도 즐겁게 배우고 익힌다. 오늘은 가을비가 참 조용하게 내린다.

11월 시골 풍경

　앞산, 뒷산의 나무들은 울긋불긋 옷을 갈아입었다가 어느새 낙엽을 하나 둘 떨어뜨린다. 한겨울이 되면 앙상한 가지들만 덩그러니 남아 추위를 이겨낼 것이다. 오가향의 밭에는 가을걷이를 끝낸 뒤라 초록빛을 찾아보기 힘들다. 다만 밤마다 서리를 맞고 얼었다 녹았다 하는 김장배추들만 나란히 줄을 서서 낭만농부의 손길을 기다리고 있다. 이제 찬바람이 부는 김장철이 되었다. 올해는 무와 배추가 잘 되어서 넉넉하다. 더 얼기 전에 서둘러 뽑았다. 다듬어 절인 다음, 미리 준비한 양념으로 올해 김장도 무사히 마쳤다. 그리고 잘 영근 해콩으로 청국장을 쑤었다. 천천히 쉬엄쉬엄 놀아 가며 일하면 좋겠지만 시골 일이 때가 있으니 그 시기를 놓치지 않기 위해 더 애를 쓴다. 세상은 넓고 할 일은 참 많다.

시골에서의 11월은 봄부터 키운 곡식을 추수하여 마무리하는 바쁜 달이다. 창고에 한 해 동안 고생하며 거둔 곡식과 채소들을 그득 넣어 두었다. 이 먹거리들을 추운 겨울에 따뜻한 방에서 곶감 빼 먹듯 먹을 것이다. 아내는 겨울은 추워서 너무 싫다고 한다. 하지만 낭만농부는 맛 있는 것도 해 먹고, 여유로운 취미를 즐길 수 있는 계절이라 참 좋다. 계절에 대한 선호도는 사람마다 차이가 있을 것이다. 낭만농부가 시골에 살면서 가장 좋은 것은 사계절을 온몸으로 느끼는 것이다. 사람은 누구나 꿈을 꾼다. 그 꿈은 이루어질 수도 있고, 아닐 수도 있다. 빨리 이루어지면 좋은 것이고, 아니더라도 꿈이 있으니 살아갈 이유가 된다. 낭만농부는 가수 남진이 부른 '님과 함께'의 가사처럼 푸른 초원 위에 그림 같은 집을 짓고 사랑하는 임과 함께 한 백 년 사는 것이 꿈이다. 그 꿈이 이루어졌는지, 아니면 꿈을 향해 가고 있는지 아직은 잘 모르겠다. 하지만 바쁜 11월을 보내면서 나름대로 행복의 나라로 온 것 같은 기분에 젖어든다.

장모님과 시금치

옛말에 화장실하고 처갓집은 멀어야 좋다고 하였다. 그런데 요즘은 세월이 많이 변해서 가까이에 있어야 좋은 것 같다. 낭만농부는 처갓집이 경남 고성이다. 그러다 보니 1년에 한 번 갈까 말까 하며 살아왔다.

어떻게 보면 핑계이겠지만 한 번 가려면 4시간 이상을 차를 타야 하기 때문에 쉽게 나서지를 못한다. 그래서 아내는 항상 장모님께 자식 노릇을 제대로 못한다며 잔소리를 늘어놓는다. 장모님은 요즘에 기억력이 자꾸 떨어지셔서 아내의 걱정이 이만저만이 아니다. 최근에는 갈비뼈까지 부러졌는데 당장 찾아뵐 수 없으니 자꾸만 낭만농부를 괴롭힌다. 농촌의 일은 때가 있기에 손을 놓고 달려갈 수는 없는 것이다.

차일피일 미루다가는 가지 못할 것 같아 메주 쑤는 것을 뒤로 하고 처갓집으로 갔다. 작년 이맘때 갔으니 꼭 1년 만이다. 쉽지 않은 길을 달려 도착한 처갓집에는 적막이 감돌았다. 장모님이 문을 열고 반갑게 맞이해 주셨다. 일찍 장인어른을 떠나보내시고 아내와 다섯 처남들을 키우신 분이다. 그 훈장처럼 허리가 구부러지고 다리를 잘 쓰지 못하신다. 당신이 거동이 불편하시어 사위가 와도 제대로 대접을 못한다고 하시며 미안해 하신다. 불편한 몸을 이끌고 저녁밥을 짓고 시금치를 캐서 나물로 무쳐 놓은 것을 보니 마음이 짠하다. 저녁을 먹고 오랜만에 딸내미와 이야기를 해서인지 장모님의 얼굴에 웃음꽃이 피어나는 것 같다. 그렇게 밤은 깊어가고, 다음날 아침 우리는 다시 우리들의 생활 터전으로 다시 와야 했다.

장모님은 집 뒤에 심어 놓은 시금치를 캐 가라고 하셨다. 제때 캐 주지 않으면 빨리 웃자라기 때문에 적당히 자랐을 때 솎아 주어야만 되는데 올해는 손을 놓고 계셨다. 작년까지만 해도 겨울철 소일거리로 하시던 일이었다. 아랫방에 쌓아 놓은 시금치 박스를 보니 아마 씨앗을 뿌릴 때만 해도 올겨울 일을 하시려고 마음을 먹었는데 뜻대로 되지 않은 모양이다.

아내와 낭만농부는 장모님이 내어 주신 칼을 가지고 토실토실한 시금치를 캐서 마당으로 옮겨 놓았다. 장모님은 언젠가 누군가의 손에서 탄생한 묵직하고 투박한 도구를 앞에 두고 단을 묶으셨다. 낭만농부가 하려니 굳이 당신이 해야 한다고 주지 않으신다. "진잎을 뜯어내고 간조롬하게 해야 예쁘게 되는 기라." 하시며 직접 하셨다. 장모님이 만드신 시금치 단은 뿌리가 가지런하고 세워 놓으니 꽃처럼 예뻤다. 장모님이 건강하셨으면 이렇게 만들어진 시금치는 경매장으로 보내져서 도시민들의 한겨울 밥상을 푸르고 싱싱하게 채워 주었을 것이다. 그리고 손자들 용돈도 주고 보일러 기름도 사셨을 것이다. 낭만농부도 옆에서 조금씩 집어 드리며 도왔다. 손이 많이 가고 온종일 해도 몇 십 단을 못 만드는 고달픈 일이다. 장모님은 힘겨워 하시면서도 '김장행사' 때 판매를 하라며 만들어 주셨다.

장모님이 만들어 주신 시금치 단과 장 담글 때 쓰라며 주신 간수 빠진 소금을 싣고 처갓집을 나서려는데 발길이 떨어지지 않는다. 늘 돌아올 때면 마음이 무겁다. 또 언제 와 볼 수 있을지, 그리고 장모님은 언제까지 건강을 유지하고 계실지 걱정이 되어서이다. 뽀빠이가 시금치를 먹으면 없던 힘도 솟아난다는데 장모님도 많이 드시고 힘을 내셨으면 좋겠다. 그래서 내년에도 내후년에도 그리고 그 후년에도, 오래도록 처갓집 가는 즐거움이 이어지기를 바라 본다.

낙엽

'사랑의 김장나누기 행사'에도 참여하고 '김장철맞이 직거래 장터'에
도 갔다 오니 시간이 어떻게 지나갔는지 모르겠다. 정신을 차리고 보니
이제 가을이 겨울에게 배턴을 넘겨주었다. 그리고 한 해를 보내고 새로
운 해를 맞이할 준비를 해야 할 시간이 다가왔다. 차분하게 비가 내리고
있다. 겨울비라 부르기에는 얼굴에 부딪치는 빗방울이 그리 차갑게 느
껴지지 않는다. 마지막 가을비라고 불러도 될 것 같다. 내리는 비를 따
라 떨어진 낙엽들이 바닥에 착 달라붙어 있다. 그 모습을 보니 쓸쓸함과
함께 왠지 모를 서글픔이 밀려온다. 비에 젖은 낙엽들도 떨어지기 전에
는 파란 잎사귀를 뽐낼 때가 있었고, 울긋불긋 단풍을 자랑할 때도 있었
다. 해마다 이맘때가 되면 나뭇잎들은 나무의 일부로서의 생을 마감한
다. 나무는 얕은 바람만 불어도 잎들을 한 치의 미련도 없이 우수수 떨
어뜨린다. 빠른 속도로 떨어진 낙엽들은 바람이 안내하는 길을 따라 이
리저리 나뒹굴다가 저마다의 편한 곳에 자리를 잡는다. 그리고 몇 번의
새로운 계절을 거치면서 마침내 세상에서의 일을 끝내고 조용히 부서져
흙으로 돌아갈 것이다. 찬란했던 푸름도, 열정으로 가득했던 붉은 가을
날도 잊어버린 채 생의 원점으로 장엄하게 회귀하는 것이다.

낙엽의 일생을 되돌아보면 인간의 삶과도 닮은 면이 있다. 어떻게 보면 낙엽이 지는 시기가 우리의 중년과 비슷하지 않을까 하는 생각이 든다. 낭만농부는 한창 시절의 추억을 그리워하며 낙엽이 쌓인 거리를 걸어 본다. 촉감이 좋다. 사각사각 소리를 내는 낙엽은 눈길을 걸을 때와는 사뭇 다른 느낌이다. 눈길의 보드득거리는 소리가 안정된 동심을 일깨워 준다면 낙엽의 사각거리는 소리는 지금도 살아 있는 존재임을 알리는 외침으로 들린다. 낙엽은 멀리서 보면 매력적이고 아름답게 보인다. 그런데 가까이 가서 보면 대다수가 벌레 먹고 찢어진 상처투성이이다. 우리들 중년의 모습처럼…….

낙엽을 보며 비움과 또 다른 준비를 생각해 본다. 때를 알고 비우면서 자신의 앞날을 예측하고 준비한다면 아름다운 노년의 삶이 기다리고 있지 않을까 싶다. 낙엽은 잎으로서의 할 일을 다 했다. 봄, 여름, 가을, 햇볕을 받아 광합성을 하면서 뿌리를 내리게 하고 줄기를 키우며 열매를 영글게 하였다. 이제 그들은 할 일을 마치고 조용히 퇴장하고 있다. 자연의 겨울 맞음은 언제나 한결 같다.

공부

얼마 전에 포항농업대학에서 수료식이 있었다. 초, 중, 고, 대학과 대학원을 졸업하고도 또 공부를 해야 하니 배움의 길은 멀고도 멀다. 낭만농부는 인생 2막을 준비하며 장류, 장아찌, 식초 등에 대한 공부를 하였다. 그리고 오가향을 설립한 후에는 경북농민사관학교에서 실시하는 '농산물마케팅과정', '농가전통식품상품화과정', '장류이용발효식품가공과정' 등을 들으며 가공과 판매에 대한 전문지식을 공부하였다. 또한 올해에는 포항농업대학에서 가공에 대하여 더 알기 위해 '농식품가공과정'

을 듣게 되었다.

　공자는 공부에 대하여 '태어나면서 아는 사람이 상급이고, 배워서 아는 사람이 그다음이고, 곤경에 처해서 배우는 사람은 또 그다음이며, 곤경에 처해도 배우지 않는 사람이 가장 하급'이라고 하였다. 낭만농부는 이 중에 어디에 해당될지 생각해 보니 배워서 알아가는 사람이 아닐까 싶다. 가진 재능이 많지 않으니 학습을 통해 하나씩 알아갈 수밖에 없는 것이다. 곤경에 처하고 나서 공부를 한 것 같지는 않다. 그것은 오롯이 부모님의 덕인 것 같다. 젊은 시절에는 잘 알지 못했는데 나이가 들어가면서 공부는 평생 해야 한다는 것을 깨닫게 되었다. 학교에서 배우는 지식으로는 기본적인 일만 수행할 수 있을 뿐, 변해가는 사회에 따라가기가 힘이 든다. 그래서 끊임없이 공부를 해야만 하는 것이다. 옛날에는 배우는 시기와 배운 것을 활용하는 시기가 따로 있었다. 하지만 요즘은 수명이 길어져서인지 인생 2막을 준비해야 한다. 남은 인생을 행복하게 살려면 또 한 번의 배움의 과정을 거쳐야 하는 것이다. 나이 50을 넘어 다시 공부를 시작하기란 참 힘들다. 젊은이는 쉽게 배우고 새로운 환경에 잘 적응하지만 나이가 들수록 학습 능력이 점점 떨어진다. 가끔은 공부를 꼭 해야 하나, 그냥 삶을 즐기면서 보낼 수는 없는가, 나도 이제 나이를 먹을 만큼 먹었는데 하는 생각이 들기도 한다. 하지만 좀 더 나은 삶을 살려면 공부하지 않으면 안 된다는 것을 알고는 다시 배우러 가게 된다.

사실 할 일 많은 농촌에서 매번 교육을 받으러 시내로 나가는 것이 쉽지만은 않다. 그래서 수업일이 다가오면 은근히 부담이 되고 가기가 싫어질 때도 많다. 그렇지만 졸업을 할 때가 되면 더 열심히 할 걸 하는 생각이 든다. 처음 입학원서를 냈을 때 접수한 인원이 많아 추첨으로 합격을 결정하였다. 다행히 운이 좋아 되었을 때에만 해도 날아갈 듯 한 기분이었다. 그리고 다시는 후회하지 않는 시간을 만들어 가겠다고 다짐도 하였다. 그런데 지나온 시간을 되돌아보니 이번 과정에서도 아쉬움이 많이 남는다. 바쁘다는 핑계로 모든 수업에 참여할 수 없었던 것이다. 그래도 좋은 동료들을 알게 되었고 기초적이고 체계적인 가공과정을 배우게 되었으니 허송세월만 보낸 것은 아니다.

내년에는 '사과기초과정'과 '농촌교육농장 교사양성과정'에 대한 교육을 받을 생각이다. 그러고 보면 공부의 끝은 없는 게 분명하다. 졸업을 하지만 동시에 새로운 출발 선상에 선 것이다. 교육을 많이 받고 다양한 지식을 가지고 있다고 해서 모두가 성공하는 것은 아니다. 하지만 불확실성을 줄이고 좋은 결과가 일어날 가능성을 높이기 위해 낭만농부는 매년 공부를 하러 가게 된다. 이렇게 배우고 익히다 보면 실력은 조금씩 갖추어질 것이고, 여기에 경험까지 축적이 된다면 언젠가는 낭만농부가 선택한 제2의 인생에도 희망이 보일 것이다. 볼거리, 먹을거리, 체험과 교육이 어우러진 오가향의 꿈을 이루기 위해 오늘도 낭만농부는 공부에 대한 노력을 게을리하지 않는다.

나무를 다듬으며

포항시 정보화농업인연합회 월례모임에서 이런저런 이야기를 나누다가 나무에 대한 이야기가 나왔다. 회원 중의 한 사람이 정자를 지으려고 집에 나무를 얻어 두었는데 바빠서 할 시간이 없단다. 서각을 할 자투리 나무는 없는지 물으니 한 번 들르라고 한다. 마침 휴가 나온 작은아들과 함께 가니 길고 넓은 나무판이 제법 많이 쌓여 있다. 덮어 놓은 비닐은 바람에 찢어지고 나무판은 비도 피하지 못하고 있다. 가져가고 싶은 만큼 가져가라고 한다. 정자 지을 나무는 놔두고 옆에 있는 자투리 나무판을 가지고 왔다. 언제 쓰일지 몰라 오자마자 늘어 말린 후에 창고 앞에 차곡차곡 쌓아 놓았다. 통원목도 몇 개 있는데 제재소에서 어떤 용도로 사용하려다가 그만두었는지 중간 부분이 잘려져 있다. 쌓아 두면 썩어서 버릴 것 같아 의자로 활용해 보기로 했다. 청국장 띄울 콩을 삶아 놓고 그라인더로 나무의 묵은 때를 벗겨 내었다. 처음 이 기계를 사용할 때는 '윙!' 하는 작동소리에 맞춰 쌩쌩 돌아가는 날이 무서웠다. 그런데 몇 번 사용하다 보니 익숙해져서 이제는 자연스럽게 다룰 수 있게 되었다. 역시 학습과 경험의 효과는 정말 대단하다.

짧은 통나무를 잘라서 밑받침으로 바닥에 깔고, 긴 통나무는 결대로 무늬를 살려 상판으로 위에 얹기로 했다. 그렇게 하면 연장도 없고 나무 만지는 기술이 부족해도 크게 어려울 것 같지는 않다. 나무를 다듬으면서 문득 이 나무는 어떻게 하다가 우리 집까지 왔을까 하는 생각을 하였다. 어떤 사람이 심었을 수도 있고 아니면 씨앗이 떨어져 자연 발아가 되었을 수도 있다. 세월이 지나 하나의 나이테가 생기고 또 생기면서, 모진 비바람과 싸우기도 하고 눈보라도 맞았을 것이다. 그렇게 세속에 연연하지 않고 한 곳에 뿌리를 내리고 살았을 것이다. 그리고 시간이 지나 어떤 사람에 의해 벌목이 되고, 제재소에서 잘리어져 어찌어찌 하다가 오가향에까지 오게 되었을 것이다. 오가향에 오지 않았다면 운이 좋아 더 좋은 목재로 사용되었을 수도 있겠지만 재수 없으면 불쏘시개로 쓰였을지도 모를 일이다.

그라인더로 다듬으며 나무와 이야기도 나누어 보고 같이 꿈을 꾸어 보기도 한다. 그리고 삶의 의미를 찾아보기도 했다. 나무는 결이나 색감을 그대로 살렸을 때가 가장 좋다. 살짝 찍힌 부분은 자연스럽게 곡선이 되게 깎았다. 투박한 것은 투박한 대로 고운 것은 고운 대로 그만의 매력을 담고 있는 것 같다. 그래서 낭만농부는 나무가 참 좋다. 긴 시간을 묵묵히 인내하며 정성으로 다듬으니 폼이 좀 나는 것 같다. 그리고 직접 다듬어서인지 더 멋져 보인다. 흐뭇하고 보람도 생긴다. 앉아보니 편안하다. 여러 사람이 함께 앉을 수 있을 정도로 긴 의자다. 얼마만큼 오가향에서 활용이 될지 모르겠지만 오랫동안 낭만농부와 장아지매의 곁에 있었으면 좋겠다. 나무의 굳센 기상과 의연함을 배우고 싶으니까.

길고양이

해가 서산에 걸치니 집집마다 굴뚝에서 연기가 모락모락 피어오른다. 옛날 같으면 밥을 짓거나 소여물을 끓이는 연기이련만 요즘은 화목보일러에 불 지피는 연기다. 낮 동안 사과나무에 거름을 뿌리고 아내와 텔레비전 앞에 앉아서 쉬고 있는데 바깥에서 이상한 소리가 들린다. 무슨 일인가 싶어 나가 보니 길고양이 한 마리가 다롱이와 기싸움을 벌이고 있다. 고양이는 영역 동물이라 자신의 구역을 침범하면 가만히 있지 않는다. 낭만농부가 다가가니 길고양이는 도망을 가버린다.

그런데 이 녀석은 시간이 갈수록 우리집으로 오는 날이 많아졌다. 자기 영역을 만들려고 수시로 넘보는 것 같았다. 자주 나가서 쫓았는데 매일 조금씩 우리집 고양이의 영역을 침범하고 있었다. 그렇게 며칠이 지난 뒤, 다롱이가 불안해 보였다. 평소와 달리 애교도 부리지 않고 작은 소리에도 깜짝 놀라며 주위를 살폈다. 보통 때에는 쫄랑쫄랑 따라다니며 재롱을 부리던 녀석이 기가 죽어 있는 것 같기도 하고 살도 빠진 것 같았다. 이상하다 싶어 테라스 쪽을 자세히 살펴보니 아롱이 다롱이가 겨울을 따뜻하게 보내라고 만들어준 굴집에서 길고양이가 태연하게 걸어오고 있다. 나를 보더니 잽싸게 도망을 간다. 저녁마다 몇 번씩 나와서 살펴보게 되었는데 그때마다 길고양이가 굴집에서 나와 도망을 갔다. 집을 빼앗긴 우리집 고양이들은 어릴 때 만들어준 조그마한 종이 상자 집에서 몸을 웅크리고 잠을 잤다. 길고양이가 안집을 떡하니 차지하고, 우리집 고양이들은 문간방에서 눈치를 보고 있는 것이다. 날이 저물어 고양이 집이 있는 쪽으로 다가가니 길고양이는 또 잽싸게 도망을 간다. 그 모습을 보고 다롱이는 슬금슬금 나와서 눈만 껌벅거린다.

우리집 고양이 중에 수컷인 다롱이는 순둥이고, 암컷인 아롱이는 새침데기다. 그러다 보니 야생에서 살아온 길고양이를 도저히 이길 수 없었을 것이다. 오가향 주변을 기웃거리는 길고양이는 다롱이보다 덩치도 크고 힘이 강한 녀석인 것 같다. 기가 죽어 있는 다롱이를 보니 마음이 아프고 속도 많이 상했다. 오동통했던 녀석이 홀쭉해지고, 스트레스 때문인지 집주변에 긁기로 영역 표시를 자주 한다. 그리고 이상한 기척이 있나 귀를 쫑긋쫑긋 세우고 주변을 살핀다. 이런 모습을 보고 있자니 길고양이가 더욱 얄미워졌다. 그때부터 낭만농부와 길고양이의 싸움이 시작되었다.

추운 겨울이라 계속 바깥에서 지킬 수는 없고, 시간이 날 때마다 고양이 집 쪽을 살핀다. 그러면 길고양이는 도망을 가고, 다시 오면 쫓아내기를 반복하였다. 언제까지 이렇게 할 수는 없어서 아내와 함께 작전을 짰다. 낭만농부는 살그머니 나가서 고양이집 앞쪽에 자리를 잡고, 아내가 잠시 후에 뒤쪽으로 다가갔다. 평소 도망치던 쪽으로 가면 크게 혼쭐을 내줄 생각이었다. 아니나다를까 따뜻한 굴집에서 길고양이가 나왔다. 그런데 이 녀석이 낭만농부를 보더니 재빨리 방향을 바꾸어 아내 쪽으로 도망을 갔다. 아내는 화가 나서 쫓아가다가 그만 바닥에 다이빙 하는 자세로 넘어지고 말았다. 마음은 길고양이를 쫓아갔는데 몸은 그러지 못했던 것이다. 일으켜 주고 다치지 않았는지 물어보니 오른팔이 많이 아프다고 했다. 그러더니 팔이 올라가지 않는단다. 길고양이를 혼내주려다가 아내가 혼이 났다. 병원에 가서 침을 맞고 물리치료를 받고 있다. 그 바람에 설거지는 한동안 낭만농부의 몫이 되었다.

오늘도 낭만농부는 우리집 고양이를 지키기 위해 보초를 서고 있다.

의자에 걸터앉아 하늘을 쳐다보니 밤하늘의 별들이 우수수 쏟아질 듯
하다. 그야말로 환상적이다. 인적 없는 산골짜기 집에서 어두운 밤하늘
의 달과 별을 등불 삼아 보초를 서고 있으니 이게 무슨 일인가 싶다. 고
양이나 사람이나 남의 영역을 뺏으려는 놈이 있어 삶이 참 고단하다. 하
늘은 저토록 평화롭고 아름다운데 땅에서는 치열한 다툼이 일어나고 있
는 것이다. 종이 상자로 만든 문간방에서 아롱이와 다롱이는 조용히 누
워있다. 힘내라고 오늘밤 야식으로 먹다 남은 통닭이나 주어야겠다. '야
옹!' 하며 다가오는 녀석들의 발걸음이 애처롭다.

생선회

　요즘은 연말이라 가끔은 이곳저곳에서 모임에 오라고 한다. 시골살
이에서 모임 참석은 모처럼 도시 나들이를 할 수 있는 기회가 되기도 하
고, 맛있는 음식을 먹을 수가 있어서 좋다. 회식을 나갈 때면 오늘은 무
엇을 먹을까 궁금하고 기대도 된다. 최근에는 연달아 횟집에서 식사를
하였는데 맛있게 먹었다. 예전에는 생선회를 잘 먹지 않았는데 요즘은

나이가 들어서인지 배를 꽉꽉 채우고 돌아온다. 회사에 다닐 때만 해도 회식 메뉴로 생선회가 정해지면 무척 싫어했다. 그렇다고 해서 회식 메뉴라는 것이 특별한 게 있겠냐마는 낭만농부는 육고기를 선호하는 편이다. 그래서 회식 메뉴를 선택할 위치가 되었을 때에는 집에서 가까우면서 육고기를 하는 곳으로 정했다. 그렇다고 해서 생선회를 처음부터 싫어하지는 않았다.

낭만농부는 고향이 산골이라서 생선회를 접할 기회가 많지 않았다. 처음 생선회를 먹은 것은 고등학교 시절 여름방학에 부산 태종대에 놀러 갔을 때였다. 마을 누나가 사주었는데 살코기가 입안에서 살살 녹았다. '이것이 회라는 것이구나! 참 맛있네.' 하고 감탄했다. 그때는 촌놈이 처음 맛보는 음식이었기 때문이었는지, 바닷가의 분위기가 한몫 하였는지 맛이 참 좋았다.

그런데 직장 생활을 하면서 그 느낌이 많이 달라졌다. 회식은 보통 퇴근 후에 이루어지는데 밥은 먹지 않고 바로 술과 생선회를 먹었다. 빈속에 차가운 생선회가 들어가면 짜릿한 느낌이 들면서 금방 술에 취했다. 술을 많이 먹지 못하는 낭만농부로서는 생선회와 함께 부어라 마셔라 하는 회식 문화가 체질에 맞지 않았다. 가끔은 동료들에게 생선회를 무슨 맛으로 먹느냐고 물어보면 쫄깃쫄깃한 맛, 싱싱한 맛, 담백한 맛, 고소한 맛 등 다양하게 이야기를 했다. 그런데 솔직히 낭만농부는 초장 맛으로 먹었다. 이러다 보니 생선회를 별로 좋아하지 않게 되었다. 그 바람에 생선회를 좋아하는 아내도 먹는 것이 힘들게 되었다. 물론 다른 이유도 있었다. 생선회가 비싸기도 했고 아이들도 별로 좋아하지 않았다. 그래도 가끔은 아내를 위해 회덮밥을 사 먹으러 갔는데 초고추장을 듬뿍 넣고 비벼서 후딱 먹어 치웠다.

그런데 요즘에는 싱싱한 생선회를 먹기가 쉽지 않다 보니 기회가 주어지면 맛있게 먹는다. 생선회를 좋아하는 아내는 어떻게 해야 하나. 가격이 만만치 않겠지만 올해가 가기 전에 생선회를 먹으러 바닷가 나들이라도 해야겠다. 다 먹고 살려고 하는 일인데 말이다. 한 해가 참 빠르게도 흘러간다. 젊을 때는 그렇게도 시간이 가지 않았는데 이제는 언제 일 년이 지났는지 모를 지경이다. 그리고 머리에는 치워도 자꾸만 흰 눈이 쌓인다.

꽃다발

올해는 결혼기념일이 언제였는지도 모르게 지나갔다. 사는 게 뭔지, 세월 가는 줄도 모르고 살고 있다. 아직 젊어서일까, 할 일이 많아서일까.

며칠 전에 2019년 포항시새마을지도자 평가대회를 다녀왔다. 한 해 동안 수고한 분들에게 상도 주고 격려도 하는 자리였다. 죽장면새마을회에서도 여러 부문에서 수상을 하게 되었다. 낭만농부는 수상하는 분들을 축하해주기 위해 참석하였다. 꽃다발은 부녀회에서 준비하였다. 우리들은 상을 받는 분들에게 축하의 의미를 담은 꽃다발을 전달했다.

그런데 점심을 먹고 나서 도지사 표창을 받은 분의 꽃다발이 어쩌다가 낭만농부의 손에 들려 있었다. 상을 못 받았으니 꽃다발이라도 가져가서 아내에게 주란다.

결혼기념일에 아내에게 선물도 주지 못했는데 잘 되었다 싶었다. 길고양이 때문에 동네병원에서 물리치료를 받고 있는 아내에게 꽃다발을 주었다. 뜬금없는 꽃 선물에 "웬 꽃이야? 별 일도 다 있네." 하며 놀란다. "그냥 예뻐서 사 왔지."하고 거짓말을 하니 믿지 않는다. 자초지종을 말하니. "선물이 아니네." 한다. 하지만 꽃을 보고는 싫지 않은 표정이다. 그리고 보면 꽃은 언제나 기쁨을 선사해 주는 것 같다. 좋은 일을 축하할 때나 사랑을 고백할 때, 또 여러 기쁜 날에 많이 쓰이는 이유일 것이다. 그런데 왜 이럴 때 꽃을 선물하게 되었는지 궁금하다.

한 송이의 어여쁜 꽃을 피우기 위해서는 긴 기다림의 시간이 있어야하고 그동안 온 힘을 쏟아야만 가능하다. 아마도 그런 마음을 담는다는 뜻이 들어 있어서겠지. 그래서 잊지 못할 순간을 축하하기에는 꽃이 가장 어울리는지도 모른다. 아내가 "선물이 아니네." 하며 실망한 것은 낭만농부가 마음을 담아 준비한 꽃이 아니기 때문일 것이다.

그래도 아내는 꽃이 예쁘다며 탁자 위에 두고 시들지 않게 물을 준다. 추운 겨울에는 회색빛이 강한 풍경인데, 거실에 화려한 꽃이 한 다발 들어오니 분위기가 살아난다. 꽃은 별 것 아닌 것 같지만 사람을 기분 좋게 해주는 매력을 지니고 있다. 낭만농부에게 찾아온 꽃 덕분에 한동안은 화사한 겨울을 보낼 수 있을 것 같다. 영원히 그 모습 그대로 있어 주면 좋겠는데 아쉽게도 시간이 가면 시들어버릴 것이다. 하지만 어쩌겠는가, 예쁘면 예쁜 대로 보아주고 시들면 보내 줘야지. 모처럼 꽃을 보니 마음까지 환해진다. 이슬람의 성인, 마호메트도 "빵 두 조각이 있으면 하나는 수선화로 바꾸어라. 빵은 육체적 양식이지만 수선화는 마음의 양식이다."고 말했다고 한다. 그래서인지 마음의 부자들은 꼭 꽃으로 주변을 꾸민다고 한다. 그것은 경제적인 여유가 있어서가 아니라 빵을 꽃으로 바꿀 수 있는 여유가 있기 때문일 것이다. 이제는 낭만농부도 거실에 생동감 있는 꽃 하나 가져다 놓을 수 있는 여유를 가져 보았으면 좋겠다. 마음의 부자가 되기 위해⋯⋯.

낭만농부의 시골편지
권 현 구 수 필 집

발 행 일 | 2020년 12월 15일
지 은 이 | 권현구
발 행 인 | 李憲錫
발 행 처 | 오늘의문학사
출판등록 | 제55호(1993년 6월 23일)
주   소 | 대전광역시 동구 대전로867번길 52(한밭오피스텔 401호)
전화번호 | (042)624-2980
팩시밀리 | (042)628-2983
전자우편 | hs2980@hanmail.net
카   페 | cafe.daum.net/gljang(문학사랑 글짱들)
         cafe.daum.net/art-i-ma(월간 충청예술문화)

공 급 처 | 한국출판협동조합
주문전화 | (02)716-5616
팩시밀리 | (02)716-2999

ISBN 979-11-6493-094-4 (03810)
값 15,000원

* 이 책은 ㈜교보문고에서 eBook(전자책)으로 제작하여 판매합니다.
* 잘못 제작된 책은 바꾸어 드립니다.

* 이 책은 경북문화재단과 한국문화예술위원회의 지역문화예술활성화 사업으로
  지원받아 발간되었습니다.